The Weakest
Tamer Began a
Journey to
Pick Up Trash.

최약 테이머는 폐지 줍는 여행을 시작했습니다 ①

Honobonoru500
호노보노루500 지음
한신남 옮김
Illustration **나마**

AK
NOVEL

목차

제1장 여행의 시작은 용의주도하게 !

제2장 오토르와 마을까지

제 1 장 여 행 의 시 작 은 용 의 주 도 하 게 !

The Weakest Tamer
Began a Journey to
Pick Up Trash.

1화   인생, 하드 모드로 결정입니다!

수정에 떠오른 글자를 시선이 쫓았다.

《테이머 ###》

어? 잘못 봤나? 부모님의 얼굴을 보았다. ⋯⋯두 사람 다 심각한 얼굴이었다. 이거⋯⋯ 진짜입니까.

오드구즈에는 마법이 있다. 처음에 마법을 의식했을 때에는 놀랐다. 예전에 있던 세계에는 마법이 없었으니까. 마법이 있다는 것을 알고 나는 주먹을 치켜들었다. 당시 2세. 양친에게 걱정을 끼쳤다.

⋯⋯아무래도 내게는 전생의 기억이 있는 것 같았다. 마을의 점술사가 말했다. 윤회전생이라고 해서, 기억을 가지고 다시 태어나는 것은 드물다고 했다. 그건 다른 사람에게 말하면 안 된다고 했다. 그러니까 비밀.

나는 지금 다섯 살. 신심 깊은 양친에 오빠와 언니가 있다. 즉 세 남매의 막내다. 엄격한 아버지는 좀 거북하지만, 다정한 어머니는 좋아한다. 조금 심술궂은 오빠에게는 진짜로 화날 때도 있지만, 언니는 언제나 내 편을 들어준다. 오빠도 진짜로 내가 화내거나 떼를 쓰면 과자를 양보해주는 등 다정한 면도 있고. 나는 오빠도 언니도 좋아해! 오늘도 오빠, 언니는 불안해하는 나에게 괜찮다고 응원해주었다. 그런데…….

오드구즈에서는 다섯 살이 되면 신에게 스킬을 받는다. 스킬은 많은 경우에는 다섯 개. 하지만 스킬을 다섯 개 가지는 경우는 기적이라고 해도 좋을 만큼 적다. 대부분의 사람들은 두 개라고 했다. 이 스킬로 직업이 정해진다. 그러니까 신에게 기도를 올리고 수정으로 자신의 스킬을 아는 의식이 있다.

지금, 여기서. 내 인생은 나락으로 떨어졌다. 몇 번이나 확인했지만……. 《테이머 ###》다.

테이머란 동물이나 마물을 길들일 수 있는 스킬. 이건 문제없다. 다음의 《###》가 문제다. 스킬은 별의 개수로 평가된다. 테이머가 별이 하나라면 작은 동물을 테이밍할 수 있다. 마을의 편지 배달 같은 일이 있다. 별이 많으면 강한 마물을 테이밍해서 모험가로 성공할 수도 있다.

나는 별 하나보다 약한 《###》다. 즉 내가 테이밍할 수 있는 마물도 동물도 없다. 내가 할 수 있는 일은 아마도 없겠지. 왜냐면 스킬로 모든 것이 결정되는 것이 여기 오드구즈니까.

"망겜."

……무의식중에 전생의 내가 그렇게 말했던 모양이다, 의미는 모르겠지만, 분명 이 상태를 말하는 거겠지. 아무튼 큰일이다. 내 과거의 기억은 거의 도움이 되지 않는다고 3년 동안의 경험으로 이해하였다. 뭐, 가끔씩 도움이 되기도 하지만.

지금도 얼른 현실을 보고 앞날을 생각하라고 가르쳐주고 있다. 분명히 현실을 봐야겠지. 하지만 다섯 살짜리 애에게는 힘겹다.

《###》는 별 없음이라고 불린다. 별 없음은 신에게 버림받은 존재다. 어머니가 읽어준 그림책 안에서는 못된 짓을 하면 별 없음이 된다는 이야기가 있었다. 오드구즈에서는 별 없음의 이야기가 전해지지만, 존재는 확인되지 않았다고 한다.

……바로 여기에 있지만!

신이시여, 제가 당신에게 무슨 짓을 했습니까? 그러고 보면 스킬은 하나 더 받을 수 있었지.

《테이머 ###》《###》

으음……. 스킬도 하나 없고 별도 없다. 자, 앞으로 난 어떻게 되는 걸까.

2화 오늘부터 서바이벌

무슨 말을 해야 할까. 생활이 일변했다, 슬픈 쪽으로.

집에 돌아왔을 때부터 이미 이변을 느꼈다. 양친이 나를 보지 않고, 말도 걸지 않는다. 이상하다 싶었지만, 믿고 싶지 않았다.

하지만 틀림없다. 노골적으로 날 피하고 있다. 식사 시간이 되어 밥 먹는 자리로 가니, 내가 먹을 것이 준비되어 있지 않았다. 시선을 맞추려고 하지 않는 어머니. 노려보는 아버지. 어째야 할지 모르는 오빠와 언니.

……어딘가에서 '그럴 줄 알았어.' 라는 말이 들렸다.

한숨을 쉬며 방을 나섰다. 전생의 내가 각오를 다지라고 한 말의 의미를 이해했다. 아무래도 이 집에서 내가 있을 곳은 사라진 모양이다. 별이 없다는 게 이렇게나 영향이 있는 걸까.

자, 어떻게 할까. 배가 고프다……. 음식을 구하고 싶다. 아직 다섯 살인 내게는 아무래도 힘드네.

집을 나가 숲에 들어갔다. 시야가 흐려진다. 각오를 했으니까 슬프지 않아! 그저 분할 뿐이야. 양친을 좀 믿고 싶었을 뿐이었어. ……역시나 슬프고 외롭다. 눈물이 뚝뚝 떨어졌다. 별이 없는 게 다 뭐라고…… 왜…….

울고 있어 봤자 뾰족한 수가 생기는 것도 아니다. 배가 부르는 것도 아니고. 일단 먹을 걸 찾자.

혼자서 숲에 들어온 건 오늘이 처음이다. 평소에 보던 숲보다도 왠지 무섭고. 어쩌면 마물이 나올지도 모른다. 어쩌지……. 돌아가고 싶다……. 하지만 배가 고팠다.

찾아낸 식량은 조금 큼직한 나무열매. 조금 시지만, 먹을 수 있다.

"시큼해!"

조금이 아니다, 꽤나 시었다. 저번에 먹었을 때에는 조금 더 달았는데.

나무 밑동에 주저앉았다. 내일부터 어쩌지.

전생의 내가 가르쳐주었다. 이 마을에서 달아날 준비를 하라고. 하지만 도망친다고 해도 어디로? 마물과 싸울 수 없는 내가 이 마을을 떠나서 살아남을 수 있을까?

이대로 이 마을에 있고 싶다. 하지만 무리라는 걸 피부로 느꼈다. 양친이 변한 것처럼 다들 변해버릴까.

……오늘은 집에 돌아가서 자자. 방은 아직 있을까?

3화   점술사는 알고 있었다!

아침. 아무도 깨우러 와주지 않게 되었다. 충격의 그 날부터 며칠. 그래, 이미 포기했어.

오빠나 언니에게도 이야기가 전해진 모양인지 양친을 난처하게 만들었다고 비아냥거렸다. 나 때문? 영문을 모르겠다.

아무튼 다섯 살인 내가 해야 할 일은 체력 기르기. 도망치려고 해도 체력이 제일 중요하다고 생각한다. 또 숲 속에서 먹을 수 있는 것을 찾는 기술. 양쪽 다 누군가에게 물을 수 없는 상황인 내게는 어렵다. 하지만 배울 수밖에…… 체력을 기를 수밖에 없어!

숲 속을 뛰어서 이동한다. 체력을 기르려면 달리라는 말이 머릿속에 떠올랐다. 전생의 내가 가르쳐준 것이겠지. 여기선 얌전히 따르자.

오늘도 아침부터 나무열매를 찾지만, 좀처럼 발견되지 않았다. 숲속을 혼자 뛰어다니는 매일에도 서서히 익숙해졌다. 조금씩 체력이 붙은 것 같았다. ……그냥 희망일지도 모르지만.

의식이 떠올랐다. ……어라? 지쳐서 잠들었던 모양이다. 옆을 보고 얼어붙었다. 초로의 여성이 앉아 있었던 것이다. 시선이 마주치자 눈가의 주름을 한층 깊게 하며 미소 지었다. 그 미소를 보고 기억해냈다. 이 사람은 마을에 사는 점술사다. 항상 온화하게 웃으면서 마을사람들에게 의논 상대가 되어주었다.

"안녕하세요."

"……네, 안녕하세요."

점술사가 말을 걸어왔다. 왠지 모르게 마음이 찡하는 게 있었다. 며칠 동안 마을사람들에게 소문이 퍼졌다. 그러니까 아무도 내게 말을 걸지 않고, 보이지 않는 것처럼 취급하였다.

"왜 저를?"

점술사는 나를 보고 조용한 목소리로 말하기 시작했다.

"제 점은 미래 예지랍니다. 별이 하나라서 아주 조금밖에 못 보지만. 전에 만났을 때, 당신이 무언가에 의해 이런 상황에 처한 모습을 봤죠. 하지만 그 원인은 알 수 없었어요."

"……그렇구나."

생각하는 바는 많이 있지만, 점술사가 나쁜 건 아니다. 지금 내 상태는…… 이 세계에서는 어쩔 수 없는 거려니 싶다. 전생의 나는 어느 곳이든 이해할 수 없는 자를 배제한다고 그랬는데, 조금은 이해할 수 있다. 납득은 할 수 없지만.

"받으세요."

그런 말과 함께 건네받은 것은 가방 하나. 당혹스러운 마음으로 받아서 안을 들여다보았다. 겉보기보다 많이 들어 있었다.

"열화판 매직백이에요. 안에 이것저것 넣어 뒀죠. 앞으로 도움이 될 거랍니다."

가방을 뒤집어보았다. 정말로 이것저것 많이 나왔다. 책 몇 권, 먹을 수 있는 것을 구분하는 법이나 독초에 대한 책이다. 포션…… 몇 개 있지만, 다들 색깔이 다르다. 자그만 나이프.

점술사를 쳐다보았다.

"열화판은 다들 버리는 거라서 쉽게 손에 넣을 수 있어요. 제대

로 된 매직백은 시간정지가 걸려 있지만, 입수하려면 돈이 필요하지요. 포션도 거기에 있는 건 열화판이라서 효과가 약하겠지만, 정규 포션은 아주 비싸서 아이의 몸으로는 살 수 없겠죠. ……혼자서 살아가려면 열화판이라도 필요할 거예요."

이 사람은 착한 사람이라고 생각했다. 딱히 나에게 잘 대해주지 않더라도 아무런 문제도 없다. 그런데도 살아갈 방법을 가르쳐주고 있다.

"고맙습니다."

4화   숲에서 살아남은 3년

점술사는 그 뒤로도 몇 번 만나러 와 줬다. 이야기 상대가 되어 줬고 열화판 포션을 줬으며 식량을 나눠준 적도 있다.

그 동안에도 내 환경은 점점 악화되었다. 그 날로부터 1년이 지났을 무렵, 집에 들어갈 수 없게 되었다. 슬피 울면서, 떨어져 있던 돌을 주워 창문을 향해 던졌다. 그 뒤에 아버지에게 몇 번이나 얻어맞고, 여태까지 느낀 적 없는 고통을 경험했다. 어머니가 아버지를 막아주는 일은 없었다.

열화판이지만 포션이 도움이 되었다. 상처가 잔뜩 늘어난 것은 슬펐지만, 눈물은 나지 않았다.

숲에 숨어서 사니, 이상하게도 마음이 편했다. 아무도 만나고 싶지 않다고 생각했기에, 그때부터는 숨는 기술을 길렀다. 들키지 않도록, 그저 그 기술을 길렀다.

그 동안에 책을 몇 번이나 읽으며 외웠다. 먹을 수 있는 나무열매, 독초, 약이 되는 약초. 각각의 특징을 기억하고 구분할 수 있게 되었다. 이걸로 숲에서의 생활이 다소나마 안전해졌다. 실수로 독초를 먹고 괴로워한 것도 자그마한 추억이다.

사냥감을 덫으로 잡는 방법을 기록한 책이 있었다. 나라도 만들 수 있는 덫을 배워서 실천. 몇 번 실패했지만, 사냥감을 잡을 수 있었다. 해체 중에 전생의 내가 비명을 지른 것도 같았지만, 기분 탓이겠지. 오랜만에 먹는 고기에 조금 흥분하였다.

3년이 지나자 꽤나 체력이 붙었는지 숲속을 오랫동안 달릴 수 있게 되었다. 작은 사냥감이지만 잡는 확률도 올랐다. 열화판 포션보다 효과는 없지만, 약초를 써서 상처도 치료할 수 있게 되었다. 숲에서의 생활은 순탄.

신경 쓰이는 일이 있기에 오랜만에 숲에서 나와 마을에 갔다. ……내가 죽었다고 생각했던 건지, 다들 놀란 얼굴을 하였다. 그렇게 쉽게 죽을 것 같아?

뭐가 신경 쓰였냐 하면 점술사 아주머니였다. 2주마다 만나러

와주었는데, 한 달 정도 만나지 못했다. 무슨 일 있었을까? 점술사의 집에는 아무도 없었다. 무슨 일이 있었나 싶어서 불안해졌다.

뒤에서 속닥거리는 소리가 들려왔다. 귀를 기울여보니, 희미하게 들리는 이야기 소리. 그 이야기의 내용에 가슴이 죄어들 듯이 아파왔다. ……그 자리에서 뛰어서 숲으로 도망쳤다.

점술사는 세상을 떴다. 감기가 악화된 탓이라는 말이었다. 촌장이 가진 포션이면 나을 수 있었다나 본데…… 촌장은 포션을 내주기를 거부. 원인은 나에게 있는 모양이었다. 나에게 잘 대해준 점술사는 마을에서 따돌림 당했던 것이다. 몰랐다. 나 때문에…….

숨어 지내던 거처로 돌아갔다. 아무런 의욕도 들지 않았다. 슬픈데도 왜인지 눈물이 나오지 않았다.

5화　여행을 떠납니다!

열화판 매직백을 다섯 개 챙기고, 가방 중 하나를 절반으로 접어 끈으로 허리에 둘렀다. 나머지 넷은 오른쪽에 두 개, 왼쪽에 두 개. 각각 넣을 수 있는 데까지 물건을 넣었다.

열화판 포션 몇 개.

상처를 치유하는 파란색 포션.

병을 치료하는 빨간색 포션.

고통을 진정시키는 녹색 포션.

저주를 푸는 보라색 포션.

죄다 열화판이라서 정말로 효과가 있는지는 써보지 않으면 모른다. 정말로 최악으로 질이 떨어지는 게 아니라면 어느 정도는 치료해준다. 경험으로 그걸 알았다.

숲 속을 달리면서 숨겨두었던 여행 준비물을 회수하였다. 점술사와 함께 모으거나 숨겨둔 것을 하나도 두고 가고 싶지 않았다.

식량은 말린 고기. 여기저기서 슬쩍…… 여행 선물로 받았다. 무슨 문제라도 있나요?

죽통에 숲의 샘물을 담아서 백에 넣었다. 솔직히 여행을 떠나기에는 많이 부족하다. 하지만 내 몸이 아직 작기 때문에 많이 가져갈 수 없으니까 체념할 수밖에 없다. 점술사에게 받은 책도 챙겼다.

남은 건 큰 나무 아래의 구멍에 숨겨둔, 이 빠진 작은 검.

우연이었다. 그래, 아마도 운이 좋았던 거겠지.

나는 정보를 얻기 위해 닷새에 한 번 정도 빈도로 마을에 숨어들고 있었다. 정보는 중요하다고 경험으로 알았으니까. 어제도 정보를 얻기 위해 숲에서 내려갔다.

사람이 별로 안 오는 집회소에 몸을 숨기고 주위 기척을 살폈다. 평소에는 느껴지지 않지만, 오늘은 인기척이 있었다. 귀를 기울여보니 목소리가 들려왔다. 남자가 둘인 모양이었다.

"찾았습니다. 숲속에 숨어 있는 것 같더군요."

"그래, 타블로여. 그것은 이 마을을 불행하게 만들 거다. 알고 있지?"

　타블로는 아버지 이름. 다른 한 명은 모르겠다. 숨을 천천히 내뱉고, 집회소 건물 그늘에서 신중하게 목소리의 주인을 확인했다. ……촌장이었다.

"물론이죠. 별이 없는 놈이 이 세상에 존재해선 안 됩니다. 그애도 신의 곁에 갈 수 있으니 행복할 테죠."

　……웃기지 마! 죽는 게 행복? 나는 살고 싶고, 신에게 갈 순 없어!

　열받았지만, 심호흡을 하여 분노를 다스렸다. 들키지 않도록 그 자리를 조용히 떠나서, 여태까지 몰래 모아두었던 물건을 회수하고 이 마을을 버릴 결의를 했다. 이미 언제든지 떠날 수 있도록 준비를 해두었다. 다만 마지막 계기를 얻지 못했을 뿐. ……역시 태어난 마을을 떠난다는 건 두려웠다. 하지만 여기서 죽을 가능성이 있다면 마을을 떠나겠다. 이젠 망설이지 않는다.

　마을에서 꽤 떨어진 숲의 가장자리에는 숲에서 제일 크다고 해도 좋을 정도로 큰 나무가 있다. 그 나무 밑동 부분에는 물건을 숨길 수 있을 만한 구멍이 있다. 그 구멍에 손을 집어넣고 움켜쥔 것을 밖으로 끄집어냈다. 숲속에서 몸을 지키기 위해 필요한 검. 이것은 점술사가 내 체격에 맞는 것으로 찾아준 물건이다.

여덟 살인 내게는 아직 조금 컸지만, 이것보다 작은 검은 찾을 수 없었다고 했다. 끝부분의 이가 조금 빠진 검. 그걸 들고 마을과는 정반대 방향으로 달렸다.

마을의 빛이 희미하게 보일 정도로 떨어진 장소에서 한 차례 돌아보았다. 마을 주위에 있는 숲에는 오랫동안 신세졌다. 점술사에게는 고맙다고 말하고 싶었다. 여러 추억이 넘쳐나지만, 검을 움켜쥐는 것으로 참았다.

마을에서 시선을 돌리자, 내가 숨어 지내던 장소 중 하나에서 불빛이 보였다. 숲속에 잠잘 만한 거처를 몇 군데 확보해두었다. 들킨 것은 제일 마을에 가까운 장소였던 모양이다. 다음에 거처를 구할 때에는 조심하자.

멈춰 있던 다리를 움직였다. 이 마을에는 두 번 다시 돌아오지 않을 거야.

제
2
장

오
토
르
와
마
을
까
지

The Weakest Tamer
Began a Journey to
Pick Up Trash.

6화 첫 여행은 하드하다!

목적지는 오토르와 마을.

라토미 마을에서 제일 가까운, 큰 마을이다. 오토르와 마을까지 가는 길에는 마을이 몇 개 있지만, 라토미 마을과 거래를 하는 행상이 있기 때문에 너무 오래 머물지 않을 예정이다. 일부러 나를 찾지는 않겠지만, 혹시나 싶은 불안이 있었다. 이웃마을에서 잡힌다니, 생각만 해도 열불 나. 마을 사이에는 길이 있지만, 최대한 모습을 보이고 싶지 않았기에 일부러 동물들이 쓰는 길을 택했다.

위험해! 뒤에서 두두두두 하고 쫓아오는 소리가 났다. 필사적으로 발을 움직였다. 조금이라도 빨리 뛸 수 있도록. 뭐가 쫓아오는 건지 확인할 여유는 없어! 아는 거라곤…… 멈추면 죽어!

어쩌지, 어쩌지. 어어, 이 경우는 나무 위로 도망친다. ……올라갈 수 있는 나무가 없어! 다음은…… 틀렸어. 따라잡히겠어!

아앗! 나무, 나무를 발견. 어떻게든 저기까지 도망치자!

죽을 기세로 나무까지 뛰어서 앞뒤 가리지 않고 나무를 올라갔다. 빠져나왔다……. 살았어~. 온몸에서 땀이 대량으로 흘렀다.

다행이다. 나무를 올라올 줄 아는 마물이 아니라서 정말로 다행이다. 마을을 떠나 조금 마음이 풀어진 탓일지도 모른다. 마음 단단히 먹지 않으면 숲은 위험하다.

오늘은 이대로 여기서 휴식하자. 지쳐서 못 움직이겠고. 그렇긴 해도 뭐가 쫓아왔던 거지? ……하아, 앞날이 불안하다.

무서워서 제대로 잘 수 없었다. 어쩔 수 없나. 일단 나무에서 내려와서 이동하자.

에엑! 높아! 내가 있는 장소를 확인하고 놀랐다. 꽤나 키가 큰 나무에서도 꽤나 높은 곳까지 올라와버린 모양이다. ……내려가는 게 무섭다. 베이고 긁힌 상처가 잔뜩 생겼지만, 내려갈 수 있었다……. 다행이야. 열화판 포션 네 개를 소비해서 치유했다. 이번 포션은 그 열화가 좀 심했던 모양이다.

제대로 된 길을 찾았다. 조금 생각한 뒤에 역시 동물들이 오가는 길을 가기로 했다. 이번에는 주위를 잘 경계하면서 나아갔다. 속도는 느려지지만, 목숨은 소중하니까.

말린 고기를 씹으면서 걸었다. 냄새에 마물이 꼬여들지나 않을까 걱정이지만, 어쩔 수 없다. 배가 고팠으니까.

그 뒤로 마물에게 몇 번이고 쫓겼지만, 아슬아슬하게 뿌리칠 수 있었다. 다친 데는 늘었지만, 목숨이 붙어 있으니까 괜찮아. 상상했던 것보다 숲 속에는 흉포한 동물이나 마물이 많은 모양이다. 더 일찍 기척을 알아차릴 수 있게 되어야 한다.

여드레째에 사람들 소리가 희미하게 들려오는 장소에 도착할 수 있었다. 간신히 이웃마을 근처까지 온 모양이다. 하지만 여기는 피하기로 했으니까 마을을 우회하듯이 움직였다.

마을에 들키지 않도록 조금 멀찍이 도는 길을 가고 있자니, 널찍한 장소가 나왔다. 주위를 살피며 확인해보니 여기는 쓰레기장이었다. 사람과 마물들의 기척을 조심하면서 쓰레기를 살피러 갔다. 매직백이 있었다. 열화판이겠지만, 이건 꼭 필요하다. 확인해보니 매직백이 열 개나 버려져 있었다. 죄다 챙겨 가고 싶지만…… 짐이 되고…….

한동안 쓰레기를 뒤지고 있으니 인기척이 다가왔다. 몸을 숨길 수 있는 바위가 근처에 있었기에 상황을 살피기 위해 숨었다.

"서둘러!"

"알아!"

부스럭부스럭 소리가 나고 잠시 뒤에 기척이 멀어졌다. 애들 소리였다. 아마도 뭔가를 주우러 온 거겠지.

들키지 않아서 다행이다.

새롭게 건진 것은 포션이었다. 포션 몇 개를 어깨에 맨 가방에 넣었다. 잠깐 고민했지만, 매직백 열 개도 가방에 넣고 이동했다.

7화　쓰레기장에서 주운 매직백

쓰레기장에서 한 시간 정도 이동한 뒤에 조금 휴식을 취했다.

들고 온 매직백이 무겁다. 역시 10개는 너무 많았나……. 열화판에 시간정지 기능은 없다. 그리고 들어가는 용량, 넣은 물건의 경량화 등의 효과가 제각각 다르기 때문에, 일일이 확인하지 않으면 쓸 수 없다.

10개 중 6개는 내가 쓰던 것보다 용량이 컸다. 다만 그중 하나는 중량이 경감되지 않아서 쓸 수 없다. 그렇긴 해도 매직백 중 다섯 개는 쓸 수 있다는 소리니 이건 득봤다. 내용물을 교체하면서 포션을 확인하였다. 시간정지 기능이 없으니 포션이 변색되는 경우가 있다. 그렇게 되면 못 쓴다. 다음 쓰레기장에서 버리기로 했다.

짐을 정리하고 나머지 매직백을 보았다. 쓰기로 한 것은 새로 주운 가방 세 개에 원래 쓰던 것 두 개. 여태까지는 가방을 네 개만 썼다. 매직백 하나에 나머지 빈 가방 여섯 개를 넣어서 들었다. 그래도 아직 용량에는 꽤나 여유가 있다는 게 기쁘다.

정규 매직백의 레어판 중에는 매직백 안에 가득 찬 매직백을 수납 가능한 것이 있다는 모양이다. 그런 것을 열화판에게 기대할 순 없지만, 부럽긴 하다.

오른쪽에 두 개, 왼쪽에 두 개의 가방을 매고, 허리에도 가방을 끈으로 묶어두었다. 겉보기로는 다를 바 없지만, 하나에는 아직 용량에 여유가 있다. ……쓰레기를 잊고 있었다. 쓰레기도 가방에 넣어서 준비 완료.

짐 정리도 다 끝났으니 다음 마을로 출발이다. 저 마을의 쓰레기장은 짭짤했어.

몇 시간 걷자 물소리가 들려왔다. 물도 보충해야겠다 싶어서 물소리를 따라서 동물들의 길을 벗어나 숲속을 향해 걸었다. 곳곳에 표식을 남겨서 길을 잃지 않도록 조심하며.

"우와~."

깨끗한 강이 흐르는 게 눈에 들어왔다. 물고기도 있는 모양이니까 문제는 없겠지. 죽통에 물을 보충하고, 걷느라고 달아오른 발을 강에 담가서 식힌다. 기분 좋다.

기분도 일신했으니 원래 길로 돌아가기 위해 걸었다. 잠시 뒤에 기척이 느껴졌다. 나무 뒤에 몸을 숨기고 주위를 확인했다.

조금 떨어진 장소에 한 남자의 모습이 보였다. 슬라임을 데리고 있는 것 같았다. 별 두 개 가진 테이머겠지. 슬라임은 별이 두 개 필요한 마물로, 유기물을 처리하는 쪽으로 활약한다. 쓰레기 처리꾼이라고 불리면서 꽤나 중요한 일이다. 무기물을 처리하는 슬라임도 있지만, 꽤나 레어라고 들었다.

이런 곳에서 뭘 하는 거지?

8화 쓰레기장 = 불법투기

남자는 매직백에서 쓰레기를 꺼내서 슬라임에게 처리시켰다.
……겉모습을 보면 모험가 같았다. 주위 기척을 살펴보니, 조금
떨어진 장소에서 기척 여러 개가 희미하게 느껴졌다. 기척이 희미
해서 처음에는 몰랐다. 상위 랭크의 모험가 팀일지도 모른다. 그
들과는 반대쪽 방향으로 슬며시 거리를 벌렸다.

원래 길로 돌아온 뒤에야 숨을 내뱉었다. 긴장했다. 조금 떨어
진 숲속에서는 방금 전 모험가들의 기척이 있었다. 꽤나 희미하니
읽기 어려운 기척이지만, 어떻게든 기척을 찾으며 혹시나 내 쪽으
로 다가오지 않는지 확인했다. ……이쪽으로는 오지 않는 모양이
다. 다행이다.

아마도 저쪽은 내 기척을 알고 있겠지. 흥미를 끌 만한 것은 없
으리라 생각하지만. 저렇게까지 기척이 희미한 모험가들은 처음
이다. 조금 무섭다.

크게 심호흡을 하고 다음 마을을 향해 걷기 시작했다.

몇 번이나 발을 멈추고 기척을 찾았다. 여러 기척이 있지만, 해
가 될 만한 기척은 느껴지지 않았다. 방금 전 모험가 팀의 기척도
느껴지지 않게 되었다. 그들이 고의로 기척을 지우면 지금의 나로
서는 찾을 수도 없겠지만, 아마도 괜찮겠지.

마물이나 동물을 회피하면서 걸었다. 정확한 지도를 본 적이 없기 때문에 다음 마을까지의 거리를 알 수 없었다.

……일단은 사람들이 오가는 길에서 너무 멀리 떨어지지 않도록 하자.

다음 마을로 향한 지 나흘.

이상하다. 눈앞에는 쓰레기장이 있다. 하지만 주변에는 마을이 없다. 쓰레기장은 마을 근처에 두는 법이라고 들었는데? 버려진 물건들을 살폈다. 변색된 포션, 깨진 병. 부러진 검, 찢어진 이건 아마도 매직백. ……내가 여태까지 보았던 마을 근처의 쓰레기장보다도 훨씬 망가진 것이 많았다. 아마도 모험가의 쓰레기장인 걸까? 이야기로는 들었지만, 처음 보았다.

쓰레기를 살펴보았지만, 쓸 만한 건 없는 모양이었다. 버릴 예정이던 물건을 매직백에서 꺼냈다. ……왠지 불쾌해져서 버리지 않았다.

마을에는 쓰레기장이란 게 반드시 있지만, 법률로 인정받은 것은 아니다. 마을에는 쓰레기를 처리하는 슬라임이 필요하다. 하지만 테이머가 부족한 것이다.

별 두 개인 테이머가 테이밍할 수 있는 슬라임의 숫자는 많은 경우에 다섯 마리. 적은 사람이면 두 마리라고 들었다. 테이밍한 슬라임에 따라서도 하루에 처리 가능한 양이 다르다. 왕도나 도시는 테이머를 여럿 계약 고용한다고 들었다. 마을은 돈을 내고 도시에 처리를 의뢰하지만, 마을에는 자금 여유가 없다. 그렇기 때문에 쓰레기장이란 게 생긴다. 도시는 그걸 알면서도 못 본 척한다.

숲속에 있는 것은 모험가의 쓰레기장이라고 들었다. 모험가 팀에는 반드시 슬라임을 테이밍한 테이머가 필요하다. 이건 법률로 정해졌다고 한다. 데리고 있는 슬라임이 처리할 수 없는 것은 정해진 장소에 버리는 것도. 하지만 현실은 눈앞에 있는 위법 쓰레기장이다. 망가진 물건은 짐이 되니까 숲속에 방치하는 거겠지. 무기물을 처리 가능한 슬라임을 데리고 있는 모험가 팀은 적어서 S랭크의 모험가 팀 정도라고 점술사가 말해주었다.

내가 버려도 들킬 일은 없지만, 그만두었다. ……왠지 모르게 전생의 내가 싫어하는 것 같았다. '불법투기'라는 게 뭐지?

……마을로 가자. 마을 쓰레기장에 버리자.

9화　거대한 개미

동물들의 길을 이동하면서 작은 동물을 찾았지만, 좀처럼 눈에 띄지 않았다. 내가 잡을 수 있는 건 들쥐처럼 작은 동물뿐이다. 조금 더 큰 걸 잡을 수 있다면 좋겠지만, 욕심을 부리다간 다친다. 이건 경험으로 배웠다. 내 실력으로는 아직 무리다.

"……없네. ……아쉬워."

이 부근에는 작은 동물이 없는 모양이다. 기척을 찾아도 느껴지지 않았다. 도중에 나무열매를 찾아서 따두길 잘했다. 그러지 않았으면 마지막 남은 말린 고기에 손을 대야 했다.

하지만 왠지 이 부근에는 작은 동물만이 아니라 큰 동물도 적은 것 같다. 다시금 주변의 기척을 찾아보았지만 아무것도 걸리지 않았다. 이상하네…….

그 뒤로도 한동안 찾아보았지만, 결국 포기했다. 나무열매를 먹고 오늘 잘 곳을 찾자. 몸을 숨길 만한 구멍이나 동굴은 없나…….
오늘은 나무 위인가. 주위 나무를 둘러보다가 줄기가 굵직한 나무를 골랐다. 평소보다 안정감 있는 굵은 가지였기에 조금 높은 곳에 있는 가지에서 쉬기로 했다. 조금 이르지만, 오늘은 이만 쉬자. 왠지 지쳤다. 여행에서 제일 부자유스러운 것은 수면이다. 푹 잘 수가 없다. 숙면했다간 죽을 가능성이 올라간다.

위험한 기척을 느끼고 눈이 떠졌다. 그 기척은 아직 멀지만, 엄청난 속도로 이쪽을 향하고 있다. 어쩌지? 이동할까? 아니면 이대로 숨어서 기척을 죽여? 두근두근하는 심장을 심호흡으로 진정시키며 기척을 찾았다.

움직이는 속도를 생각하면 뿌리칠 수 없다고 판단. 나무줄기의 파인 곳에 몸을 바짝 붙여서 숨었다. 숨을 죽이고, 최대한 기척을 죽이고, 그것이 지나가기를 기다릴 수밖에 없다.

잠시 뒤에 버석버석 하고 낙엽을 밟는 소리가 서서히 다가왔다. 그 소리를 들어보면 한 마리가 아니라 수십 마리. 기척이 섞여 있어서 숫자를 파악할 수 없었던 것이다. 떨리려는 몸을 꼭 끌어안고 최대한 움직이지 않도록 몸을 굳혔다.

움직였다간 들켜!

숨어 있는 나무 아래에 버석버석 하는 대량의 소리가 지나갔다. 천천히 시선을 움직여서 소리의 발생원을 확인했다. 나무들 사이로 비치는 달빛을 받아서 검게 빛나는 몸이 보였다. ……저건 분명히 책에 실려 있던 휴즈 앤트다! 수십 마리가 무리를 지어서 습격하는 마물이었을 거다. 잘 보니, 나무 아래에서 검은 덩어리 여럿이 꿈틀거린다……. 크기는 1미터 이상 되는데 움직임이…… 빨라! 보고 있으면 몸이 떨릴 것 같기에 눈을 꼭 감고 가만히 기척을 죽였다.

시간이 얼마나 지났을까, 휴즈 앤트의 기척이 멀어졌다. 하지만 아직은 움직이지 않는다. 지금 움직이면 돌아와서 공격할지도 모른다. 꽤나 시간이 지난 뒤에야 간신히 몸에서 힘을 뺄 수 있었다. ……힘들다.

기척은 없지만, 주위를 확인하듯이 둘러보았다. 이 숲은 휴즈 앤트의 둥지에 가까운 걸지도. ……그러니까 동물이 없었던 걸까……. 하아, 그걸 몰랐네.

　이상하게 동물이 적은 것은 원인이 있기 때문이다. 그러고 보면 흙 위에 무슨 흔적이 제법 있었던 것 같은데……. 그게 발자국이었을까? 처음이라서 몰랐지만, 기억해두자. 그렇긴 해도 숫자가 정말 많았다. 들키지 않길 다행이다. 무서웠어~.

10화　두 번째 마을

　덫에 걸린 들쥐를 해체했다. 처음과 비교하면 꽤나 빨리 해체할 수 있게 되었다. 해체할 때는 냄새가 가장 큰 문제다. 아무리 조심한다고 해도 피 냄새가 충만하게 된다. 최대한 빠르게 해체하고 바로 이동. 이게 나의 기본이다.

　해체한 고기를 물로 씻고 큼직한 바나 잎으로 예쁘게 싼다. 바나 잎은 살균 효과가 있어서 자주 이용된다. 숲 속에서는 쉽게 찾을 수 있는 나무 중 하나다. 고기를 가방에 넣고, 해체 과정에서 나온 뼈 같은 것을 그대로 그 자리에 남긴다. 재빨리 해체해도 피냄새를 맡고 다가오는 마물이 생긴다. 뼈 같은 것을 남기는 이유는 그걸로 마물을 유인하여 내가 이동할 시간을 벌기 위해서다. 몇 번이나 경험하면서 이 방법이 제일 안전하다고 깨달았다.

멈춰 서서 귀를 기울인다. 인기척, 그리고 희미하지만 목소리도 들린다. 아무래도 두 번째 마을에 도착한 모양이다. 앞으로는 마을에 들어가서 정보를 입수할 예정이다. 가방 안에 있는 고기는 방금 전에 해체한 것이니까 조금은 돈으로 바꿀 수 있지 않을까? 마을 분위기를 살펴본 뒤에 생각하자.

마을에는 여행자들의 모습이 여럿 보였다. 모험가 차림인 사람도 제법 보였다. 이 마을이라면 외부인이 고기를 팔아도 눈에 띌 일은 없겠지. 들쥐 고기 말린 것은 영양가가 높아서 인기라고 들었다. 팔려면 신선도가 중요하겠지.

마을의 중심에 있는 큰길에서 주위를 둘러보고, 고기를 파는 가게 중에서 마을의 중심부에 제일 가까운 푸줏간에 들어갔다.

"죄송합니다, 들쥐 고기를 팔고 싶은데요."

"오, 들쥐 말이냐? 어디 한 번 보여줘."

덩치 좋은 남자가 가게 안쪽에서 얼굴을 비쳤다. 내 모습을 보고 조금 놀란 기색이었지만, 딱히 캐묻는 일은 없었다. 바나 잎으로 싼 고기를 그대로 건네자, 남자는 고기를 확인하고 한 차례 고개를 끄덕였다. 처음 겪는 일이라서 심장이 두근거려 시끄럽다.

"아주 신선하군. 좋아. 이 양이면 100다르다."

근처에서 파는 말린 고기의 가격을 보았다. 내가 닷새 동안은 먹을 양의 말린 고기가 100다르 정도인가. 시세가 대충 그런 거겠지.

"그렇게 부탁드립니다."

"오냐."

내 손에 100다르를 올려주었다. 처음으로 돈을 손에 넣어 조금 감동했다.

"또 잡거든 잘 부탁해. 최근에는 큰 사냥감을 노리는 녀석들만 많아서 말이지, 들쥐를 가져오는 녀석은 별로 없어."

한 차례 고개를 숙이고 가게를 나섰다. 잃어버리지 않도록 허리에 묶어둔 가방에 돈을 넣었다. 허리끈을 단단히 고쳐 매고 마을에서 나가 숲으로 들어갔다.

"해냈어!"

스스로 돈을 벌었다는 사실에 얼굴이 풀어졌다. 내 스킬로는 제대로 된 일을 얻을 수 없다. 고생스럽긴 해도 사냥을 하고 고기를 팔면 생활할 수 있을지도 모른다. 아주 조금이지만 미래를 상상할 수 있는 게 기쁘다.

"들쥐를 잡아서 돈을 좀 모은 뒤에 이동할까."

숲속에서 잠자리에 쓸 만한 나무를 찾았다. 여기서 자도 괜찮을지 주위를 확인해보았다. 나무 주위에 남겨진 마물의 흔적을 조사했다. 다시금 기척을 캐보았지만, 위험으로 느껴지는 기척은 없었다. 오늘은 기분 좋게 잘 수 있을 것 같다.

11화   들쥐를 잡자!

덫을 확인해보니 들쥐가 두 마리. 오늘은 다해서 들쥐 다섯 마리를 잡을 수 있었다.

이 마을 주변에서는 송곳니 멧돼지를 사냥할 수 있다고 들었다. 벌이로는 그쪽이 더 짭짤해서 들쥐를 잡는 사람은 얼마 없다. 송곳니 멧돼지가 날뛰면 들쥐가 도망친다. 그 도주로를 찾아내어 덫을 설치하기만 하면 될 뿐. 처음 예정으로는 하루에 2~3마리를 잡을 정도로 덫을 놓는데 예상보다 많은 들쥐를 잡을 수 있었다. 사흘 동안 잡은 숫자가 24마리. 꽤나 기쁜 상황이다.

죄다 해체한 뒤에 바나 잎으로 예쁘게 싼다. 겉보기도 중요하다고 전생의 내가 말했다. 정말일까? 잘 모르겠다.

마을에 들어가서 마을사람들에게 무슨 변화가 없는지 확인했다. 이건 의외로 중요한 일이다. 마을사람이 허둥댈 때에는 마을에 뭔가 사건이 일어났을 때, 또는 힘에 부치는 마물이 나타난 경우 등이다. 주위를 이상하게 신경 쓸 때는 수상한 자의 정보가 돌 때라서 의외로 알기 쉽다. 오늘은 평소보다 마을사람들에게 활기가 있고 떠들썩한 모습이었다. 무슨 일이 있는 걸까? 경계하면서 고기를 사주는 푸줏간으로 향했다.

"오오, 오늘도 들쥐냐?"

"예, 괜찮을까요?"

"암, 문제없지. 수확이 끝나서 이번 주말이면 행상들이 한꺼번에 이동할 테니까 말린 고기를 많이 찾거든. 하지만 마을 녀석들이……."

"?"

"송곳니 멧돼지가 좀 늘어서 사냥하기 쉽다며 다들 그걸 잡으러 가 버렸어."

그렇구나. 아무도 안 잡으니까 내가 많이 잡을 수 있었던 건가.

"게다가 어제는 송곳니 멧돼지 집단을 숲에서 봤다면서, 지금 사람을 모으나 봐."

방금 전의 분위기는 그래서인가. 송곳니 멧돼지가 집단으로 있으면 숲속은 위험할지도 모른다. 오늘 잠자리를 생각해봐야겠네.

"자아, 돈 여기 있다. 사냥하는 사람이 적으니 좀 더 쳐 주마. 2550다르다."

"감사합니다."

첫날이랑 합쳐서 총 2650다르를 벌었다. 슬슬 다음 마을로 이동할 때겠지.

하지만 푸줏간의 말린 고기를 보니 가격이 비싸졌다. 수요가 있다면 어쩔 수 없지만, 가격이 오르기 전에 사두면 좋았을걸.

"음? 혹시 말린 고기가 필요하냐?"

"예, 슬슬 다음 마을로 가려고요."

"그렇구나……. 너한테는 신세 졌지. 잠깐 있어봐라."

가게 주인이 안에서 뭔가를 들고 나왔다.

"자투리라도 괜찮다면 다해서 100다르에 가져가거라."

받아들고 살펴보니, 분명히 말린 고기의 자투리지만 양이 꽤 많았다. 이거면 열흘은 너끈히 버틸 수 있겠다.

"감사합니다."

100다르를 내고, 다시금 인사를 한 뒤에 푸줏간을 나섰다. 조금 생각한 뒤에 사람이 많은 쪽으로 걸어갔다. 송곳니 멧돼지가 어디쯤에서 집단을 이루고 있는지 정보가 필요하다. 그 정보를 토대로 숲 속을 어느 방향으로 가면 안전할지 확인하자.

12화   지도로 확인하다

마지막에 놓은 덫을 회수해보니, 안에는 들쥐가 두 마리. 오늘 저녁식사는 호화롭겠다.

마을에서 모은 정보를 토대로, 내일 오전에 출발하기로 정했다. 아무래도 오늘 밤에 숲속에서 대규모 사냥이 있는 모양이다. 잘만 하면 송곳니 멧돼지의 숫자가 줄어들지도 모른다. 송곳니 멧돼지

는 성질이 거칠고 위험하다. 숲속에서 공격이라도 받으면 나로서
는 위험하다.

평소처럼 재빨리 해체를 마친 뒤 그 자리를 떠났다. 무슨 기척
이 다가왔지만, 해체하면서 남긴 잔해가 시간을 끌어주겠지. 조금
서둘러서, 미리 찾아둔 마을의 쓰레기장으로 향했다.

여행을 떠날 거면 준비가 필요하다. 상인이나 모험가의 모습이
있었으니 예상은 했지만, 이 마을의 쓰레기장은 넓었다. 포션 몇
개를 발견, 색깔을 확인하고 가방에 넣었다. 찢어진 채로 버려진
가방에서 착착 접힌 종이가 보였다. 손에 들고 내용을 확인해보니
간단히 만들어진 지도 같았다. 내가 태어난 마을도 실려 있었다.

이건 큰 수확이야!

나는 태어난 마을 말고 다른 마을의 이름을 거의 모른다. 또 얼
마나 걸으면 마을에 도착하는지도 모르는 상태였다. 이 지도가 얼
마나 정확한지는 모르지만, 도움이 되겠지. 그거 말고는…… 옷을
몇 벌 발견. 크기를 보고 얼마나 더러운지 확인한 뒤에 가방에 넣
었다. 그리고 가지고 있던 매직백 안에서 쓸모없는 물건들을 꺼내
어서 버렸다. 짐이 늘어났으니 이건 어쩔 수 없다.

쓰레기장을 뒤로 하고 마을이 있는 방향으로 걸어갔다. 대규모
사냥이 있는 날에 숲속에 있는 것은 너무 위험하다. 오늘은 마을
에서 밤을 보내자.

사냥에 참가하는 사람들이 마을 중심에 모여 있었다. 꽤 많은

이들이 참가하는 모양이다. 마을의 중심에서 조금 떨어진 곳에 있는, 모험가들이 머무는 광장을 찾아갔다. 돈이 없는 모험가를 위해서 마을이 광장을 개방했다는 모양이다. 그 광장에는 간이 조리장도 있는 모양이라서, 나로서는 크게 고마운 장소. 조금 널찍한 공간을 찾아냈다. 근처에 텐트가 쳐져 있으니 여기서 자도 되는 거겠지. 더 시끌시끌할 줄 알았는데, 모험가들은 송곳니 멧돼지를 사냥하러 간 모양이다. 한몫 잡을 때니까 당연하려나.

광장에 들어가 보니 조리장이 있었기에 얼른 저녁밥을 준비하기로 했다. 나는 마력량이 적으니까 조리에 마법을 쓰고 싶지 않다. 이 광장의 조리장에는 불을 피우는 마석이 있기에 그런 점에서 편리하다. 해체한 들쥐를 적당한 크기로 잘라서 구웠다. 한 마리는 구워서 바나 잎으로 싸두고, 다른 한 마리가 오늘 저녁밥이다. 쓰레기장에서 주운 지도를 확인하면서 조금 호화로운 저녁밥을 만끽했다. 아무튼 지금 있는 장소의 이름을 확인하자.

내가 태어난 마을은 라토미. 지도로 확인하니, 꽤나 도시와 떨어진 곳에 있었다. 마을에는 들어가지 않았지만 이웃 마을이 라토프고, 그 다음 마을이 라토네. 이게 아마 지금 있는 이 마을이겠지. 다음 목표인 마을이 라토트다. 지도를 보면 지금까지보다 가까운 듯한데…… . 누가 버린 지도인지 모르는 이상, 너무 신용하지는 않도록 하자.

오랜만에 글자를 보니 점술사가 떠올랐다. 간단한 글자는 읽을 수 있어도, 글을 죄다 읽을 수는 없었던 나. 그걸 안 점술사는 꼭 필요해질 거라면서 글을 읽고 쓰는 법, 간단한 계산을 가르쳐주었다. 그 온화한 얼굴을 다시금 만나고 싶다.

13화   라토트로 간다

느긋하게 이동하기 시작할 예정이라서, 아침에는 한가히 보낼 수 있었다. 오랜만에 경계를 조금 풀고 잘 수 있었기에 꽤나 몸이 가볍게 느껴졌다. 광장이 개방되어 있거든 이용하는 편이 몸에 좋을지도 모르겠다. 여행의 피로로 주의력이 떨어지는 게 제일 무섭다.

광장에서 마을 중심으로 향하면서 마을 분위기를 확인했다. 아무래도 대규모 사냥은 성공한 모양인지 아침부터 마을의 남자들에게서 술 냄새가 풍겼다. 모험가들이 모이는 가게에서도 와자한 소리가 들려왔다. 얼마나 많이 잡은 건지는 모르겠지만, 숲의 이동이 조금 안전해질지도 모른다. 물론 경계는 필요하지만.

정오보다 다소 이른 시간에 마을을 나섰다. 태어난 마을, 라토미에서는 꽤나 멀어졌기에, 이제 제대로 된 길을 가도 들키지 않겠지. 이 마을까지 시간을 들이며 쫓아올 만한 가치는 내게 없을 것이다. 게다가 송곳니 멧돼지가 아직 숲에 숨어 있을 가능성이 있다. 안전을 생각해서라도 이 길을 택하자.

마을을 나설 때에 집회소인 듯한 건물 앞을 지났는데, 토벌된 송곳니 멧돼지가 나뒹굴고 있었다. 책을 읽어서 지식으로는 알고 있었지만, 상상 이상으로 컸다. 저런 게 몸을 부딪쳐온다고 생각하니 무섭다. 제대로 된 길을 다녀도 재수 없으면 만난다니까, 긴장하면서 마을을 떠났다. 다음 마을로 이어지는 길은 이전까지의 길과 비교하면 잘 다져져 있었다. 그만큼 사람들의 왕래가 많다는 소리겠지. 꽤나 활기 있는 마을이었다.

그리고 보면 푸줏간 주인은 내게 사연이 있다고 이해해 준 거겠지. 딱 보기에도 열 살도 안 되는 아이가 혼자서 고기를 팔러 다니는 일은 좀처럼 없다. 그런데 아무것도 묻지 않고, 아마 다른 모험가와 같은 가격으로 고기를 사주었구나 싶다.

……제대로 감사의 말을 할 걸 그랬다.

라토네를 나서고 사흘.

물소리를 쫓아서 식수 확보에 나섰다. 그동안에도 숲의 나무를 확인하면서 먹을 수 있는 열매를 찾았다. 먹을 수 있는 과일은 강 근처에 많다는 것을 깨달았기 때문이다. 강에 도착할 때까지 과일 몇 개를 확보할 수 있었다.

강에서 죽통에 물을 보충하고 매직백에 넣었다. 온 길을 되짚어 가려는데, 수풀에서 슬라임이 나타났다. 녹색에 둥글둥글한 삼각형 모양이랄까, 물방울 모양인, 일반적인 슬라임. ……테이밍하지 않은 슬라임은 마물이다.

솔직히 무섭다.

이 세계의 슬라임은 귀여움이 부족하다는 모양이다. 이건 전생의 내 의견이다. 마물에게 귀여움을 추구하는 전생의 나는 머리가 나쁜 걸지도 모른다.

그보다도 도망칠 방법을 생각해야……. 슬라임은 약하다고 하지만, 몸통 박치기와 점액탄이란 것을 쏴온다. 나는 공격마법도 방어마법도 못 쓴다. 검은 분명히 가지고 있지만, 슬라임에게 검은 잘 안 통한다. 도망치는 게 제일 안전하다. 슬라임이 나온 수풀을 피하듯이 뛰어서 길로 돌아갔다. 길에서 주위 기척을 살폈지만, 쫓아오지는 않는 모양이다. 움직임이 둔한 슬라임이라서 다행이다.

마력량이 많으면 생활마법의 불로 슬라임을 해치울 수도 있다고 들었다. 하지만 내 마력량은 정말로 얼마 안 된다.

이 세계에서는 일상생활에서 마법을 다소 쓴다. 생활마법이라고 불리는 것으로, 불을 피운다든가 물을 만든다든가 옷에서 때를 지운다. 이 세 가지는 아무나 쓸 수 있는 마법이라고 한다.

물론 나도 쓸 수는 있지만, 실제로는 쓸 수 없다. 원인은 마력량. 내가 가진 마력량이 극단적으로 적기 때문에 쓸 수가 없다.

생활마법은 사람에 따라 사용 횟수가 다르다. 그 차이는 가진 마력량으로 정해진다.

다섯 살 정도부터 생활마법을 쓰면서 마력량을 키워서 일상에서 문제없도록 훈련하는 게 일반적이다.

하지만 내 경우는 아무리 생활마법을 써도 늘어나지 않았다. 어쩌면 조금은 늘어났을지도 모르지만, 너무 미미해서 알 수 없을 정도다.

내 마력량으로는 불 마법을 한 번 쓰면 거의 바닥난다. 숲 속에서 마력이 바닥나면 기척을 읽을 수 없어진다. 기척을 읽는 데에는 마력을 쓰지 않지만, 마력량이 바닥나면 신체 능력이 저하된다. 숲속에서 그것은 치명적이다.

뭔가와 싸우려면 마력이 필요해질지도 모른다. 그 순간은 어떻게 넘기더라도 내게는 그 다음이 없다. 그러니까 아무리 약하다고 평가되는 슬라임이라도 싸울 수 없다. 도망칠 뿐이다.

14화 신기한 생물

처음에 슬라임을 만난 이후로, 라토트 마을로 가는 도중에 많은 슬라임을 만났다. 라토트 마을로 향하는 길 부근에는 슬라임이 많이 발생하는 모양이다. 정보를 모을 때에는 그런 소리를 못 들었는데, 약한 슬라임의 정보는 애초에 나돌지 않는 걸지도 모르겠다. 그렇긴 해도 도망치자니 힘들었다. 슬슬 다음 마을에 도착할 때가 되지 않았나 싶지만.

이런, 물이 다 떨어졌다. 어딘가에서 물을 보충해야지. 아직 마을이 어디에 있는지 모른다. 혹시 이 장소에서 멀리 있을 경우를 생각하면 보충은 필요하다. 귀를 기울이니 희미하게 물소리가 들렸다. 조금 먼 것 같지만 어쩔 수 없다. 숲속에 들어가서 물소리가 들리는 방향으로 발을 옮겼다.

"와아~……. 대단해."

물소리를 따라서 도착한 장소에는 조금 큰 호수가 있었다. 호수 면에는 처음 보는 꽃이 잔뜩 피어 있었다. 이름은 모르겠지만 수면에 커다란 이파리가 떠 있고, 그 사이로 튀어나온 줄기 끝에는 조금 큼직한 희색이나 연분홍색의 꽃이 흔들리고 있었다. 잠시 동안 넋 놓고 꽃을 바라보았다가 퍼뜩 정신이 들어서 다급히 주위를 둘러보며 이변이 없는지 확인했다. 숲속에서 넋 놓고 있으면 안 되는데…….

호수에 흘러드는 강을 발견하고 죽통에 물을 보충했다. 죽통이 더 있으면 좋겠지만, 보통은 죽통 같은 걸 안 쓰기도 하고, 버려진 것들은 깨져 있었다. 어디서 대나무를 찾거든 내가 만들어볼까.

길로 돌아가기 위해 숲속에 남겨둔 표식을 찾았다. 내가 남긴 표식은 녹색의 가는 끈이다. 끈을 회수하면서 길로 돌아갔다.

"……이건 뭐지?"

조금만 더 가면 길이 나오는 장소에 신기한 생물이 있었다. 언뜻 보면 슬라임인가 싶었는데, 아닌 것 같다. 슬라임을 옆으로 주욱 늘려놓은 듯한 모습……. 반투명한 청색, 눈은…… 마물이겠지만 애교가 있다.

"……귀여워."

……마물인데도 귀엽다고 생각되었다. 이래선 전생의 나를 비웃을 수 없다. 하지만 이 흐물흐물한 몸의 슬라임은 왠지 귀엽다. 슬라임은 이쪽을 가만히 바라보고 있었다. ……슬라임? 흐물흐물? ……마물 일람의 슬라임 항목에서 본 기억이 있어.

"기억났다……. 흐물흐물 슬라임?"

이름 없는 레어 슬라임이 있다고 책에 실려 있었다. 최약체 슬라임이라고 하기도 하고, 겉모습을 따서 흐물흐물 슬라임이라고 불리는 레어 슬라임이다. 레어라고 하면 강한 쪽을 상상하지만, 유일하게 마물 중에서 약한 레어다.

"분명히 바람만 세게 불어도 없어진댔나?"

나와 마찬가지로 최약체인 것 같아. 하지만 최약체라고 부르고 싶지 않으니까 흐물흐물 슬라임이라고 불러야지! 조금 친밀감이 든다. 보고 있으니 머리카락이 흔들릴 정도의 바람이 불었는데, 눈앞의 흐물흐물 슬라임은 그 바람에 데굴데굴 굴러갔다.

"……정말로 약하구나."

15화　첫 테이밍

구르다가 엎어진 상태로 멈춘 흐물흐물 슬라임. 잠시 기다렸지만, 고개를 들려고도 하지 않았다. ……설마 원래대로 못 돌아가나? 어째야 좋을지 몰라서 잠시 기다려보았는데, 시간이 지나도 몸을 돌리지 않았다. 그저 부르르 떠는 모습에서 애수가 감도네……. ……가엾다고도 생각되지만, 귀엽다는 생각도 들었다.

하지만 이대로는 꿈쩍도 못 할 것 같기에 몸의 방향을 돌려주려고 손을 뻗었다. 하지만 흐물흐물 슬라임에 대한 글귀를 떠올리니 손이 멎었다.

'레어인 최약 슬라임은

찌르기만 해도 사라질 정도로 약하다.'

그걸 읽었을 때에는 설마 그 정도로 약한 마물이 있을까 싶었는데, 눈앞에는 실제로 엎드린 상대로 일어나지도 못하는 흐물흐물 슬라임.

……진짜일지도 모른다.

어쩌지, 건드리면 사라지는 걸까? 하지만 찌르는 것도 아니니까. 살짝, 사알짝 감싸듯이, 엎어진 몸의 방향을 앞으로 향하도록 바꿔주었다.

……긴장되었다.

가만히 보면 왜인지 부르르 떨고 있어……. 어! 설마 사라지나? 사라지는 거야? 두근두근한 마음으로 지켜보자, 잠시 뒤에 멎었다. 하아~.

"아하하, 내가 지금 뭐 하는 거지."

흐물흐물 슬라임은 나를 가만히 바라보고 있었다. 솔직히 두고 가기 그렇다. ……테이밍 할 수 있을까? 최약체라고 불리는 슬라임, 최약에 별이 없는 나. 잘 어울릴지도.

테이밍 방법은 책으로 읽었다. 하지만 실제로 내가 테이밍할 일은 없다고 생각하기에, 제대로 읽은 적이 없었다. 눈앞의 흐물흐물 슬라임은 실패하면 사라질 것 같다.

매직백에서 책을 꺼내어 테이밍 방법을 찾아보았다. 책에 따르면 마력을 조금 마물에게 나눠주고 마물이 그걸 받아들이면 빛이 나타나니까, 그 상태일 때 내 이름을 말하고 이어서 마물에게 이름을 붙이는 방법과 힘으로 굴복시키고 선언하는 방법이 있는 모양이다. 후자는 별 세 개 이상일 경우에 추천되는 테이밍 방법이라니까, 나랑은 하등 관계가 없겠지. 어느 쪽이든 성공하면 표식이 나타난다고 적혀 있었다.

마력을 조금 나눠준다……. 조금 정도라면 괜찮을까? 조금뿐이니까. 흐물흐물 슬라임을 보았다. 가만히 나를 바라보고 있었다.

"조금뿐이니까."

주위 기척을 살폈다. 이쪽으로 다가오는 기척은 느껴지지 않았다. 괜찮을 거라고 거듭 생각하면서 흐물흐물 슬라임 앞에 무릎을 꿇었다.

오른손 검지 끝에 아주 조금 마력을 담아서 흐물흐물 슬라임에게 가져갔다. 심장이 두근두근 뛰어서 시끄럽다. 거부당하면 그걸로 끝이다. 흐물흐물 슬라임은 부르르 떨면서도, 다가온 손가락에 몸을 비볐다. 손가락 끝에서 마력이 이동하는 것을 느꼈다. 바로 손가락을 떼고 흐물흐물 슬라임을 보았다.

부르르, 부르르.

희미하게 빛으로 뒤덮인 것을 보면 아무래도 마력을 받아 준 모양이다. 다음은 내 이름을 말하고, 마지막으로 흐물흐물 슬라임에게 이름을 주면…….

내 이름. 부모가 붙여준 이름이 아니라 마을을 떠날 때부터 생

각해온 이름. 밝혀도 강하게 살아갈 수 있도록 '아이비'라고 스스로 정했다.

전생의 내 기억에서 가져온 이름이다. 밝혀도 끄떡없는 식물의 이름이라는 모양이다.

그리고 흐물흐물 슬라임의 이름은……. 어어, 파란색이니까 파랑이? 블루? 뭐 좋은 게……라고 생각하면서 고개를 들자 예쁜 하늘색이 보였다. 아……. 소라, 소라*로 하자! 좋아!

"나는 아이비. 너는 소라야!"

부들거리던 몸이 조금 더 크게 움직였다. 사라지는 게 아닐까 싶어서 두근거리며 보고 있자, 흐물흐물 슬라임의 이마인 듯한 부분에 작은 무늬가 생겨났다. 이 무늬가 테이밍된 표식이겠지. 다행이다, 성공했어!

---

* 소라 : 일본어로 '하늘'이란 의미.

16화 뜻하지 않은 문제들

〰〰〰〰〰〰

눈앞에서 부들대는 소라를 보며 일단 안심. 사라지지 않아서 다행이라고 생각했을 때, 흐물흐물 슬라임의 수명은 하루뿐이라고 책에 적혀 있던 게 떠올랐다…….

내일이 되면 사라지는 거야? 불안을 느끼며 소라를 보니, 소라도 나를 보았다. 왜인지 서로 바라보는 몇 분. ……뭘 하고 있는 거람?

다시금 소라에 대해 책으로 확인해보았다.

'최약체 슬라임이라고 불리는 레어 슬라임은 거의 하루면 사라지는 것으로 확인되었다'라고 적혀 있었다. 다만 '이 슬라임에 대해서는 미지인 부분도 많다'라고도 적혀 있었다.

……즉 모른다는 소리일까? 그렇다면 괜찮을 거라고 믿자. 모처럼 동료가 되었는데 사라지다니 너무 슬프다. ……분명 괜찮아.

소라는 나를 바라보는 채로 몸을 부들부들 떨기 시작했다. 뭔가 호소하는 것도 같은데…… 모르겠다. 테이밍한 마물과는 의사소통이 된다고 적혀 있었는데. ……미안, 모르겠어.

살짝 껴안듯이 들어올리고, 마을로 이동하려고 길로 돌아갔다. 언제까지고 여기에 있을 수도 없으니까. 마을로 향하면서 앞으로의 일을 생각하자. 테이밍에 성공한 흥분이 진정되자, 문제가 있다는 것을 깨달았다.

흐물흐물 슬라임은 너무 약해서 테이밍할 수 없다고 책에 실려 있었다. 그게 테이밍된 걸 보면 어떤 눈으로 볼까? ……아무튼 소라를 사람들의 눈에 띄지 않게 하자. 보통 슬라임과는 생긴 게 다르니까 들킬 가능성이 높다. ……어쩌면 새 동료는 문제투성이?

움직이던 다리가 멎었다. 사람 목소리가 들린 듯했다. 귀를 기울여보니, 여러 사람의 이야기소리가 들렸다. 아무래도 마을이 가까운 모양이다. 평소보다 깨닫는 게 늦었다. 다른 일에 정신이 팔린 탓이다. 조심해야지.

품 안에 있는 소라를 보았다. 어떻게 한다? 숲속에 두고 갈 수도 없고. 고민하면서 마을로 다가가자, 인기척이 다가오는 게 느껴졌다.

안 되겠다 싶어서 매직백에 소라를 넣었다. 곧 모험가 세 명이 숲에서 모습을 보였다. 사냥이라도 하고 온 것인지 조금 커다란 뱀을 손에 들고 있었다. 왜인지 해체도 하지 않고 서둘러서 라토트 마을로 향하는 모양이었다. 천천히 걸으면서 그들의 모습이 보이지 않게 되는 때를 기다렸다. 안도한 순간.

"아, 매직백에 넣어버렸다!"

소라를 넣은 매직백을 바라보았다. 정규판도 열화판도 생물은 매직백에 넣을 수 없다고 들었다. 넣으려 하면 튕겨나는 것이다. 주위를 보았지만, 소라의 모습은 없었다.

······혹시 사라졌나?

다급히 길을 벗어나 숲에 들어갔다. 주위를 살펴서 기척이 없는 것을 확인하고, 쓰러진 나무 위에 가방을 놓았다. 한 차례 심호흡을 하고 가방에 손을 넣어 소라를 찾았다. 금방 손 위에 조금 서늘한 것이 올라왔다.

······다행이다.

손을 끄집어내자 소라가 부르르 떨고 있었다. 하아~, 온몸에서 힘이 빠지고 그 자리에 주저앉았다. 어떻게 된 영문인지 소라는 매직백에 넣어도 괜찮은 모양이다. 알려지지 않았을 뿐이지 열화판 중에는 괜찮은 게 있었던 걸지도 모른다.

아, 그런가!

가방에 넣을 수 있다면 같이 있을 수도 있고 들킬 일도 없다. 뜻하지 않게 알게 된 사실이지만, 이걸로 고민이 해결되었다. 해결······이지만······. 으음.

"미안, 소라. 쓰레기용 가방에 넣어버렸네."

그래, 아까 소라를 넣은 것은 쓰레기를 담아두는 가방. 분명히 변색된 포션이나 찢어진 옷 같은 게 들어 있었다.

"미안."

17화 파란 포션

이번에야말로 라토트 마을로 가려고 숲을 이동하다가, 마을 쓰레기장을 발견했다. 마침 잘 되었다 싶어서 필요 없는 물건을 버리고 가기로 했다. 여기에 오는 동안 기온이 조금 올라서 포션의 변색이 빠르다. 특히나 상처를 치유하는 포션과 고통을 경감시키는 포션이 잘 변색된다.

소라를 쓰레기장에서도 보이는 바위 근처에 놓고, 쓰레기장에 들어갔다. 쓰레기 전용 매직백에서 쓰레기를 꺼내는데.

"……어라?"

꺼낸 쓰레기 중에 파란 포션들이 보이지 않았다. 변색되어 하얀색이나 검은색으로 탁해진 포션인데……. 매직백을 뒤집어보았지만, 역시나 나오지 않았다. 가방 안을 들여다보고 손을 넣고 뒤졌지만, 역시나 없었다. 파란 포션은 상처를 치유하는 포션이지만, 이 마을에 오는 동안에 대부분이 변색되었다.

"이상하네?"

가방 밑바닥에 구멍이 난 게 아닐까 확인해도 문제는 없었다. 다른 쓰레기는 그대로 있으니까 당연하지만……. 거꾸로 뒤집어서 탈탈 털어보지만, 역시나 아무것도 나오지 않았다. 내 기억으로는 포션 쓰레기가 열세 개 있었을 텐데. ……어디로 간 거람?

찾아도 안 나오기에 체념하고 보충 가능한 포션을 찾았다. 상처를 치유하는 파란색 포션과 고통을 줄여주는 녹색 포션은 많이 필요하다.

열화판은 더위에 약하고, 그렇지 않아도 이 두 종류는 금방 변색된다. 하지만 숲속에서 제일 많이 쓰는 거니까 최대한 양을 확보해두고 싶다. 쓰레기장을 보고 다니며 포션을 매직백에 챙겼다. 어느 정도 주운 것을 확인한 뒤에 소라의 곁으로 돌아갔다.

"미안, 기다렸지."

소라는 부들부들 떨면서 바람에 굴러다니고 있었다. ……조금 더 안전한 장소를 찾는 게 좋았을까. 안아들고 라토트 마을로 향했다. 인기척이 다가왔을 때 소라를 매직백에…….

"아, 포션이."

넉넉히 확보한 포션이 매직백에 들어 있었다. 다른 백도 비슷한 상태. 빈 것은 쓰레기 전용 백……. 이건 안 돼. 소라를 보았다.

"미안, 잠깐만 참아."

오늘은 마을 분위기와 이 마을 주변 정보를 조사하러 왔을 뿐이라서, 금방 마을을 뜰 예정이다. 많이 고민했지만, 포션이 들어 있는 가방에 소라를 넣었다. 얼른 소라용 가방을 준비하자.

라토트 마을에 들어가서 곧장 모험가가 모이는 장소를 찾으며 마을 분위기를 살폈다. 마을 분위기를 보면, 이 마을 주변에 뭔가 큰 문제는 없는 듯했다.

남은 건 숲속의 정보다. 마물이나 사람을 습격하는 동물 문제라면 모험가들의 이야기가 제일이다. 마을 중심에는 주점이 있고, 모험가가 모이는 가게도 많이 있다. 이런 곳에서 그들은 잡아온 마물이나 동물 이야기를 자랑스럽게 떠드니까 숲의 상황을 알기 쉽다.

　제일 정보가 모이는 건 저녁 시간이다. 살짝 취하기 시작했을 때의 이야기가 제일 신용할 수 있다. 그 이상이 되면 과장하기 시작하니까 의미가 없다.

　천천히 길을 걸으면서 그들의 목소리를 주워들었다. 그들의 이야기를 통해 안 것은 이 마을 근처의 숲은 비교적 안전하다는 것이다.

　다행이다. 소라를 가방에서 꺼내줄 수 있어.

　다만 마음에 걸리는 이야기도 들었다. 뱀 마물이 늘어나는 조짐이 있다는 모양이다. 마을에서 토벌 의뢰가 나올 가능성이 있다고 했다. 그것도 다음 마을로 가는 길 근처가 그렇다고 한다. 이러면 잠시 이 마을에 머물며 지켜보는 편이 좋으려나. 그리고⋯⋯ 사냥을 하며 돈을 모으고 싶다. 들쥐가 많이 있으면 나도 잡을 수 있을 것 같다.

18화   또 사라졌어?

마을을 나서기 전에 푸줏간을 찾았다. 그렇게 찾은 곳 중 하나에 들어가니 풍채 좋은 아저씨가 웃으며 대응해주었다. 말린 고기는 있었지만…… 가격은 여기도 100다르지만 양이 다소 적었다.

"뱀 때문에 들쥐가 줄어들었으니까 가격이 좀 올랐다. 미안하군."

말린 고기를 들고 조금 망설여서 그럴까. 가격이 오른 이유를 들을 수 있었다.

"감사합니다. 들쥐를 잡아오면 사주시기도 하나요?"

"그야 우리로서는 고맙지만. 들쥐를 노리면 뱀이 나올 거다."

"……그런가요?"

"그래, 사냥 나간 녀석들이 들쥐 둥지를 노리면 뱀이 꼭 나온다고 떠들었으니까."

"그렇군요……. 감사합니다."

"아니, 하지만 들쥐를 잡거든 잘 부탁한다!"

말린 고기를 하나 구입하고 가게를 나섰다.

주인이 이야기한 뱀이란 아마도 문제시된 뱀 마물 이야기겠지. 다음 마을로 이어지는 길에 발생했다고 했는데, 더 광범위하게 퍼진 걸까? 내 눈으로 숲을 좀 조사해볼까.

그러고 보면 뱀 마물이라고 퉁치긴 하는데 어느 종류일까? 마력을 머금은 독을 가진 걸까, 마법을 쓰는 걸까……. 마법이거든 바로 도망치자.

들쥐를 잡을 순 없을까? 내 사냥은 들쥐가 도망치는 길에 덫을 치는 것이다. 뱀이 같이 덫에 걸리는 걸까? 한 번 시도해봐서 무리라면 다른 방법을 생각해야만 할지도 모르겠다. ……그러고 보면 뱀을 매입해주기도 하는 걸까? 물어보는 걸 깜빡했다.

마을을 나서 숲을 걸었지만, 뱀의 기척 같은 건 느껴지지 않았다. 역시 출현 장소가 한정된 걸까? 주위를 경계하면서 쓰레기장 근처에서 봐두었던, 줄기가 크고 올라가기 쉬울 만한 나무로 향했다.

주위를 둘러보니, 작은 동물이 도망치는 뒷모습이 보였다. 휴즈 앤트 때는 작은 동물이 광범위하게 모습을 감추었다. 그렇게 강한 뱀 마물은 아닌 걸까? 으음, 내일은 마을에서 뱀의 정보를 더 모으자.

나무에 기대듯이 앉아서 소라를 무릎 위에 올렸다.

"괜찮았어?"

여전히 부들거리고 있다. 가만히 보고 있자니 마음이 좀 놓였다. 아니, 안 돼……. 우선은 해야 할 일을 끝내자.

매직백에서 원래 있던 포션과 방금 전에 주운 포션을 죄다 꺼내서 늘어놓았다. 색깔 체크와 재고 체크다. 가방에서 포션을 꺼내는데…… 또 파란 포션이 없어졌다.

"또?"

가방을 거꾸로 뒤집었지만 역시나 없었다. 쓰레기장이랑 똑같은 상황이다. 뭔가 공통점이 있었나 생각하며 소라를 보았다. 공통점이라면 소라를 넣어두었다는 것 말고는 없다.

"소라? ……설마."

그러고 보면 소라는 뭘 먹을까? 보통 슬라임은 유기물을 처리해 주는 마물이다. 레어 정도 되면 무기물도 가능하지만.

흐물흐물 슬라임은? 없어진 파란 포션……. 혹시나 상처를 치유하는 포션? 하지만 그것도 이상하다. 슬라임이 처리할 수 있는 건 유기물이나 무기물 중 하나뿐일 터. 포션은 분명히 유기물이지만, 그 용기는 무기물이다.

……어떻게 된 거지?

생각해봐도 답을 알 수 없었기에, 근처에 있는 쓰레기장에서 많이 변색된 파란 포션을 가져왔다. 조금 고민했지만, 소라 앞에 그 포션을 두었다.

두근두근한다.

19화 소라의 식사

소라는 눈앞에 놓인 포션을 향해 몸으로 감싸듯이 이동했다. 구르기 말고는 처음 봤기에 조금 감동했다. 그대로 가만히 보고 있자, 소라가 체내로 포션을 삼키더니 곧 슈와~ 하고 흡수하였다. 반투명한 몸에 거품이 되어 사라진 포션, 게다가 포션 용기도 없어졌다. 대단한 광경이다. 혹시나 싶었지만, 실제로 눈앞에서 보니 놀랐다.

"소라, 대단해! 유기물, 무기물 안 가리고 다 먹을 수 있는 거야?"

소라를 보니 푸르르 하고 몸을 더 흔들어댔다. 왠지 모르게 '더 줘'라고 요구하는 것 같았기에, 쓰레기장에서 파란 포션을 더 찾아왔다. 다해서 21개의 파란 포션을 찾을 수 있었다. 하지만 꽤 변색이 심했고, 특히나 11개는 뭐라고 표현할 수 없는 색깔이었다. 이거 괜찮을까?

조금 걱정이기에 뭐라고 표현할 수 없는 색깔로 변색된 것을 제외한 10개를 소라의 앞에 늘어놓았다. 슈와~, 슈와~ 하고 차례로 소라에게 흡수되는 포션. 왠지 보고 있자니 재미있다. 10개의 포션이 없어지자 또 탱글탱글 몸을 흔들기 시작했다. 으음~, 남은 포션을 보았지만 불안이 사라지지 않았다.

아무래도 이건……이라고 생각하고 있자, 남겨둔 포션 쪽으로 소라가 데굴데굴 굴러왔다. 이동방법은 구르기 이외에 없는 거야? 보고 있자, 포션에 부딪쳐서 멈추었다. 아마 구르는 건 할 수 있지만, 제대로 멈추지는 못하는 거겠지. 아마도 멈추지 못하는 건 아니겠지만…… 그 점은 아직 불명이다.

부딪친 포션을 몸으로 감싸더니 또 슈와~ 하고 소화하였다. 남았던 포션도 죄다 소라의 안으로 사라졌다. 소라가 괜찮다고 판단한 걸 테니까 분명 괜찮은 거겠지.

그렇긴 해도 엄청난 기세로 먹는구나. 배가 고팠던 걸까? 슬라임은 각각 소화하는 양이 다르지만, 흐물흐물 슬라임은 얼마나 소화할 수 있는 걸까?

다해서 21개의 포션을 소화한 소라는 이번에는 느긋하게 몸을 떨었다. 아무래도 만족한 모양이다. 다행이다, 심하게 부들거려도 파란 포션은 더 못 찾아올 테니까.

"아, 내 몫이…….”

뭐, 가방 안에 있던 것도 소라가 다 먹었으니 이제 와서 이런 소리 해봤자 소용없지만. 다음에는 내 몫을 확보해 두고 소라에게 줘야지. 파란 포션이 없으면 다쳤을 때 상처가 덧날 수도 있다. 없으면 곤란한 포션이다.

그렇긴 해도 흐물흐물 슬라임은 참 신기하구나. 여태까지 테이밍한 사람이 없었으니까 해명되지 않은 것은 어쩔 수 없지만.

"소라. 너 나한테 숨기는 게 더 있지?"

소라는 탱글탱글 바람에 흔들렸다. 보고 있자니 조용히 눈을 감고…… 설마 잠든 건가. ……너무 제멋대로 아니니? 앞날이 조금 불안해졌다.

20화   뱀 마물

아침, 조금 두근거리는 마음으로 눈을 뜨자, 눈앞에는 소라가 있었다. ……사라지지 않았다! 아침 인사가 이렇게 기쁜 것인 줄 몰랐다.

소라를 매직백에 넣고 마을로 향했다. 오늘은 뱀 마물에 대해 조사할 생각이다. 마을은 어제와 딱히 다른 기색이 보이지 않았다.

다만 어제와 마찬가지로 해체도 안 한 상태로 뱀을 가져가는 모험가를 보았다. 궁금했기에 뒤를 따라가 보았다.

잠시 지켜보니 약재상 마크가 붙은 어느 건물에 들어갔다. 내부 분위기를 엿보자, 뱀을 거래하는 모습이 보였다. 아무래도 뱀 마물은 약이 되는 모양이다. 이건 돈이 되는 것이니 한 마리라도 잡고 싶다.

약이 되는 뱀은 생포하는 게 조건이다. 산 채로 약수라는 것에 담근다고 들은 적이 있다. 뱀의 특징을 기억하고 책으로 조사해보자. 덫 관련 책에 뱀을 포획하는 방법이 실려 있을지도 모른다.

약재상을 떠나 모험가가 쓰는 광장을 찾았다. 광장 자체는 금방 찾을 수는 있었지만, 모험가가 좀 많았다. 역시 숲으로 가자.

어제와 같은 나무 밑에서 책을 펼쳤다. 우선은 뱀의 종류를 조사하기로 했다. 하지만 아쉽게도 조사하고 싶은 뱀의 정보는 실려 있지 않았다. 독의 유무만이라도 알고 싶었는데.

다만 약이 되는 뱀을 책으로 확인해보니 모두 독을 갖고 있다고 나와 있었다. 이번 뱀도 독이 있을 가능성이 크다. 조심하자. 다음에는 덫 관련 책을 확인했다.

"다행이다. 있구나."

뱀 전용 덫은 결코 복잡한 것이 아니었다. 필요한 재료를 좀 찾을 필요가 있지만, 쓰레기장이 가까우니까 문제는 없겠지. 다만 뱀이 도망치지 못하도록 하는 입구 부분의 가공이 문제일지도 모르겠다.

재료를 찾기 위해 쓰레기장을 보고 다녔다. 어제는 없었던 파란 포션을 새로 찾았다. 내 몫과 소라 몫이 필요하니까, 색깔과 관계없이 죄다 가방에 넣었다.

다음에 필요한 소재를 주웠다. 망가진 바구니에 찢어진 자루, 끈도 찾을 수 있었던 것은 운이 좋았다고 해야겠지. 그 밖에도 필요한 것과 쓸 만한 것을 찾아서 주웠다.

나무 밑동에 재료를 놓고는, 망가진 바구니와 찢어진 자루를 끈으로 묶었다. 틈새로 뱀이 도망치지 못하도록, 빈틈이 생기지 않게 끈을 묶는 게 중요하다고 적혀 있었다. 빈틈이 어느 정도면 빠져나가는 건지 모르겠다. 독이 있으면 무서우니까 몇 겹으로 끈으로 묶어서 빈틈을 막았다. 입구 부분은 망가진 철제 컵을 끈으로 연결해서, 자루에 들어가기 쉽게 하였다. 좋아, 뱀 포획을 위한 덫이 완성되었다.

바구니 안에 뱀을 유인하는 미끼를 설치하고, 뱀이 들어가면 자루 부분을 묶어서 뱀을 안에 가둔다는, 아주 간단한 덫이다. 계속 지켜볼 필요가 있으니까 고생이지만…… 열심히 하자. 한 번 들어가면 나올 수 없게 하는 입구가 책에 실려 있었지만, 그걸 가공하는 것은 내게 어려웠다. 조금씩 공부하자.

다음에는 들쥐를 잡는 덫을 준비했다. 들쥐를 미끼로 뱀을 유인할 생각이다. 가능할지 불안하지만, 해볼 수밖에 없어! 돈을 위해서야, 힘내자!

일단 매직백을 쳐다보고 있는 소라에게 식사를 시키자. 어떻게 포션이 있는 줄 안 거지? 들키지 않도록 주웠을 텐데…….

21화 뱀은 고가

하아~. ……덫을 치고 사흘.

간신히 성공했다. 정말로 열심히 했다. 게다가 뱀을 두 마리나 잡을 수 있었다.

들쥐도 두 마리……. 큰 수확이라고 할 수 있지만, 내 손으로 입구를 잠그는 덫은 안 되겠다. 잠이 부족해진다. 졸려……. 안 돼! 들쥐를 해체하고 뱀을 산 채로 팔러 가야한다.

해체는 이미 익숙했다. 오늘도 깨끗이 해체할 수 있었다. 게다가 오늘 들쥐는 조금 큼직하다는 건 기쁜 일이다.

다음에는 바구니 안에서 날뛰는 뱀들. ……조금 무섭지만, 들고 갈 필요가 있다. 힘내자.

마을에 들어가서 마을사람이나 모험가들의 분위기를 엿보았다. 딱히 변화도 보이지 않으니까 문제는 없겠지. 말린 고기를 샀던 가게에 일단 고기를 팔러 갔다. 해체한 고기는 최대한 빨리 파는 게 좋다.

"어! 일전의…… 들쥐 가져왔니?"

"네, 괜찮을까요?"

"오, 물론이지. 나로선 고마운 일이야. ……그건 뱀이니?"

"네, 약재상에 팔까 해서요."

"그래, 어린데도 사내다운걸."

"⋯⋯."

"커다란 들쥐구나. 이거 참 맛있거든. ⋯⋯260다르인데, 어때?"

"고마워요."

생각했던 것보다 고가로 사주었다. 기쁘다. 돈도 받고, 약재상 추천도 들었다. 푸줏간을 나서서 그 약재상을 향해 걷는데, 뱀이 바구니 안에서 날뛰고 있어서 역시 무섭다. 얼른 가자.

그렇긴 해도 남자애로 여겨지는 것 같아서 안심했다. 점술사는 여행을 할 거면 남자로 변장하는 게 좋을 거라고 했다. 여자애나 여성이면 위험한 일이 많다는 모양이다. 전생의 나도 '호구 잡힌 다'라고 했다. ⋯⋯'호구'가 뭔지 모르지만, 아마도 위험하다는 소리겠지. 들키지 않았다면 다행이다.

약재상은 저번에 모험가가 뱀을 팔던 가게였다. 약재상에 들어가는 건 처음이라서 두근두근한다.

"실례합니다."

"뭐지?"

조금 까칠한 성격일 듯한 주인이 안에서 모습을 보였다.

"뱀을 팔러 왔는데, 좀 봐 주시겠어요?"

"⋯⋯부모나 동료는?"

"없어요. 저 혼자예요."

"……그래, 어디 볼까."

조금 생각하는 기색이었지만, 뱀을 봐 주려는 모양이다. 바구니를 근처에 있던 테이블 위에 올려놓고 끈을 풀고…… 그대로 주인 앞으로 내밀었다. 자루를 여는 건 무리예요, 무서워요. 주인이 가볍게 웃더니 자루를 열고 안을 확인해주었다.

"이거 생기가 넘치는걸. 사이즈도 크고 색깔도 선명해."

아무래도 팔 수 있을 것 같다. 고생한 보람이 있다.

"한 마리당 2기다르라서 4기다르. 한 마리가 암컷이니까 1기다르 더 쳐주지."

어? 기다르? 기다르라는 건 분명히 100다르 동판 열 닢이 1기다르고, 1기다르가 되면 은화 한 닢, 그게 5기다르…… 어? 뱀은 그렇게 비싸게 팔려?

"가, 감사합니다."

"내가 할 말이야. 암컷은 희귀해서 인기거든."

돈을 받고…… 살짝 몸을 떨었다. 설마, 이렇게 큰돈이 되다니. 뱀이 대량으로 발생해서 다행이다. 안 그랬으면 나로서는 못 잡았을 거야.

22화   혹시 대식가야?

뱀을 비싸게 팔았기에 발길도 가볍게 잠자리로 삼은 장소로 돌아왔다. 설마, 설마 5기다르나 받다니. 기쁘다.

다만 이건 뱀 마물이 늘어난 게 원인이다. 다음 마을에 갈 것을 생각하면 조금 문제야. 뭐, 오늘 정도는 기쁜 마음인 채로 있어도 괜찮겠지.

나무 밑동에 소라를 내려놓고, 바람에 날아가지 않도록 매직백의 끈을 소라 주위에 에워싸듯이 놓았다. 이러지 않으면 내가 돌아올 때마다 굴러가 있다. 한 번은 꽤나 멀리까지 굴러가서 놀랐다. 다음날에 사라지는 일은 없었지만, 소라에게는 아직 불안요소가 많다. ……그리고 잘 먹는다.

어제, 쓰레기장에 대량의 포션이 버려져 있었다. 파란 포션은 다해서 58개나 되었다.

아마 포션을 갓 만들기 시작한 아이가 기술을 익히기 위해 가르침을 청하면서 만든 거겠지. 정규 용기가 아니라 간단한 병이었다. 소라에게 줄까 했는데, 정규 용기가 아니었기에 조금 망설여졌다.

포션의 정규 용기는 세 종류로, 1등품부터 3등품까지 있다. 차이는 병의 투명감과 두께에 있다. 1등품은 균일한 유리로, 빛의 투과율이 안정되어 있다.

빛의 투과율은 중요해서, 불안정하면 변색되기 쉽다고 했다. 아직 포션을 잘 만들지 못하는 사람들은 대부분 3등품을 쓴다는 모양이다.

사실은 그런 사람이야말로 1등품을 써야 한다고 하는데, 1등품에 넣어도 변색되면 열화판이 되어서 못 팔게 되고 용기의 가격 때문에 적자가 난다. 이게 꽤 타격이기 때문에, 좀처럼 1등품을 쓰는 사람은 없다. 지금으로선 1등품 용기는 고품질의 증명이다.

연습 단계에서는 정규품이 아니라 단순한 병을 써서 변색 정도를 살펴보고, 별로 변색되지 않으면 정규품을 써서 상품을 만드는 단계가 된다. 버려진 것들은 연습 단계의 물건이다.

병을 보았다.

정규품은 실제로 뭐가 다를까……. 형태가 다른 거야 알지만, 그거 말고는……. 뭔가 침전되거나 기포라도 있나? 고민하는 나에게 소라가 굴러오나 싶더니, 그 기세 그대로 포션 일부를 몸으로 뒤덮었다.

몇 번 봐도 신기한 광경. 슈와~ 소리와 함께 병과 파란 포션이 사라진다.

"연습용 병이라도 문제는 없나……."

소라가 원하는 대로 주고 있자…… 대량으로 있던 포션이 사라졌다. 설마 58개의 포션을 단숨에 다 먹어치울 줄은 몰랐다.

슬라임의 생태를 책으로 읽어보았지만, 식사량에 대해서는 '개체마다 다르다'라는 말밖에 없었기에 전혀 알 수 없다. 그러니 소라의 식사량이 많은 건지 보통인 건지는 불명이지만, 크기는 내 두 손보다 조금 더 큰 정도니까 외모랑 비교하면 대식가라고 생각한다.

연습용 병이라도 충분한 모양이니까 빈 병을 찾아서 소라 앞에 놔둬보았다. 전혀 흥미를 보이지 않는 걸 보면, 안에 포션이 없으면 안 되는 모양이다.

……어쩌지, 대량의 포션을 어떻게 확보할 수 있을까?

23화 포션을 기다리며

뱀 덫을 포기하고 들쥐 덫을 많이 놓았다. 뱀을 잡으려고 하다가는 수면 부족이 된다. 뱀을 판 날, 수면 부족으로 주의력이 저하되어서 숲에서는 위험하다고 느꼈다. 덫을 개량할 때까지 체념하자.

어제 놓았던 덫을 보고 다녔다. 들쥐는 뱀 때문인지 도주로가 분산된 모양이라서 좀처럼 덫에 걸리지 않았다. 설치한 덫들 중 4

개나 망가진 상태였다. 뱀이 한 짓일까? 그래도 덫을 많이 놓은 건 정답이었는지, 15개의 덫으로 들쥐를 세 마리 잡을 수 있었다. 재빨리 해체를 마치고 마을로 향했다.

마을에 들어가자 이변이 느껴졌다. 모험가들이 다소 바쁘게 움직이는 모습이었다. 무슨 일이 있었나?

푸줏간으로 가면서 이야기를 훔쳐 들었다. ……아무래도 뱀이 대량 발생한 탓에 마을에서 토벌 의뢰가 나온 모양이다. 그래서 모험가들은 토벌 준비로 바쁜 걸까?

뱀 토벌은 약재상에 파는 것보다도 돈이 되나? 뭐, 돈이 되더라도 토벌에는 참가하지 않는 편이 좋겠지. 미성년자가 혼자서 여행을 하고 있는 거니까 눈에 띄는 짓은 삼가는 편이 좋다.

그래도 언제부터 토벌이 시작되는지는 조사해야지. 숲에 모험가가 많이 들어온다면 그 날은 숲에서 벗어나는 편이 안전하다. 모험가의 존재에 살기를 띤 마물이 나타날 가능성이 있다. 거기 휘말리기라도 하면 큰일이다.

푸줏간에 들어가자, 평소와 달리 처음 보는 여성이 있었다. 갑작스러운 일이라서 놀랐다. 가게에는 주인이 있는 거라고만 생각했기 때문에 방심하고 있었다.

"어머, 어서 오렴!"

"……저기, 들쥐 고기를 팔러 왔는데요."

"뭐? ……아, 남편한테 들었어. 들쥐를 팔러 오는 애지?"

아내 분이었던 걸까. 조금 깊게 심호흡을 하여 마음을 진정시켰다. 바나 잎으로 싼 고기를 그녀에게 건넸다.

"어머나, 깨끗하게 해체했네. 고마워라. 모험가 중에는 대충 하는 사람도 있거든."

"감사합니다."

"세 마리니까 330다르인데, 괜찮니?"

"네."

"그러고 보면 드디어 뱀 토벌이 시작되나 봐. 촌장이 여태껏 좀처럼 손을 쓰지 않았거든."

"……그런 모양이네요."

"토벌에는 참가하니?"

"……아뇨."

"어머, 그래?"

"네."

어쩌지, 잡담을 좋아하는 사람일까? ……놔주질 않는다……끝나질 않는다.

가게를 떠난 것은 그로부터 거의 10분 정도 지났을 때일까. 주인이 가게로 돌아왔을 때에야 간신히 이야기가 끝났다. 아니, 주인이 이야기를 끊어주었다.

살았다.

가게를 나서자, 안도의 한숨이 흘러나왔다. 마지막 화제는 거의 무슨 이야기인지 모를 정도였지만, 토벌 일시를 알았으니 좋은 걸로 치자. 일단 푸줏간에서 거리를 두고 싶다.

뱀 토벌이 있다면 다음 마을로 가는 것도 생각하자. ……안 돼, 파란 포션을 모으지 못했다.

재고는 분명히 세 개……. 열 개는 있어야겠지만, 그게 안 된다면 최소한 여섯 개는 꼭 확보해두고 싶다. 소라의 식사도 생각하면 50개 정도? 아무리 생각해도 무리다. 어쩌지, 소라는 파란 포션밖에 못 먹나? 아무튼 쓰레기장에 가보자.

눈앞에는 파란 포션이 두 개, 재고를 합치면 다섯 개다.

……부족해.

소라를 가방에서 꺼내기 전에, 찾아낸 포션들을 전용 가방에 넣었다. 이걸 보면 분명 먹으려고 들 테니까 소라 대책이다.

가방에서 소라를 꺼내고 다른 색깔의 포션을 앞에 두었다.

"안 먹니?"

……거들떠보지도 않는다. 역시 안 되나.

파란 포션이 버려질 때까지는 조금 더 마을에 머물기로 할까. 예정 밖이지만, 없으면 불안이 크니까 어쩔 수 없어.

……누구든 좋으니까, 파란 포션만 골라서 많이 좀 버려주지 않으려나.

24화   여행 준비

연습용 포션이 대량으로 버려져 있었다. 설마 여기에 감사하는 날이 올 줄은 생각도 하지 않았다.

소라의 식욕을 생각하면 부족하지만, 하루에 2~3개라도 문제없는 모양이니까 여행 동안은 좀 참아달라고 하자.

아직 마을을 나서기까지 며칠 남았으니까 조금 더 기대할 수 있다. 포션이 어떻게 될 것 같으니 다음 마을인 라톰으로 갈 준비를 할 수 있다.

다행이다.

마을에서는 오늘 저녁부터 뱀 토벌이 시작된다고 한다. 마을 분위기를 살펴보았는데, 모험가 숫자가 많으니까 사흘 정도면 끝나겠지.

다음 마을로 갈 준비를 하기 전에 들쥐 덫을 만들자. 모험가가 숲을 휘젓고 다니면 들쥐는 도망친다. 덫을 쳐두면 제법 괜찮은 숫자를 확보할 수 있을지도 모른다.

첫 도전이라서 생각대로 될지 모르겠지만, 해볼 가치는 있다고 판단했다.

숲속에 덫을 쳐두었다.

전부 다 해서 30개. 이 숫자를 하루 만에 만드는 것은 처음이다. 조금 대충 만들었을지도 모르지만, 아마도 괜찮겠지. 조금이라도 더 많은 들쥐를 잡을 수 있도록 힘내자.

　마지막 덫을 깔은 뒤에는 나무열매를 따러 갔다. 이름은 모르지만, 달고 맛있는 열매가 열려 있는 것을 찾았다. 피곤할 때에는 이 단맛이 고맙다. 두 개 정도 딴 뒤에 잠자리로 삼은 장소로 돌아갔다.

　자, 여행 준비다.

　포션은 확보했고, 또 부족한 건 뭐지?

　덫을 만드느라 노끈을 다 썼네. 그리고…… 옷이 필요할까. 지금 입은 것이 조금 작아지기 시작했다. 으음~ 죽통이 필요한데…… 이 근처에는 대나무 안 나려나.

　주위 기척을 살펴서 문제가 없는 것을 확인한 뒤에 소라를 가방에서 꺼냈다.

　소라는 나를 보고 부르르 몸을 떨었다. 아마도 쓰레기장에서 파란 포션을 주운 것을 알기에 요구하는 거겠지.

　"안 돼, 그건 여행 때 먹을 식사용이야."

　소라의 눈을 보며 말하자, 물방울 형태의 몸이 평소 이상으로 옆으로 늘어졌다. 평소에는 물방울 형태가 남을 정도로만 늘어졌는데…… 참 이상한 모습이 되었다.

……혹시나 불만을 표현하는 걸까?

그보다도 옆으로 얼마나 늘어날 수 있는 거지? 보고 있으니 옆으로 퍼진 젤리 같은 모습이 된 채로 부들부들 떨고 있다. 너무 이상한 모습이라 살짝 시선을 피하고 말았다. 이 모습을 보고 싶은 건 아니지만 안 되는 건 안 돼! 여행을 떠날 수 없어지잖아.

쓰레기장에서 필요한 것을 찾기로 했다. 소라는…… 같이 데려갈까. 내가 못 찾는 파란 포션이 있을지도 모른다. 소라의 반응을 보면 포션을 찾을 수 있겠지.

노끈 몇 개를 찾을 수 있었다. 옷은 아쉽게도 여기에는 없는 모양이다. 다음 쓰레기장을 기대하자.

소라를 보니…… 굴러다니다가 쓰레기에 파묻혀 있었다. 다급히 주워서 가방 안으로 피난시켰다. 쓰레기장은 소라에게 안 좋은 장소인 것 같다.

필요한 것은 주웠으니 잠자리로 돌아갔다.

가방에서 꺼낸 소라는 역시 다소 불만인 듯이 몸을 옆으로 늘렸다. 슬쩍 시야에 들어왔지만, 무시하고 여행 준비를 시작했다.

찾아온 노끈은 다들 짧게 끊어진 상태였기에 서로 이어서 쓸 만한 길이로 만들었다. 천도 찾았는데 찢어진 부분 등을 확인하고 쓸 만한 부분만 잘라냈다. 준비가 끝나고 소라에게 시선을 주니…… 자고 있었나. ……역시 소라는 마이페이스다.

25화 기쁜 일

들쥐를 아홉 마리나 잡을 수 있었다. 모험가들의 이야기로는 뱀이 대량으로 설치고 다녔다는 모양이다. 아마도 그 바람에 숨어 있던 들쥐들이 대량으로 이동한 걸지도 모른다. 서른 개의 덫에 아홉 마리의 들쥐가 잡혔으니 예상보다 꽤 많았다. 기쁜 오산이다.

그리고 왜인지 들쥐 덫에 살아 있는 뱀이 한 마리 잡혀 있었다. 그걸 본 순간 바로 도망쳤지만, 어떻게든 팔아서 돈으로 바꾸고 싶다.

쓰레기장에서 찢겨졌지만 튼튼해 보이는 가방을 발견했기에 찢어진 부분을 노끈으로 빙글빙글 감아서 수리했다. 덫 위에 가방을 씌우고 천천히 가방 안으로 밀어 넣었다. 가방 안에 들어간 덫에서 뱀이 얼굴을 내밀었기에 다급히 입구 부분을 노끈으로 세게 묶었다.

가방 안에서 뱀이 버둥버둥 움직이는 게 무섭다. 이전에는 바구니였으니까 그래도 안심할 수 있었지만…… 얼른 팔러 가자! 들쥐를 뒤로 하고 서둘러서 마을 약재상으로 향했다.

마을에서는 모험가들이 즐겁게 술을 마시면서 어제의 일을 자랑스럽게 떠들어대고 있었다. 오늘도 저녁부터 토벌 나가는 모양이니까 서두르자. 소라에게는 미안하지만, 하루만 더 가방에서 지내달라고 해야겠다.

"실례합니다."

"음? 아, 너구나."

"아직도 뱀을 매입해주시나요?"

"그래. 토벌된 뱀은 약해져서 쓸 게 못 되고. 토벌 직후에는 뱀이 줄어서 좀처럼 괜찮은 뱀을 잡을 수도 없거든. 그 전에 확보해두고 싶은걸."

뱀이 날뛰어서 가방이 요란스럽게 움직였다.

진짜 무섭다.

몸에서 최대한 떨어뜨리는 자세로 가방을 주인에게 가져갔다. 주인이 그 모습에 살짝 웃은 것 같았다. 웃더라도 무서운 건 무서우니까 어쩔 수 없어.

"오늘도 생기가 넘치는군."

가방 안을 보더니 주인이 한 차례 고개를 끄덕였다.

"너, 사냥을 잘하는구나."

"어! 그렇지 않아요."

"그런가? 다른 모험가들이 잡아오는 뱀은 힘이 빠진 녀석이 많거든. 그걸로는 좋은 약을 만들 수 없지. 하지만 소년이 가져오는 건 생기가 넘쳐서 좋은 약이 돼. 나로서는 고맙지."

"감사합니다."

기쁘다. 도움이 되었구나.

"2기다르다."

"고맙습니다."

돈을 받고 가게를 나섰다. 얼굴이 풀어졌다. 고맙다니…… 빈말이려나? 그래도 기쁘다.

발걸음도 가볍게, 들쥐를 모아둔 장소까지 돌아왔다. 소라를 가방에서 꺼내어 오늘의 포션을 주었다.

들쥐 아홉 마리면 숫자가 좀 많아서 해체에 시간이 걸렸지만, 해가 기울기 전에 다 끝낼 수 있었다.

오늘도 토벌이 있다고 들었으니 얼른 마을로 이동하자.

소라를 보니…… 자고 있었다. 여전히 마이페이스구나.

소라를 가방에 넣고 마을로 돌아갔다.

내가 숲에서 나오는 타이밍에 모험가들이 숲으로 들어갔다. 아무래도 늦지 않은 모양이다. 모험가를 지켜본 뒤에 푸줏간으로 향했다.

……주인, 있으려나?

"실례합니다."

문을 열고 안을 조심조심 엿보았다.

"오! 너구나. 무슨 일이니?"

주인이다. 다행이야!

"들쥐를 팔고 싶은데, 괜찮을까요?"

"괜찮은 정도가 아니라 고맙지. 요즘 너 말고는 다들 뱀만 잡으러 다니거든."

주인에게 바나 잎으로 싼 들쥐 아홉 마리의 고기를 건넸다.

"이번에도 양이 많은걸. 이야~ 소년은 대단해."

"감사합니다."

"고기 상태도 좋아! 1080다르. 뱀 토벌 때문에 고기가 안 들어오거든. 그래서 매입 단가가 올랐단다."

"예. 그걸로 부탁드리겠습니다."

"뱀이 늘어난 후로는 고기가 부족해서 판매가도 오르고 있지. 말린 고기 가격이 오르면 모험가 녀석들은 금방 불평을 늘어놓는다고. 고기를 가져오는 너한테는 항상 감사하고 있어. 고맙다."

돈을 받고 모험가용으로 개방된 광장으로 향했다.

……아, 여행용 말린 고기를 사는 걸 깜빡했다. 감사받아서 조금 들뜬 걸까?

하지만 기쁜걸.

26화 라톰 마을로 가다

토벌은 이틀 만에 끝난 것 같았다.

모험가의 숫자가 많았기에 단기간에 끝났다고 들었다. 역시 뱀이 꽤 많이 발생했었나 보다. 마을을 나갈 때에 토벌된 뱀을 보았는데, 정말 엄청나게 많았다.

……혹시 숲속은 엄청 위험했던 걸까? 더 경계해야지.

말린 고기를 구입하고 마을을 나섰다. 토벌이 끝났으면 길도 어느 정도 안전해졌겠지.

오늘부터 다음 마을인 라톰으로 간다. 왠지 라토트 마을에서는 놀라는 일이 많았지. 소라와 만나서 내가 테이밍한 일이나 소라의 식사나 그 양이나……. 뱀의 가격에도 놀랐지.

아, 하지만 기쁜 일도 많이 있었다.

소라가 동료가 되어주었고, 품속에서 부르르 몸을 흔드는 소라를 보았다. 제멋대로지만 역시 귀엽다.

기쁘다고 하자면 푸줏간과 약재상 주인의 말. 그건 얼굴이 자연스럽게 풀어지는 것을 참을 수 없었다.

기뻐! 기뻐! 지금 떠올려도 미소가 떠오른다.

여행에는 냉정함이 필요하니까 진정해야 하는데. 후웁 소리 내어 심호흡을 한 번 하여 마음을 진정시켰다. 좋아, 라톰으로 가자!

라토트 마을을 떠난 지 엿새.

마물과도 마주칠 뻔한 적 있었지만, 대충 순조로운 여행길이었다. 하지만 소라의 식사에 불안이 생기기 시작했다……. 다섯 개밖에 안 남았다. 슬슬 다음 마을인 라톰에 도착하지 않으려나?

……? 뭐지? 조금 탄내가 난다. 뭔가가 불타는 걸까?

멈춰 서서 주위를 확인했다. 품 안에 있는 소라도 평소보다 심하게 몸을 흔들었다.

마물의 기척도 인기척도 느껴지지 않지만, 모험가처럼 기척이 흐릿하면 놓치는 경우도 있다. 주위를 경계하고 확인하면서 걸었다.

길에서 벗어나는 편이 좋을까? 망설이면서 길을 가고 있자, 저 멀리서 연기가 올라오는 것이 보였다. ……처음 겪는 사태에 몸이 긴장으로 굳어졌다.

조금씩 다가가자…… 연기를 내는 것이 상자 모양이라는 걸 알았다.

그리고 그 뒤에 누군가가 쓰러져 있었다. 경계하면서 서둘러 다가가서 주위를 살폈다. 누군가가 숨어 있는 기척은 없었다.

쓰러진 사람에 시선을 보내다가 바로 입을 눌렀다. 쓰러진 사람은 이미 죽어 있었다. 몸을 뭔가에 찔린 듯한 흔적이 보였다.

그리고 다툰 발자국이 주변에 남아 있었다. 발자국을 보면 사람이 여럿 있었을 가능성이 읽혔다. 도적일 가능성도 있기 때문에, 품 안에 있던 소라를 가방에 넣었다. 레어 슬라임인 소라는 표적이 될 가능성이 있다.

죽은 사람들에게는 미안하지만, 나로선 어떻게 할 수도 없었다. 그대로 놔두고 주위를 조심하면서 서둘러 그 자리를 떠났다. 하지만 그 앞쪽에 마차가 보였다.

멈춰 서서 심호흡으로 마음을 진정시켰다. 역시 아무런 기척도 느껴지지 않았다. 마차로 다가가자 시체 몇 구가 있었지만, 역시나 하나 같이 손상이 심했다.

길에서 조금 떨어진 장소에는 말이 쓰러져 있었지만, 죽은 모습이었다. 아무래도 도적이 아니라 마물에게 당한 모양이다. 도적이 말을 죽이는 일은 없고, 상처도 검으로 낸 것이 아니었다.

이 주변에는 흉포한 마물이 있을지도 모른다. 죽은 이들의 손상이 너무 심했다. 마물의 습격에 죽은 사람을 보는 건 처음이 아니지만, 조금 충격이었다.

얼른 여기를 뜨는 편이 좋겠지.

서둘러서 마차와 거리를 벌렸다. 잠시 뒤에 스스로가 달리고 있는 것을 깨닫고 발을 멈추었다. 달리면 주의력이 흐트러진다. 마물의 기척을 놓칠지도 모른다. 심호흡을 몇 번 거듭해서 간신히 진정할 수 있었다.

"하아~……. 많이 놀랐어."

주저앉고 싶지만, 여기서는 안 된다. 주위 기척을 주의 깊게 살피면서 라톰 마을로 서둘러 걸어갔다. 조금 뒤에 무슨 소리가 들렸다.

긴장하면서 소리에 귀를 기울이자, 사람 목소리였다. 모험가? 여행자? 상인? 주위를 경계하면서 소리가 들리는 방향으로 다가갔다.

"아, 라톰 마을이다."

여러 사람들의 목소리가, 마을에 도착했다고 알려주었다. 몸에서 힘이 주욱 빠졌다. 아무튼 라톰 마을의 관청에 가서 사람이 죽었다고 알려야지.

27화 정보료

라톰 마을에 들어가서 주위를 살폈다. 다른 마을보다 활기가 있고 모험가의 숫자도 많았다. 오토르와 마을에 가까워질수록 마을도 커지는 것 같았다. 큰 마을에 가까운 편이 발전하기 쉬운 걸까.

관청은 마을 입구에 있을 테니까, 근처 간판을 보고 다녔다. 순서대로 찾아다니자 조금 떨어진 장소에 관청 마크가 있는 것을 발견했다. 미성년자가 혼자 여행하는 모습이 불신감을 줄지도 모르지만, 죽은 이들을 생각하면 알려주는 편이 좋겠지.

"실례합니다."

관청에 들어가니, 모험가 넷과 어느 언니가 있었다. 전원의 시선을 한꺼번에 받아서 긴장하였다.

"무슨 일로 오셨나요?"

긴장으로 못 움직이는 내게 그 언니가 부드럽게 말을 걸어주었다.

다행이다.

"이 마을 근처 길에 몇 명이 마물의 습격으로 죽어있는데요……."

"……예? ……어느 길이죠?"

"라토트 마을로 가는 길이에요. 하지만 이 마을하고 가까워요."

"저기, 거리가 얼마나 되는지 대략적이라도 알 수 있을까요?"

"제 발로 30분도 걸리지 않는 거리예요."

내 마지막 대답에 언니가 얼굴을 일그러뜨리고 바로 안쪽 방으로 뛰어갔다.

"뭐? 근처에서 마물이 나왔다고?"

"예, 서둘러 조사하지 않으면 마을이 습격당할 가능성도 있을지 모릅니다."

안쪽 방에서 그런 소리가 들렸다. 꽤나 목소리가 컸다. 관청에 있던 모험가들도 안쪽 방을 바라보았다.

그 방에서 나온 것은 상당히 키가 큰 남성이었다. 몸 여기저기에 상처가 있었다. 내 앞에 오더니, 눈높이가 맞도록 웅크려 앉아서 목소리 톤을 살짝 누르며 말하기 시작했다.

"으음~. 의심하는 건 아닌데, 정말로 이 마을 근처의 길이니?"

"예……. 그걸 본 뒤에 무서워서 뛰어왔으니까 정확한 거리는 모르겠지만, 금방 마을 소리가 들렸으니까."

남성은 가만히 나를 바라본 뒤에 크게 한숨을 내쉬고 머리를 벅벅 긁어댔다.

"아~, 이거 진짜로군……. 마물인가~."

아무래도 조금 일이 커질 듯한 분위기였다. 남성은 일어서서 근처에 있던 모험가들에게 말하였다.

"미안하지만 긴급 의뢰다. 정확한 위치, 가능하면 마물의 종류도. 그리고 지명 의뢰로 길드에 전달해두겠다."

네 모험가가 바로 관청에서 나갔다. 같이 나간 걸 보면 팀이었겠지.

"고맙다, 정보료는 조사한 뒤에 지급할 건데 괜찮지?"

"……네."

정보료란 게 뭐지? 혹시 마물의 정보? 아니, 마물의 습격이 있었을지도 모른다고 말했을 뿐인데…….

내 분위기를 읽고 이해하지 못했다고 눈치챈 걸까. 언니가 가르쳐주었다.

마물의 습격 정보나 마을 근처에서 죽은 사람의 정보는 관청에 전달하면 정보료를 받을 수 있다는 모양이다. 특히나 마물 정보는 빠른 편이 좋다고 한다. 내가 가져온 정보는 아직 마물이라고 확정되지 않았지만, 죽은 사람에 관한 정보료는 받을 수 있다고 한다. 그렇기 때문에 내일 관청에 다시 오게 되었다.

"고맙습니다."

언니의 인사를 들으며 관청을 나섰다.

왠지 좀 상상과는 다른 방향으로 일이 진행되었다. 나로서는 그냥 보고를 할 뿐이라고 생각했는데.

하지만 분명히 마을 근처에서 마물이 나오면 큰일이다. 그래……. 마물이 마을 근처에 있을 가능성이 있다면 숲속은 위험하다. 오늘은 모험가 광장에서 쉬자.

아, 그 전에 소라의 밥을 찾으러 가야지. 남은 포션은 내 몫을 포함해서 다섯 개밖에 없다. 그리고 보면 이동 중에는 포션이 없다고 옆으로 늘어지는 불만 어필을 하지 않았구나. 준 것만으로 만족해주었다.

……쓰레기장에 파란 포션이 많이 있기를 빌자. 배불리 먹여주고 싶다. 자, 쓰레기장은 어디 있을까?

28화   진화? 와 마물의 정보료

　마을을 뜨는 건 무섭지만, 쓰레기장은 마을 근처에 있는 법이다. 경계하면서 마을을 나가 쓰레기장을 찾았다. 마을에서는 잘 보이지 않아도 그리 멀지 않은 장소. 그렇게 생각하고 찾아보니 예상한 장소에 있었다. 역시 어느 마을이고 쓰레기장은 비슷한 곳에 있다.

　소라를 가방에서 꺼내고 바람에 날아가지 않도록 가방끈으로 주위를 둘러놓았다. 소라는 쓰레기장을 보니 기쁜 듯이 몸을 부들부들 흔들었다. 밥 기척을 느끼는 걸까?

　"잠깐만 기다려."

　쓰레기장에 들어가니 보이는 대량의 쓰레기들. 조금만 찾아보니 파란 포션도 발견할 수 있었다. 마을에서 모험가가 많이 보였기에 기대했는데, 생각 이상의 수확이 될 것 같다. 바구니도 보여서 파란 포션을 거기에 넣었다. 금방 포션이 서른 개나 모였다. 소라 근처에 바구니를 놓자, 한층 더 심하게 흔들리기 시작했다. 그렇게 배가 고팠나? 바구니의 포션 위에 소라를 올렸더니, 금방 소라 밑의 포션이 체내에 슈와~ 하고 사라졌다. 연이어 사라지는 포션. 역시 배가 고팠던 모양이다.

　소라가 먹는 동안에 쓰레기장에 돌아가서 파란 포션을 최대한 가방에 챙겨 넣었다. 마을 근처에 나타난 마물이 혹시나 위험도가 높은 마물이라면 마을 안에서 지내게 될 것이다. 그렇게 되면 쓰레기장에 올 수도 없다. 최대한 모아 두자.

소라에게 돌아와 보니, 싹 비워버린 바구니 안에서 리드미컬하게 흔들리고 있었다. 처음 보는 움직임이다.

"그런 식으로 움직일 수도 있구나."

최근 며칠 동안 소라의 움직임 종류가 늘어났다. ……이것도 성장이라고 할 수 있을까? 신기한 존재구나, 소라는.

쓰레기장에는 옷도 이것저것 버려져 있었다. 몇 벌 주워서 찢어진 데는 없는지 확인해보았다. 수선할 수 있으면 좋겠지만, 너무 심하게 찢어져서 포기할 수밖에 없는 것도 있었다. 절반 정도는 못 쓸 물건이었지만, 그래도 바지 두 벌, 블라우스 네 벌은 남았으니 대수확이다.

강이나 개울을 찾고 싶지만, 마물이 걱정된다. 관청에서의 분위기를 보면 자세히 판명될 때까지는 함부로 움직이지 않는 게 좋겠지.

"소라, 미안. 또 가방 안에 들어가 줄래?"

소라가 뿅 하고 뛰어서 바구니에서 나왔다. ……뿅 하고 뛰어서…….

어!

너무 놀라서 뭘 봤는지 순간 이해할 수 없었다.

"소라가 점프했어!"

구르기만 하던 소라가 뛰었다. 소라를 들어 올려서 시선을 맞추었다. 부들부들 떨고 있다. ……역시 귀엽네. 실컷 소라를 쓰다듬어준 뒤에 가방에 넣고 마을로 향했다.

아침, 서둘러 마을 관청으로 향했다. 어제 저녁 즈음부터 상위 랭크인 듯한 모험가들이 조금 긴장한 모습을 보였다. 그걸 보면 어제 모험가들의 조사로 강한 마물의 흔적이 발견된 걸지도 모른다.

"실례합니다."

"아, 어제 그 아이구나."

"예. 너무 이르게 왔나요?"

"괜찮아. 마물이 확인되었으니, 정보료를 지급할게."

어제의 그 언니가 대응해주는 모양이다. 안쪽 방에서는 이야기 소리가 들리지만, 꽤나 분위기가 거칠었다. ……아무래도 강하고 귀찮은 마물인 모양이다.

"확인해주겠니?"

언니가 있는 책상 앞까지 이동하자…… 돈이 놓여 있었다. 금화 두 닢과 은판이 하나.

"상위 마물의 정보료가 2라다르, 금화 두 닢이야. 사망한 다섯 명의 정보료가 5기다르란다."

"아니……. 예, 확인했어요."

확인은 했지만, 처음 보는 은판과 금화라서 마음이 불안했다. 은화가 다섯 닢이면 은판…… 열 닢이면 금화…… 금화?! 돈의 가치를 머리로 생각하니…… 괜히 더 마음이 불안해졌다.

마물에 대한 정보료는 대단하다.

금화, 무서워.

29화 오거 킹과 지연

돈을 넣어두는 전용 주머니에 돈을 챙겨 가방에 넣었다. 설마 금화가 나올 줄은 생각도 못 했다. 긴장해서 식은땀이……. 언니에게 한 차례 고개를 숙이고 관청을 나섰다.

금화…… 남들이 알면 위험한 일에 휘말릴지도 몰라. 모험가 길드에 맡길 수도 있지만, 그러려면 등록할 필요가 있다. 등록하려면 스킬을 밝혀야 한다. 그러면 '별 없음'이라는 게 들통 나겠지. 상업 길드는 등록할 때 스킬을 밝힐 필요가 없지만…… 애초에 팔 것이 없으니까 등록할 수 없다.

이 금화, 어쩌지…… 하아~.

그렇긴 해도 마물의 정보가 금화 정도 가치라니 놀랐다. 안쪽에서 들리는 목소리를 듣고 안 건데, 마물은 오거와 오거 킹이었다는 모양이다. 조사에 임한 상위 모험가들이 오거의 흔적을 발견, 주변을 조사하다가 먼발치에서 오거 킹의 모습을 확인했다는 이야기였다. 오거 킹은 상위 모험가 몇 명이 토벌에 임해야 할 정도로 강한 마물이라고 책에서 읽은 기억이 있다. 내가 지날 때에는 주위에 기척이 없었지만, 그 자리에서 조금만 더 머뭇거렸으면 오거나 오거 킹과 맞닥뜨렸을지도 모른다.

무섭네.

주위 분위기를 보면서 마을을 돌아다녔다. 오거 킹이 나왔다는 사실이 공지되지 않은 탓에 비교적 조용했다. 그런 가운데 모험가들의 분위기를 읽고 이변을 느낀 사람도 있는 모양이지만.

어젯밤부터 이용하는 모험가용 광장으로 돌아갔다. 이 마을은 값싼 여관이 있는지 광장을 사용하는 모험가는 별로 없다. 솔직히 그 편이 고마웠다. 아무래도 사람이 근처에 있으면 편히 쉴 수가 없다. 마물을 경계하지 않아도 되니까 잠들 수는 있는데, 인기척 때문에 눈이 떠진다. 사용자가 많았던 라토트 마을의 광장을 이용할 때에 깨달았다. 아무래도 사람들이 거북하다.

광장 안에 텐트가 쳐져 있지 않은 장소를 찾아서 쉬었다. 내가 앉은 장소는 간이 조리장에서 제일 먼 곳이라서 인적이 없는 모양이다. 그러고 보면 라토트 마을에서도 비슷한 장소에서 머물렀지.

자, 어떻게 할까. 라톰 마을은 쓰레기장에서 포션만 챙기고 바로 다음 마을로 갈 예정이었는데. 오거 킹이 나온 이상은 마을이 제일 안전하겠지.

서둘러 모험가를 모은다는 이야기가 있었으니까, 내일이나 모레부터 토벌이 시작될 거다. 그러고 보니 오거 킹이 있으면 오거의 소굴이 주변에 생겼을 가능성이 있다는 소리를 들었다. 책에도 실려 있었던 것 같은데…… 어렴풋한 기억이다. 나중에 조사해보자.

소굴을 발견하는 데에 하루, 이틀? 섬멸하려면…… 으음~ 닷새 정도는 라톰 마을에 발이 묶이려나? 나는 딱히 문제없다. 제대로 잠들지 못하는 건 숲에서 이미 경험했고. 하지만 소라의 식사 문제가 있다.

마을 안에서 사람이 없는 장소를 찾을 필요가 있는데, ……이 마을은 사람이 많으니까 어려울지도. 최악의 경우 소라의 식사는 가방 안에서 시켜야겠네.

하아~. 예상 밖의 수입이 있어서 기뻤지만, 숲 속에 못 가게 되는 건 아쉽네. 하지만 안전이 제일 중요하고. 소라에게는 미안하지만 이번만 참아달라고 하자.

저녁에는 마을에 마물의 정보가 공지되고 상위 모험가의 모집이 있었다. 그 숫자를 보니, 역시 이 마을의 크기를 실감했다. 상상했던 것 이상으로 상위 모험가가 많았다. 하지만 그 숫자를 봐도 관청에 있는 남자의 표정은 딱딱했다. 그만큼 오거 킹은 위험도가 높은 마물이겠지.

하지만 설마 열흘이나 발이 묶일 줄이야…….

30화 부상과 소라

오거 소굴의 붕괴와 오거 킹이 토벌되었다는 정보에 진심으로 안도했다. 오거 토벌 중에는 숲의 위험도가 오르기 때문에, 마을의 출입문이 봉쇄되었다. 그렇기 때문에 잠깐이라도 마을에서 나갈 수 없었다.

여행의 피로를 푸는 거야 하루면 충분했고, 사흘 정도는 책을 읽으며 공부하며 지냈다. 마을 안에서 뭔가 일을 할 경우는 길드를 통해야만 한다. 그렇기 때문에 일도 못 하고, 남은 시간은 마을을 구경하고 다녔지만 솔직히 질렸다. 열흘이라는 시간은 정말로 길었다.

제일 힘들었던 것은 소라를 자유롭게 밖에 내놓을 수 없었던 일이다. 아무도 없는 장소를 찾으면 소라를 가방에서 꺼내긴 했지만, 그래도 잠깐 동안뿐. 들키지 않도록 하는 게 이렇게 고생이라니…….

그렇긴 해도 이 마을에 온 첫날에 포션을 확보해둬서 다행이다. 그러지 않았으면 소라의 식사가 부족할 뻔했어.

간신히 마을 입구가 개방되고, 토벌된 오거 킹이 마을로 운반되었다. 토벌 결과를 보여주며 안심시킨다는 의미가 있겠지만…….그 크기와 기이한 분위기에 놀랐다. 오거를 본 적은 있지만 조우하지 않도록 도망쳤기에, 가까이서 보는 건 처음이다. 그리고 무엇보다 눈앞에 있는 것은 오거 킹. 오거의 정점에 서는 마물이다. 죽었다고는 해도 왠지 불안해졌다. 오거 고기는 맛이 없기 때문에 마석과 뿔을 채취한 뒤 폐기 처분이라는 모양이다.

마을사람이나 모험가가 모이는 것을 뒤로 하고 쓰레기장으로 향했다. 소라의 식사와 여행 준비다. 출발이 지연된 동안에 가능한 준비는 다 끝내두었다. 남은 것은 부족한 물건의 보충뿐이다.

쓰레기장 근처에서 발을 멈추었다. 쓰레기장에서 많은 인기척이 느껴졌다. ……그런가, 열흘이나 쓰레기를 못 버렸으니까. 문 개방과 함께 쓰레기를 버리러 온 사람이 많이 있겠지. 조금 있다가 오는 편이 낫겠다.

말린 고기 이외의 식재료를 확보하기 위해 숲에 들어갔다. 아직 긴장되지만 토벌은 성공, 오거는 전멸시켰다고 촌장이 설명했으니까 괜찮겠지.

두근거리는 마음으로 강으로 향했다. 강 근처에는 나무열매가 맺혀 있는 경우가 왕왕 있다. 도착한 강에서 물을 보충하고, 주변을 둘러보니 빨간 열매를 맺은 나무가 보였다. 이전에 다른 강가에서 채취한 적 있는 열매다. 달고 맛있었으니 열매가 있다면 채취하고 싶다.

나무로 다가가려고 하자, 발밑에 있던 소라가 뛰어올라서 내 다리에 몸을 부딪쳤다.

어?!

놀라서 발을 멈추자,

쉬잉?!

"왓! 아파!"

나무에서 뭔가가 날아오는 것을 느끼며 무심코 몸을 피했지만 팔에 맞아버렸다. 순간 엄청난 아픔이 몸을 뚫고 지나갔다.

나무 쪽을 보니…… 슬금슬금 움직이고 있었다. 이런, 나무 마물이야! 마물은 흙에서 뿌리를 꺼내어 다가오려 하였다. 발밑의 소라를 가방에 넣고, 아픈 팔을 눌렀다.

"으으……."

끈적한 것이 손에 닿았지만, 지금은 그걸 확인할 여유가 없다.

아픔에 이를 악물면서 강가에서 서둘러 벗어났다. 한동안 달리고 뒤를 확인하였다. ……마물의 모습은 보이지 않았다. 기척을 찾았지만, 왜인지 기척이 느껴지지 않았다. 거리는 그렇게 멀리 떨어지지 않았으니까 기척을 읽을 수 있을 텐데…….

아픔에 구역질이 인다. 꾹 참으면서 다시금 다리에 힘을 주어 마물에게서 조금이라도 멀어지려고 뛰었다. 한동안 계속 달리고 뒤쪽으로 시선을 돌렸지만, 움직이는 것은 없었다.

몸이 비틀거려서 나무 밑동에 주저앉았다. 아픔이 느껴지는 팔을 보니, 누르고 있던 손에서 피가 흘러나오고 있었다. 가만히 손을 떼자…… 꽤나 상처가 깊다. 그래서 무척 피를 잃은 모양이다.

머리가 멍해졌다.

가방에서 포션을 꺼내고 싶지만 몸이 움직이지 않는다. …….
몽롱한 머리를 좌우로 흔들려고 해도 움직이지 않았다.

"……소라를, 꺼내……야……."

몸이 추욱 옆으로 기우는 게 느껴졌다. 쓰러질 때에 팔에 강렬한 아픔이 일어서 조금 의식이 또렷해졌지만, 몸은 움직여지지 않았다. 소라를 넣은 가방이 눈앞에 있는 것을 깨달았다. 소라를 가방에서 꺼내고 싶지만…… 시야가 흐려지고 눈물이 나왔다.

"……소, 라……."

흐려지는 시야에서 꾸물꾸물 움직이는 뭔가가 보였다. 확실히는 안 보이지만, 아무래도 소라가 스스로 가방에서 나온 모양이다.

……다행이다.

소라가 이쪽으로 다가오는 게 보였다.

……미안해.

하지만 내가 죽어도 소라는 괜찮아. 의식이 멀어지는 것을 느끼며 눈을 감았다.

아파서 움직이지 않았던 팔이 뭔가에 감싸이는 듯한 감각이 있었다. 신기하다고 느끼는 가운데, 다음 순간 아픔이 갑자기 사라졌다. 몸에서 울리던 아픔이 사라지면서 조금은 몸에 힘이 들어가게 되었다. 무거운 눈꺼풀을 들고 흐려진 시야로 보니…… 소라에게 잡아먹히고 있었다. 소라가 다친 팔을 감싸고 슈와~ 소리를 내며 식사를 하고 있었다.

……소라는 인간을 먹는가 보다.

먹힐 때에는 고통이 느껴지지 않는 모양이다. 다행이라고 생각해도 될까? 마지막의 마지막 순간에 놀랐다.

31화   소라와 목소리

내 팔이 소라에게 먹히는 것을 보았다. 슈와~ 소리가 몇 번이나 났다. 각오가 되었는지, 이상하게도 차분한 스스로에게 살짝 웃음이 나왔다.

……? …………이상하네.

몽롱하던 의식이 왠지 또렷해지는 느낌이 들었다. 그러고 보면 조금 흐려졌던 시야도 이젠 잘 보인다. 게다가 무겁게 느껴지며 움직이지 않던 몸이 조금씩 가벼워지는 듯한 느낌도 들었다. 확인하기 위해 소라로 뒤덮이지 않은 반대쪽 팔을 들어보았다.

……올라가졌다.

쓰러져 있던 몸을 조금 움직여보니, 아직 몸이 좀 무겁긴 하지만 움직일 수 있었다. 천천히 나무에 기대듯이 앉아서, 소라로 뒤덮인 팔을 보았다. 무슨 일이 일어나는 건지 모르겠다. 다만 소라는 팔을 뒤덮고 뭔가를 소화시키고…… 있을 것이다. 계속 슈와~ 하는 소리가 나니까, 그건 틀림없다고 생각하는데. 소라에게 뒤덮인 팔을 보았다. 슈와~ 하는 소리와 함께 대량의 거품이 생겨나고 있는데, 거품 때문에 팔이 보이지 않았다.

"소라?"

눈이 생겨났다. 아니, 감고 있던 눈을 뜬 모양이다. 팔을 뒤덮은 상태로 눈이 또르르 움직였다. 역시나 소라라고 알더라도 좀 그렇다. 내 팔이 슬라임에게 뒤덮였고 시선이 마주친 상태인데, 이걸 어쩌면 좋지? 생각해봐도, 소라가 떨어지는 것을 기다릴 수밖에 없으려나. 한동안 계속 바라보고 있자, 소라가 팔에서 뿅 하고 떨어져나갔다.

　팔을 보고 놀랐다.

　뼈까지 보이던 상처가 희미하게 흉터가 남은 수준으로 아물어 있었다. 아픔이 가시고 몸이 움직이게 되었으니까 소라가 상처를 치료해주고 있다는 가능성도 생각했지만, 정말로 팔의 상처가 낫다니. 흉터 자국이 살짝 남은 팔을 그저 멍하니 바라보았다.

　"뿌뿌~."

　"……응?……."

　"뿌뿌~."

　"…………하하하."

　소라가 말하고 있다. 팔이 나았다. 뭣부터 생각하면 좋을지 모르겠다. 하지만 이것만큼은 알겠다.

　"소라, 고마워. 네 덕분에 살았어."

　팔에 생긴 상처는 뼈까지 닿았고, 굵은 혈관을 다친 상태였다. 응급 처치할 수 있으면 좋았겠지만, 뛰어서 도망쳐야만 했기에 상처를 그대로 두고 이동. 그 바람에 피를 대량으로 잃었고, 응급 처치할 여유가 생겼을 때에는 이미 늦은 상태였다. 아니, 처치를 했다고 해도 내가 가진 포션으로는 위험했을지도 모른다. 최악의 경우 죽었겠지. 살아남았어도 팔 하나를 잃었을지도 모른다. 게다가 내가 나무 마물에게 다가가려던 그때 소라가 막아주었다. 거기서 멈추지 않으면 죽었을 가능성이 컸을 것 같다.

소라를 보고 생각하고 있자니, 데굴데굴 굴러서 내 다리에 몸을 부딪쳤다.

······어머?

뛰어오를 수 있는데······ 굴러서 이동해? 소라는 신기한 존재구나. 유기물도 무기물도 소화할 수 있지만, 파란 포션 한정이고. 깊은 상처도 치료할 수 있고, 이건 파란 포션의 힘과 비슷하네. 파란 포션을 먹었으니까? 내가 준 포션은 전부 질이 나쁜 것이니까, 이렇게 깨끗하게 나을 리가 없는데. 으음~, 이거고 저거고 다 모르겠다. 나은 손으로 소라를 쓰다듬었다.

"뿌뿌~."

그렇게 말하면서 어느 가방을 바라보고 있었다. 그 가방에는 분명히 내가 쓸 파란 포션이 들어 있을 것이다. 아무래도 소라는 배가 고픈 모양이다. 여전히 마이페이스인 모습에 웃음이 나왔다. 방금 전까지 죽을 뻔했는데······ 후후후. 가방 안에서 남았던 포션을 꺼내 소라에게 주었다. 금방 다 먹어치우겠지. 어디, 쓰레기장은 좀 조용해졌을까?

그러고 보면 강가에 있던 마물 정보도 관청에 전하는 편이 좋을까? ······또 발이 묶인다든가 하진 않겠지?

관청에 전했더니, 발이 묶이는 일은 없었지만 대신 다들 놀랐다. 그도 그렇겠지.

32화   다음 마을 라토스로

나무 마물에 관한 정보료는 5기다르, 은판 한 닢이었다.

사람을 유인하기 위해 열매가 열린 나무로 의태하는 마물이라고 했다. 몇 년 전에는 어느 틈에 마을의 밭 근처에 숨어들어서 피해가 나왔다고 한다. 움직임은 느리니까 도망칠 순 있지만, 사냥감이 도망치면 바로 주위의 나무로 의태한다나. 게다가 기척까지 의태한 나무로 위장할 수 있어서 좀처럼 찾기 어렵고, 그래서 다소 까다로운 마물이라고 언니가 가르쳐주었다. 이 마물은 중위 모험가 이상에게 길드가 의뢰를 내릴 것이라고 했다.

언니와 함께 이야기를 듣던 남성이 의아하다는 듯이 나를 보았다. 고개를 갸웃거리자,

"하지만 용케 마물이란 걸 알았군. 그 마물을 분간해 내다니 대단해."

"……우연이에요."

"그런가? 하지만 피해가 나오기 전에 알아서 다행이군. 그게 나오면 알아차리기 전에 꼭꼭 피해자가 생기는 법이었거든. 공격 범위에 접근하기 전까지는 틀림없이 멀쩡한 나무로 보이니까. 마을 사람이나 초급 모험가가 봉변을 당하지."

예, 당했습니다. 진짜로 죽을 뻔했습니다, 그런 소리를 할 수는

없으니 웃으며 넘어갔다.

마을에 피해를 미치는 마물이었기 때문에 정보료가 나오지만, 중급 모험가 두 명이서 토벌할 수 있는 랭크의 마물이라서 5기다 르라는 모양이다. 나에게는 충분하기에 두 사람에게 인사를 하고 관청을 나섰다.

관청을 나와 쓰레기장으로 향했다. 꽤나 시간이 지났으니까 이 제 괜찮겠지. 단벌옷이 못 쓰게 되었으니 새 옷이 필요하다.

……우와아.

열흘 동안 봉쇄되었기 때문일까? 쓰레기장의 쓰레기가 엄청 불어났다. 포션 쓰레기도 많은 것은 기쁘다. 아무래도 이 마을에도 포션 제작을 연습 중인 아이가 있는 모양이다. 정규품이 아닌 병에 든 포션이 한꺼번에 버려져 있었다.

옆에 있는 소라가 부르르 몸을 떨며 기뻐했다. 곧바로 근처에 있던 포션을 몇 개 주워 와서 소라 앞에 늘어놓았다. 소라가 포션을 먹는 것을 확인한 뒤에 여행에 필요한 것을 모으기 위해 쓰레기장에 들어갔다. 부족한 포션을 차례로 가방에 넣었고, 중간에 옷을 몇 벌 찾았으니까 그것도 가방에.

연습용 포션 중에서 파란 포션을 찾았기에 죄다 회수했다. 다해서 38개. 쓰레기장 바로 옆에서 부르르 몸을 떨며 기다리는 소라에게 돌아가서, 연습용을 죄다 소라 앞에 늘어놓았다. 슈와~ 소리와 함께 식사를 하면서 기쁜 듯이 이리저리 몸을 흔드는 소라. 꽤나 잘 움직일 수 있게 되었다. 소라가 식사를 하면서 만족스럽게 흔들리는 옆에서, 주워온 물건을 가방에서 다 꺼내어 확인하였다. 찾아낸 옷들은 조금 손보면 다 입을 수 있는 상태였다.

각 포션을 조사하였다. 버릴 때에 병에 금이 가는 일도 있는데, 금이 있으면 변색이 빨라지니까 그 체크는 중요하다. 금이 없고 변색이 적은 포션을 골랐다. 여기는 여태까지의 마을보다 괜찮은 포션이 많이 버려진 게 좋았다. 모험가가 많기 때문일까? 나로서는 기쁠 따름이다. 소라용 포션도 다해서 76개나 확보할 수 있었다. 이런저런 일이 많았지만, 라톰 마을은 꽤나 수확이 많은 마을이구나. 확인이 끝난 것부터 도로 가방에 넣었다.

"어라? ……빨간 포션이 부족해."

병을 치료하는 빨간 포션을 세 개 주웠을 텐데 두 개밖에 없었다. 이상하네. 떨어뜨렸나? 쓰레기장 쪽으로 시선을 주니 근처에 빨간 포션이 떨어져 있었다. ……내가 떨어뜨렸나? 금이 가지 않았나 확인하면서 가방에 넣었다. 준비 완료!

소라와 함께 다음 마을 라토스로 가자. 솔직히 그런 일이 있었던 직후라서 숲이 무섭다. 하지만 여행을 계속하려면 익숙해질 수밖에 없어.

"소라, 위험할 것 같거든 알려줘."

소라가 내 품 안에서 부르르 몸을 떨었다. 조금 안도되었다. 소라가 동료가 되어주어서 다행이다.

33화　빨간 포션

　나무 마물의 공포가 남아 있는 것인지 소리나 기척에 민감해진 것 같았다. 뭐, 죽을 뻔한 일과 마주쳤으니까 그것도 어쩔 수 없지만, 그 바람에 제대로 잠들 수가 없었다. 소라에게는 미안하지만, 마을 광장에서 하루만이라도 좋으니까 느긋하게 쉬고 싶다.

　다음 마을은 가까웠기에 닷새 만에 목적지인 라토스 마을에 도착했다.

　오토르와 마을과도 가깝기에 이 마을도 클까 싶었는데…… 놀랄 만큼 작았다. 내가 태어난 라토미 마을 정도밖에 안 된다. 큰 마을과 가깝다고 마을이 커지는 것도 아닌 모양이다.

　조금 놀랐다.

　마을 안에 들어가자, 아무래도 마을사람들에게 패기가 없었다. 게다가 모험가의 숫자도 꽤 적어 보였다. 모험가가 적으면 정보가 잘 모이지 않는데. 마을사람이나 모험가의 분위기를 보면서 마을 중심인 듯한 장소로 향했다. 마을 중심까지 오자, 몇 군데 안 되긴 해도 음식점은 있는 모양이었다. 하지만 다들 활기가 없었다. 일단 다가가서 말소리를 주워들었다.

……이틀 전에 촌장이 나라에 낼 세금을 횡령한 죄로 잡혀갔다고 한다. 게다가 이 마을, 2대에 걸쳐 촌장이 잡혀갔다고. 음식점 주인인 듯한 사람이 모험가에게 술을 돌리면서 푸념하고 있었다. 이야기를 듣는 모험가들은 쓴웃음을 지었다.

아무래도 기막힌 마을에 들른 기분이었다. 이 마을은 쓰레기장만 살펴보고 얼른 떠날까. 작은 마을이니까 쓰레기장도 기대할 수 없으려나. ……뭐, 일단 살펴보고는 가자.

마을을 나가서 쓰레기장이 있을 법한 장소를 찾았다. 찾는 건 금방이었다. 기대는 하지 않았지만, 예상 이상으로 물건이 많았다. 다종다양한 것이 잡다하게 버려진 것을 보면, 마을에는 테이밍된 슬라임이 없는 걸지도 모르겠다. 그렇다면 꽤나 큰일이겠지.

소라는 평소처럼 쓰레기장 근처에 두고 가방 손잡이로 테두리를 쳐놓았다. 진화했는데도 어째서인지 아직도 바람에 굴러가버리는데, 혹시 슬라임은 다 그러는 걸까? 슬라임을 가까이서 본 적은 있지만, 금방 도망치니까 바람이 불 때에 어떻게 되는지는 모르겠다. 다음에 기회가 있거든 한번 봐야지.

쓰레기장에는 포션도 많이 굴러다니고 있었다. 파란 포션은 물론 다 주웠다. 그리고 빨간 포션이 하나 변색되었으니까 다음에는 빨간 포션도 찾아보았는데, 조금 변색된 것이지만 몇 개 찾을 수 있었다. 내가 가진 것보다는 상태가 좋다.

변색이 별로 안 된 녹색 포션도 찾을 수 있었다. 이건 내가 가진 것과 바꾸자.

주위를 둘러보았지만, 이 마을의 쓰레기는 더럽고 망가진 정도가 심했다. 버려진 것은 많지만, 주워갈 만한 것은 없었다.

소라의 곁으로 돌아가서 가방 안에서 버릴 포션을 꺼냈다. 파란 포션은 소라의 식사로 쓸 거니까 문제없다. 버릴 것은 변색된 빨간 포션과 녹색 포션이다. 가방에서 꺼내어 옆으로 늘어놓았다.

그리고 매직백. 강을 찾을 때에 나무에 걸려서 찢어져버렸다. 예비용을 가지고 있었기에 지금은 괜찮지만, 다음 예비가 없다. 숲속에서는 무슨 일이 일어날지 모르니까 예비는 필요하다. 다음 마을을 기대해보자. 다만 버려진 매직백은 좀처럼 찾기가 힘들다.

가방 안을 확인하고, 달리 버릴 만한 게 없는지 확인했다. 없네……. 좋아! 버리려고 미리 꺼내두었던 포션으로 손을 뻗는데 소라의 몸에 닿았다.

"응?"

시선을 돌려보니 빨간 포션을 먹고 있는 소라가 있었다. 변색된 빨간 포션이 소라의 체내에서 슈와~ 하고 사라졌다.

"……?"

몇 번 눈을 껌뻑거리는 사이에 식사가 끝났다. 다급히 쓰레기장

에서 빨간 포션을 찾아와서 소라 앞에 두었다. 곧바로 빨간 포션을 먹는 소라.

"……먹었네……. 어디 보자, 이건?"

버리려고 가방에서 꺼내두었던 녹색 포션을 소라 앞에 두었다. ……반응이 없다.

어떻게 된 영문인지는 모르겠지만, 빨간 포션도 먹을 수 있게 된 모양이다. 아무튼 소라용으로 빨간 포션도 주워서 가방에 넣었다. 어차피 생각해봐도 이해가 안 되니까, 그냥 먹을 수 있는 포션이 늘어서 식사를 준비하는 나로선 편해졌다고 생각하자. 소라에 대해서는 모르는 것투성이다.

34화 라토메 마을로

라토스 마을의 모험가 광장은 한산해서 푹 잘 수 있었다. 나로서는 기쁜 상태였지만, 마을로서는 아니겠지. 무거운 분위기가 마을 전체를 뒤덮고 있어서 기분이 무거워진다. 얼른 이 마을을 뜨고 싶다.

들쥐라도 잡아서 돈을 벌까 했지만, 다음 마을을 기대하자.

라토메 마을까지는 지도만 보면 7일 정도면 도착할 것 같다. 주운 지도지만, 그렇게 틀린 구석도 없이 도움이 된다.

푸줏간을 찾아냈지만, 아무래도 진열된 고기의 상태가 안 좋아 보여서 이 마을에서는 사지 않기로 했다. 여행 도중에 배탈이라도 나면 최악이다. 빨간 포션으로 병을 치료할 수 있지만, 내가 가진 열화판으로는 효과가 약하다. 예방하는 게 중요하다.

라토스 마을을 떠난 지 닷새 정도 지나, 간신히 나무 마물에 대한 공포심도 잦아들었다. 숲에서 휴식도 제대로 취할 수 있게 되어서 다행이다.

길을 걷고 있으니 다수의 기척이 조금 멀리서 느껴졌기에 소라를 가방에 숨겼다. 잠시 뒤에 모험가 집단이 이쪽을 향해 걸어오는 게 보였다. 팀치고는 조금 숫자가 많다.

길 가장자리로 이동해서 지나가기를 기다렸다. 지나가는 모습을 보고 있으니, 노예의 고리를 차고 있는 존재가 있는 것을 깨달았다. 노예란 존재를 처음 보았다. 작은 마을에는 노예가 거의 없기 때문에 여태까지 본 적이 없었던 것이다.

도시나 큰 마을에는 노예상이라는 존재가 있다고는 들었지만, 얼마 전까지는 나랑은 관계없다고 생각하고 있었다. 하지만 도적이 사람을 유괴해서 노예로 판다고 다른 모험가가 말하는 것을 듣고 놀랐다.

그 모험가는 가족인 듯한 아이에게 거듭해서 주의를 주었다. 주의 내용은 여행 도중에는 남을 너무 믿지 말라는 것이나 숲속에서는 마물과 마찬가지로 사람에게 접근하지 말라는 것. 또 다친 사람이 도움을 청해도 혼자일 때는 다가가지 말라고도 하였다. 아무래도 부상자를 가장하여 습격하는 도적이 있는 모양이다.

점술사도 도적에 대해서는 주의를 주었지만, 사람을 잡아가는 도적에 대해서는 듣지 못했다.

노예에는 범죄노예와 채무노예가 있다.

범죄노예는 죄를 저질러서 형기를 마칠 때까지 나라에 노예로 관리되는 이들이고, 채무노예는 돈을 빌렸지만 다 갚지 못한 이들이다. 모험가가 데리고 있는 것은 채무노예일까?

범죄노예는 국가사업에 내몰리는 등, 꽤 험한 일을 하게 된다고 들었다.

모험가들도 의뢰에 실패해서 빚을 지는 일이 있다고 광장에서 들은 적이 있다. 노예로 전락하지 않도록 조심하자.

앞으로는 큰 마을이나 도시에 간다. 도적이 나오기 쉽다고 들은 장소이기도 하다. 혼자 여행이면 표적이 되기 쉽다니까 마음을 단단히 먹어야지.

길 주변의 기척을 살피고, 문제없다고 확인한 뒤에 소라를 가방에서 꺼냈다.

이전보다 조금 커진 소라. 게다가 내 상처를 치료해준 뒤로는 꽤나 몸이 튼튼해졌다. 옆으로 늘어져 있던 몸이 제대로 물방울 형태를 갖춘 것이다. 뭐, 아직 미묘하게 늘어진 것처럼 보이지만……. 하지만 조금만 더 있으면 보통 슬라임과 구분이 가지 않겠지. 그렇게 되면 계속 밖에 있어도 문제없어진다. 다만 조금 마음에 걸리는 것은 소라의 반투명한 몸이다. 몇 번 테이밍된 슬라임을 보았는데, 어느 아이고 몸이 탁한 색상이었다. 그중에는 색깔이 깨끗한 애도 있었지만, 반투명한 느낌은 아니었다. 소라는 반투명한 청색이다. 식사를 할 때의 거품이 깨끗하게 보일 정도로 투명에 가까운 반투명이다.

그래, 다음 마을에서는 책방에 들러볼까. 소라에 대한 것은 무리라도, 슬라임에 대해 더 자세히 실린 책이 있을지도 모른다. 색깔에 대해서도 뭐라고 적혀 있겠지.

혹시 반투명한 게 소라뿐이라면…… 형태가 확실히 잡혀도 역시 가방에서 꺼낼 수 없고, 소라가 길로 뿅 하고 뛰어내리더니 내 옆을 뿅뿅 뛰면서 이동했다. 이것도 내 상처를 치유해준 뒤로 할 수 있게 된 행동이다.

처음 만났을 때를 생각하면 꽤나 든든하게 느껴졌다. 처음 만났을 때에는 당장이라도 사라져버릴 것 같다고 허둥댔지.

35화　라토메 마을 도착

라토메 마을이 가까운 건지, 길에서 엇갈리는 모험가의 숫자가 많아졌다.

가엾지만, 소라는 계속 가방 안이다. 모험가 팀에 있는 슬라임을 얼핏 보았는데…… 몸의 색깔은 불투명하거나 탁한 색깔이었다. 예쁜 색상인 아이도 보였지만, 반투명은 아니었어. 역시 소라처럼 반투명한 슬라임은 만날 수 없었다.

가방 안에서는 못 꺼내줄지도…….

마을 입구가 보이기 시작했다.

여태까지의 마을과 다른 점에 놀라면서 멈춰 섰다. 여태까지의 마을 출입구는 간단한 문이었지만, 이 라토메 마을에는 제대로 된 문이 존재감을 발휘하고 있었다. 꽤나 큰 마을인 걸까? 설마 라토메 마을을 그대로 지나서 오토르와 마을까지 와버린 걸까?

의문스럽게 생각하면서 다가가자, 라토메 마을이라는 간판이 보였다. 그리고 문에서 좌우로 이어지는 높은 담장. 이것도 여태까지의 마을에서는 본 적 없는 것이었다. 놀라운 일의 연속에 심장이 두근두근 시끄럽다. 출입구에는 문지기인 듯한 사람이 서 있으면서 드나드는 사람을 확인하는 모양이었다.

어쩌지, 신분을 증명할 게 필요한 걸까? 마을에서 도망쳤으니 그런 게 있을 리 없다. 게다가 가지고 있더라도 들어갈 수 있을지…….

어쩔 수 없다고 체념하고 문으로 다가갔다. 문지기가 나를 보고 말을 걸어왔다.

두근두근했다.

"혼자인가?"

"네."

"어디서 왔지?"

"라토미 마을이에요."

"라토미! 그렇게 먼 마을에서 혼자서 온 거냐?"

"예."

"그래. 그 마을은 큰일이니 말이야. 입을 줄인 건가."

? 무슨 소리지? 큰일? 입을 줄여?

"고생이겠지만, 모험가라도 되면 고생은 해도 먹고 살 수 있겠지. 힘내라고."

"……고마워요."

뭔지는 잘 모르겠지만, 걱정을 해주고 응원도 해줬어. 게다가 라토미 마을에서 무슨 일이 있었나 봐. 지금까지의 마을에서는 아무 말도 없었는데…… 무슨 일이 있었던 거겠지? 이 마을에서 알아볼 수 있을까?

무사히 들어온 라토메 마을의 모습에 놀랐다. 출입구부터 다른 마을과는 꽤 달랐지만, 마을 안도 많이 다른 모양이었다. 마을에 들어가자 커다란 길이 이어지고, 좌우에는 가게들이 줄줄이 있었다. 가게가 많아서 놀라기도 했지만, 그보다도 사람이 많아서 압도되었다. 지금은 아직 오전인데도 이미 술을 걸친 모험가도 있는 모양인지 가게 안이 꽤나 떠들썩했다. 문지기와 같은 옷차림의 사람들이 순찰을 도는 모습이었다. 마을의 자경단일지도 모르겠다.

아무튼 마을을 보고 다녔다. 이 마을의 정보가 필요하다. 또 라토미 마을의 상황도 알아보고 싶다. 인파를 타듯이 이동했지만, 아무튼 사람이 너무 많아. 기분이 좀……. 조금 걷다보니까 광장 같은 장소로 나왔으니 휴식을 좀 취하자. 사람에게 취해버렸다. 광장에는 의자가 비치되어 있기에 비어 있는 장소를 찾아서 앉았다. 주위를 보니 아주 북적북적하고 마을사람들에게서도 웃는 얼굴이 많이 보였다. 이 마을은 아주 좋은 곳인 모양이다. 사람이 좀 심하게 많다 싶기도 하지만.

이야기소리가 많이 들려왔다. 내가 원하는 정보는 없는 모양이다. 새로 생긴 가게나 어느 가게가 새 메뉴를 만들었다는 이야기. ……정말로 평온한 마을인가 보다. 이런 마을은 처음 본 까닭에 어째야 좋을지 조금 망설여졌다. 아무튼 오늘 잘 곳을 확보하자. 주위를 보니 상인도 많지만 모험가도 많다. 개방된 광장에도 모험가가 많으려나? 숲 속이 더 마음 편하지 않을까? 일단 개방된 광장을 찾아갔다.

"크다."

모험가에게 개방된 광장은 여태까지 본 적도 없을 정도로 넓었다. 근처에는 초심자용으로 모험가에게도 저렴한 요금이라는 간판이 보였으니까, 숙소도 충실하게 준비된 것 같았다. 광장에 들어가려고 하자, 입구에 사람이 서 있었다. 조금 놀라긴 했지만, 마을 출입구의 문에 서 있던 사람과 똑같은 차림이었다. 라토메 마을에서는 광장도 관리하는 걸까?

"묵을 거야?"

"……네."

"혼자고?"

"네."

"……그렇군. 저쪽이 안전하지."

혼자라고 말하니 조금 곤혹스러운 눈치였다. 역시 딱 보면 미성년자라고 알 수 있는 탓이겠지. 하지만 광장을 확인하고 안전한 장소를 가르쳐주었다. 간이 조리장과는 떨어진 곳이지만, 사람이 비교적 적은 장소였다. 이상적인 장소이기에 거기를 빌리기로 했다.

"문제없겠니?"

"네."

혹시 돈을 내야 하는 걸까? 조금 불안하게 생각하는데, 뭔가를 내게 내밀었다. 잘 보니 마크가 찍힌 판이었다.

"허가판이야."

"허가판?"

"아, 여기가 처음인가 보구나?"

"네."

"사람이 많으면 문제가 생기거든. 인원 제한을 하고 있으니까, 그게 없으면 못 들어가."

"그렇군요. 감사합니다."

역시 이 마을에는 모험가가 꽤 많은 모양이다. 설마 광장을 쓰는 사람을 제한하고 있을 줄은 몰랐다. 가르쳐준 장소 근처에는 마침 딱 의자가 있으니까 그걸 쓰도록 하자.

36화 광장의 자리 잡기

의자에 짐을 놓고 자리를 잡을 준비를 시작했다. 텐트를 가진 모험가는 텐트를 쳐서 자리를 잡고, 그보다 소수이긴 하지만 나처럼 텐트가 없는 사람도 있다. 그런 경우는 천을 깔고, 없어져도 문제없는 짐을 내려놓는 것으로 장소를 확보할 수 있다. 처음 광장을 이용할 때에 다른 모험가를 보고 배웠다. 확실하게 룰이 있는 건 아니지만, 모험가들 사이에서 통하는 최소한의 룰인가 보다. 가방에서 천을 꺼내어 깔고 가방을 하나 놔두었다. 이걸로 끝.

광장을 둘러보니, 간이 조리장 안쪽에 커다란 텐트가 열 개 정도 설치된 게 보였다. 상위 모험가들은 커다란 텐트를 사용하지만 별로 광장을 사용하지 않는다고 들은 적이 있으니, 저건 초급이나 중급 모험가 팀이겠지. 그들은 술이 들어가면 시끄러워지니까 떨어진 장소를 고르길 잘했다.

내가 자리 잡은 장소는 개인이 많은 건지 1인용 텐트가 여기저기에 있었다. 나처럼 천과 짐만 놓은 장소도 있었다. 비교적 조용한 장소라서 안심하고 잘 수 있겠지. 좋은 장소를 가르쳐준 것 같아서 고맙다.

광장을 나가서 숲으로 향했다. 입구에서는 아까랑 같은 사람이 경비를 서고 있었다. 가볍게 고개를 숙이고 서둘러 숲에 들어갔다. 익숙하지 않은 바람에 통과할 때 조금 긴장하였다.

숲속은 어디고 똑같아서 안심이 된다. 둘러보면서 쓰레기장을 찾았다. 이만큼 마을이 크다면 쓰레기장도 크겠지? 아니, 테이머와 많이 계약했으면 쓰레기장은 그렇게 커지지 않아도 괜찮으려나? 그렇게 생각했는데 막상 쓰레기장을 찾고 보니 다른 마을과 비슷한 조건의 장소이긴 했지만, 마을과 마찬가지로 그 규모가 컸다.

"크다~."

그 크기에는 아무래도 놀랐다. 상상은 했지만 그 이상이었다. 그리고 버려진 물건도 다채로웠다. 평소처럼 소라를 쓰레기장 근처에 둘까 했지만, 쓰레기장이 넓기 때문에 망설여졌다. 인기척을 느껴도 바로 소라에게 돌아갈 수 없다. 어쩌지. 제일 안전한 건 쓰레기장에 함께 들어가는 건데.

"소라, 쓰레기장에서 쓰레기에 파묻히지 않도록 할 수 있어?"

소라는 아무래도 안정감이 부족하다. 쓰레기장에 들어가면 곧잘 쓰레기에 파묻힌다. 소라는 나를 보며 옆으로 주욱 몸을 늘렸다. 오, 새로운 움직임이다. 이런 움직임도 할 수 있나……. 음, 이럴 때가 아니지. 조금 생각했지만, 역시 남에게 들키지 않는 방향으로 가자.

"소라, 나랑 같이 쓰레기장에 들어가자."

"뿌뿌~."

뿡 하니 뛰어서 쓰레기장에 들어가더니, 데굴데굴 굴러서 병과 병 사이에 끼었다.

"소라, 말하자마자……."

소라를 구출하여 한손으로 소라를 들고 필요한 물건을 주우며 다녔다. 소라가 아직 한손으로 들 수 있는 사이즈라서 다행이었다. 파란 포션과 빨간 포션을 소라 전용 가방에 차례로 넣었다. 역시나 넓은 만큼 주워도 주워도 계속 나왔다. 이거 꽤나 많이 기대할 수 있겠어.

아, 매직백을 발견…… . 많이 찢어졌네…… . 아무래도 이건 무리다. 그거 말고는…… 이건 뭘까? 옷인데 너무 크네. 모험가가 많아서 그런지 검도 상당히 많이 버려져 있었다. 칼집에 들어 있지 않은 것도 있으니까, 조심하지 않으면 발을 다치겠다. 어느 정도 둘러본 뒤에 쓰레기장을 나가서 이동했다.

쓰레기장에서 조금 떨어진 장소에 있는 나무에 기대듯이 앉았다. 소라는 이미 내 손에서 뛰어내려서 소라 전용 가방을 향해 부르르 몸을 떨고 있다. 분명히 포션을 요구하는 거겠지. 소라용 포션을 주울 때에 내 품 안에서 크게 몸을 떨었다. 여전히 소라를 보면 웃음이 나오네. 파란 포션 열 개, 빨간 포션 열 개를 소라 앞에 늘어놓았다. 늘어놓는 중에도 이미 처음에 놓은 포션을 먹기 시작하는 소라. 기세 좋게 거품이 되어 흡수되는 포션. 여전히 식사법이 신기하다. ……그리고 보면 다른 슬라임의 식사풍경을 본 적이 없네. 어디서 보고 싶다. 소라처럼 먹는 걸까?

37화　숲 속도 보고 다닐까

주워온 것을 확인하는 작업을 마치고 얼마 되지 않아 다가오는 인기척을 느꼈다. 식사 후에 천천히 흔들리던 소라를 가방에 숨기고 인기척이 있는 방향으로 시선을 돌렸다. 문지기와 비슷한 차림의 남자 셋이 이쪽으로 다가오는 게 보였다.

조금 허둥댔지만, 소라는 이미 가방 안이니까 문제없겠지. 모험가 중에는 직접 쓰레기장에 쓰레기를 가져오는 사람도 있으니, 내가 여기에 있어도 이상할 것은 없다. 그렇긴 해도 왜 이쪽으로? 혹시 쓰레기장을 순찰? 가방을 들고 마을에 돌아가기 위해 남자들 쪽으로 걸어갔다. 세 사람은 나를 보았지만, 딱히 제지하는 일도 없어서 그대로 지나칠 수 있었다.

다행이다.

조금 떨어진 장소에서 멈춰 서서 뒤를 돌아보았다. 그들은 쓰레기장 전체를 둘러보고 그대로 숲 속으로 들어갔다.

"혹시 숲속도 순찰을 하는 걸까?"

혹시 그렇다면 숲속에서 자는 것은 무리일지도 모른다. 마을에서 먼 경우는 딱히 숲속에서 자더라도 문제없다. 하지만 라토메 마을에는 제대로 관리되는 광장이 있다. 그런데도 일부러 위험한 숲에서 자는 이유를 댈 수가 없다.

어쩌지?

더 깊은 숲속까지 들어가서 자? 하지만 어디까지 순찰하는지 모르고, 이 마을의 모험가들이 얼마나 되는지도 궁금하다. 여태까지의 마을하고 비교하면 확실히 두 배는 될 것 같다. 그렇다면 숲속에서 마주칠 가능성이 커지니까, 숲속에서도 소라를 자유롭게 내놓을 수 없다. 그러고 보면 마을에 가까워짐에 따라 가방에서 소라를 넣었다 뺐다 하는 숫자가 늘었구나.

하아~, 순찰이 있고 모험가도 많다.

커다란 마을이면 어디든 이런 느낌일까? 다음에는 큰 마을에 갈 예정이니까 근본적인 해결책을 찾아야겠네.

마을의 출입구에 가자, 이번에는 다른 사람이 문지기로 서 있었다. 또 무슨 질문이라도 있으려나 싶었는데, 이번에는 아무런 질문도 없이 마을에 들어갈 수 있었다. 혹시 처음에는 내가 수상해 보였던 걸까? 눈에 띄는 행동은 가급적 하지 않으려 했는데, 조심해야지. 마을을 보고 다니자니 역시나 사람이 많았다. 그리고 경비 도는 사람들도 있었다. 마을 안에서 소라를 꺼내는 건 위험하겠어.

여기저기 보고 다니면서 푸줏간을 찾아서 들어갔다. 말린 고기 구입과 고기 매입을 해주는지 확인하기 위해서다.

"어서 오렴."

가게에 들어가자 나이 있는 아주머니가 안에서 나왔다. 조금 긴장하면서 가게를 구경하고 말린 고기를 찾았다. 찾아낸 말린 고기는 그 크기에 따라 두 종류가 있고, 큰 자루로 사면 다소 싸지는 모양이다. 300다르를 내고 큰 자루로 구입했다.

"죄송한데, 물어볼 게 있는데요."

"뭐니?"

"말린 고기는 산토끼인가요?"

"들쥐와 산토끼가 있단다. 지금 네가 산 것은 산토끼인데, 들쥐보다 커서 잡기 쉬운 만큼 좀 싸단다. 그리고 들비둘기도 있는데 비싸. 잡는 게 어렵거든."

도시나 주변 마을에서는 말린 고기에도 여러 종류가 있다고 들었는데 진짜였다. 그렇긴 해도 산토끼였다니, 들쥐라고만 생각했는데. 구입한 말린 고기를 보았다. ……말린 고기로 만드니 분간이 안 돼.

"제가 잡아서 가져오면 매입도 해주시나요?"

"물론이야! 신선하다면 말이지."

"알겠습니다."

"사냥은 혼자서 할 거니?"

"네."

"그래. 이 근처에는 노노시라고 하는, 송곳니가 달린 동물이 있단다. 조심하렴."

"고마워요."

노노시? 처음 듣는데. 마물이 아니라 동물이구나.

푸줏간을 나서서 광장으로 돌아오자, 관리인이 바뀌어 있었다. 허가판을 보여주고 확보한 장소로 가는데, 도중에 소형 텐트가 시야에 들어왔다.

"텐트라."

텐트 안이라면 소라를 꺼내놔도 괜찮을 거야. 1인용 텐트는 어느 정도 가격으로 살 수 있을까? 무게도 궁금하니 직접 보고 확인하고 싶은데. 주위를 둘러보니 간판 하나가 눈에 들어왔다.

<질 좋은 중고품만 소개해드립니다!>

중고품이라면 살 수 있을까? 정보료가 있으니까 조금 여유도 있고. 나와 소라의 앞으로의 여행을 생각하면, 텐트는 있으면 좋을지도. 간판으로 가게 위치를 확인한 뒤에 큰길로 발을 옮겼다. 큰길에서 샛길로 들어가는 곳에 간판에서 본 가게가 있었다. 안을 엿보니 모험가들이 여럿 있는 모양이었다.

"뭘 사려고?"

갑자기 그런 목소리가 들려와서 비명이 튀어나오려는 입을 누르며 뒤를 돌아보았다.

"앗, 미안해. 나 때문에 놀랐어?"

뒤에 있던 사람은 마을 출입구에서 경비를 서던 남성이었다. 그 옆에는 낯선 남자도 함께 있었다.

"어린애한테 뭐 하는 짓이야."

낯선 남자가 경비병에게 주의를 주는 모습을 보면서, 벌렁대는 심장을 심호흡으로 다스렸다.

"하하하, 미안, 미안. 그래서 뭘 사려고?"

"예. 중고 1인용 텐트를."

"텐트? ……마을에서 쫓겨나면서 못 받은 거야? 라토미 마을은
정말로 궁핍한 상황인가 보군."

라토미 마을이 궁핍? 유복하진 않았지만, 마을에는 특산품이 있
었으니까 그렇게 궁핍하진 않을 텐데.

"그래! 소개를 해줄게. 솜씨 좋은 영감님의 가게가 있어."

그렇게 말하더니, 내 손을 붙잡고 기세 좋게 끌어당기며 걷기
시작했다. 왜인지 가게를 소개해준다는 흐름이 된 모양이다. 다만
보폭이 달라서 붙잡힌 손이 조금 아프다.

38화 문지기와 함께 텐트를 찾아서?

"어이, 네 힘으로 잡아당기면 그 애가 아파할 거라고!"

"어?"

같이 있던 남성이 급하게 그 경비병의 팔을 붙잡았다. 그는 허
둥대며 잡고 있던 손을 놔주었다.

"미안해! 괜찮아? 많이 아팠어? 우와~, 빨개졌네."

"하아~, 미안해. 나쁜 녀석은 아닌데……. 무슨 생각에 빠지면
주위가 눈에 잘 들어오지 않는 편이거든."

어른 둘이 내게 고개를 숙여댄다는 경험은 처음. 분명히 손목은 희미하게 빨개졌지만, 어른 둘이 고개를 숙여댄다는 모습에는 곤혹스러워졌다.

"괘, 괜찮아요!"

"정말로? 나, 꽤 세게 움켜잡았거든?"

"정말 괜찮아요."

"그래? 좋아, 사과의 의미로 좋은 텐트를 구해주겠어!"

텐트를 찾아준다는 건 체념하지 않은 모양이다. 오히려 지금 확실히 결정된 것 같다. 대답을 듣지도 않고 걸어가는 경비병을 방치할 수도 없어서 뒤를 쫓았다. 그 뒤에 또 한 명의 남성이 따라오는데…… 이거 괜찮나? 조금 걷고 있으니, 왠지 겉모습만 보자면 들어가기에 용기가 좀 필요한 가게 앞에서 발을 멈추었다.

"여기야. 중고라도 수리를 해서 팔기 때문에 오래 쓸 수 있는 걸로 유명해. 뭐, 주인 양반이 좀 특이하지만 말이야."

안을 들여다보니, 꽤나 정신없는 인상이라서 나로서는 어느 게 상품인지 구별이 가지 않았다. 정리라는 말과는 거리가 멀다는 인상이었다. 잔뜩 쌓인 물건들 틈새로, 안쪽에 한 남자의 모습이 보였다. 나는 망설였지만, 경비병이 기세 좋게 가게 안으로 들어갔다.

"주인장, 우리 왔어."

"어? 뭐냐, 너는 이 가게에 볼일이 없을 텐데."

"손님이야."

"손님?"

두 사람의 시선이 나를 향하기에 입구에서 꾸벅 고개를 숙였다.

"이거 참 조그만 손님이군. 부모는 어디 있지?"

"어이, 라토미 마을의 애야."

"라토미……. 입을 줄인다는 이야기가 사실이었던 거냐. 이거 참."

어쩌지. 그런 일은 없다고 말해야 할까. 하지만 그렇다면 왜 미성년자가 혼자서 여행을 하고 있느냐는 이야기가 되겠고. 고민스럽네.

"어떤 걸 찾지?"

"1인용 중고 텐트인가 봐."

"텐트냐."

가게 주인이 흘러넘치는 물건 사이를 오가더니 텐트 몇 개를 가져왔다. 경비병이 하나하나 성능이나 천을 체크해주었다. ……어라? 이미 구입이 결정되었다는 분위기인데. 아니, 사려고는 했지만 가격이 말이죠……. 어쩌지, 골라줬는데도 비싸서 못 사거나 하는 일이 되면…….

"저기……."

"어? 뭐냐? 바라는 바가 있으면 말해봐라."

"아, 아니에요. 성능은 잘 몰라서. 저기, 가격이 얼마나 되나요?"

"가격이라. 물건에 따라 다른데, 예산이 얼마나 되지?"

예산…… 5기다르면 될까? 금화에는 손을 대기 싫고, 5기다르로 무리라면 포기하자.

"5기다르예요."

"뭐?! 5기다르?"

경비병이 꽤나 놀란 얼굴을 하였다. 어라, 뭔가 잘못 말했나?

"라토미 마을에서 5기다르를 주었다고?"

경비병과 함께 있던 남성이 그렇게 말했다.

"아뇨. 마물의 정보료로 라톰 마을에서 받았어요."

"마물의 정보료로……. 5기다르면 꽤 위험한 마물이었겠는걸."

"예. 위장이 가능한 나무 마물이었어요."

"그건가~, 다친 데는 없어? 그건 위험한 놈이거든."

"네. 운 좋게도."

"그래, 그놈의 정보료인가."

그런데 5기다르면 많은 걸까, 적은 걸까? 물어봐도 괜찮을까?

"5기다르면 꽤 좋은 텐트를 살 수 있지. 그리고 네가 쓸 거라면 가벼운 편이 좋을 거다."

가게 주인의 목소리에 그쪽으로 시선을 보내자, 찾아온 텐트 중에서 하나를 골라주었다. 경비병이 대신 받더니 펼쳐서 상태를 봐주었다.

"오오~. 확실히 상태는 좋아 보이는걸."

"당연하지. 최근 들어온 것 중 제일 좋은 상품이다. 손도 좀 봐 놨지."

경비병과 주인이 이야기하는 것을 들으면서, 직접 만지면서 텐트의 감촉이나 무게 등을 확인했다. 들어보니 놀라울 정도로 가벼웠다. 라토미 마을에서 나올 때에 텐트도 가지고 나오고 싶었지만, 짐이 너무 많으면 체력면에서 문제였다. 그때는 쫓아올 가능성을 생각해서 최대한 짐을 줄일 필요가 있었다.

게다가 혼자 여행할 경우 텐트는 별로 쓰지 않는다. 숲속에서는 따로 불침번이 없는 상태로 텐트를 쓰는 건 위험하다. 특히나 비가 내리면 마물의 기척을 느끼기 어렵기에, 동굴이나 나무 구멍에 몸을 숨기고 비가 그치길 기다리는 법이다. 하지만 앞으로 커다란 마을이나 도시에서 광장을 쓸 거면, 텐트는 필요하겠지. 조금 고민하고 있는데 경비병이 텐트를 들고 가게 밖으로 향했다.

"자, 혼자서 설치할 수 있는지 시험해봐라."

주인의 말에 다급히 경비병을 쫓아 밖으로 나가자, 그가 텐트를 건네주었다. 경비병의 설명을 들으면서 텐트를 혼자서 설치할 수 있는지 확인했다. 간단히 설치할 수 있는 타입인지, 나라도 혼자서 할 수 있었다. 안에 들어가 보니 지면에 접한 면이 조금 두툼하게 만들어져서 따뜻했다. 입구를 닫아보니 생각했던 것보다 큼직한 공간이 만들어졌다.

이거 좋아.

"어때, 괜찮니?"

"네, 이렇게 가벼운 텐트가 있는 줄 몰랐어요."

"가볍고 튼튼해서 인기인 최신 텐트지."

"최신? ……중고 맞죠?"

"그걸 산 녀석 말인데, 좋아하는 여자가 생겨서 모험가를 관뒀거든. 바로 팔러 내놨지."

"그런가요. 이걸로 할게요."

"오냐. 그래, 표식을 새겨두렴."

"표식 말인가요?"

"그래, 비슷한 텐트가 있으면 문제가 생길 수가 있으니까. 자기만 아는 장소에 표식을 새기는 거지. 이름이든 기호든 뭐든 좋아."

"표식."

구입한 텐트를 보았다. 어디에 새기는 게 제일일까?

"……그쯤에 할 거냐?"

"으음, 부탁드릴게요."

"아니, 표식은 스스로 생각해라."

"……예."

텐트를 펼쳐달라고 하고, 안쪽 천장 구석에 '소라'라고 쓰려고 했는데 어느 틈에 '쏘'이라고 써놓았다. 어라? ……이거 전생의 기억일까? 아마 소라라고 읽는 것 같은데.

"어라? 기호냐? 이거면 다른 녀석들은 생각도 못 하겠는걸."

잘은 모르지만 단어 같은데. 다른 이들은 기호라고 생각하는 모양이다. ……설명도 할 수 없으니까 그런 걸로 해두자.

"앞으로도 고생이 많겠지만 힘내렴."

윽, 양심이 찔린다. 얼른 라토미 마을에서 무슨 일이 있었는지 알아봐야지. 가게 입구에서 누군가와 이야기하던 경비병과 또 한 명의 남성이 가게 안쪽으로 돌아왔다.

"오! 샀구나."

"네. 감사해요. 아주 좋은 걸로 샀어요."

놀라긴 했지만, 이 사람 덕분에 아주 좋은 텐트를 살 수 있었다. 좋은 사람이야.

"하하하, 됐어, 됐어."

"어이, 슬슬 순찰을 돌 시간 아냐?"

"앗, 큰일났다. 그럼 또 보자."

"고마웠습니다."

깊이 고개를 숙이자, 두 사람은 가볍게 손을 들고 서둘러 가게를 나갔다.

"여전히 시끄러운 녀석들이구나. ……보자, 5기다르였지."

"네."

매직백에서 5기다르를 꺼내어 주인에게 건네고 텐트를 받았다. 그 모습을 지켜보던 주인이 가게 안쪽에서 작은 가방을 꺼냈다.

"이걸 주마."

"예?"

"작지만 정규 매직백이란다. 그건 열화판이지?"

"……네."

"열화판은 돈을 넣고 꺼낼 때 내부가 보일 수 있지. 돈이 얼마 있는지 들키면 위험해질 수 있거든."

"고마워요!"

매직백을 받아 깊이 고개 숙인 뒤에 가게를 나섰다. 광장으로 돌아오는 도중, 경비병과 주인을 떠올리니 얼굴이 풀어졌다. 좋은 사람들이야. 그리고 같이 있던 남성도. 불평 한마디 없이 계속 같이 있어주었고.

큰길에 접한 어느 가게에 낯익은 것이 있었다. 라토미 마을의 특산품이다. 자로라는 열매로, 영양가가 높아서 도시에서 인기라고 들었다. 하지만 가격을 보고 놀랐다. 내가 아는 자로 가격의 네 배는 되었다.

"비싸."

"음? 자로 열매에 관심이 있니?"

가게 사람이 내 목소리를 들은 듯이 말을 붙여왔다. 다급히 그쪽을 보니, 나이 든 남성이었다. 가게 안쪽에서는 그 아내인 듯한 사람도 있었다.

"예. 이거 라토미 마을의 자로인가요?"

"하하하, 자로는 그곳에서만 자라거든. ……혹시 라토미 마을 사람이니?"

"네."

"부모님은?"

"……아뇨, 혼자서 여행을 하고 있어요."

라토미 마을의 정보가 필요하기에 솔직하게 말해보았다.

"혼자서! ……분명히 올해는 힘들긴 하겠지. 하아~, 그 바보 촌장 탓이야."

"촌장?"

머릿속에 떠오르는 것은 나를 죽이라고 아버지에게 명령한 남자였다. 솔직히 잊어버리고 싶다.

"그 마을에 무슨 일이 벌어졌는지 모르고 나왔니? 아, 그게 아니구나. 쫓겨난 거야?"

"……도망쳤어요."

"도망치다니……. 그 마을은 그 정도로 난리가 난 건가."

나이 든 남성은 크게 한숨을 내쉬면서 고개를 내저었다.

"점술사 루바 씨라고 있었지?"

"……네."

"라토미 마을의 자로는 그녀가 지켜왔지. 이 과일은 수확 시기를 잡기가 어렵거든. 조금이라도 시기를 놓치면 팔 것이 못 돼. 그러니까 그녀가 점을 쳐서 그 시기를 알려줬지."

"촌장은 그게 마음에 안 들었던 거야!"

갑자기 새로운 목소리가 늘어서 놀랐다. 그쪽으로 시선을 주자, 안쪽에 있던 아내인 듯한 사람이 이쪽으로 다가왔다.

"라토미 마을은 수입원인 자로가 없으면 유지할 수도 없는 마을이야. 수입원을 지켜주는 루바를 지지하는 마을사람이 많은 건 당연해. 그 바보 촌장은 그게 마음에 안 들었는지 말이야, 루바가 병에 걸렸을 때 약을 주지 않았나봐."

"주위 사람들에게는 약을 줬다고 거짓말을 하면서 말이지. 그걸 알고 있었던 것은 촌장 패거리들뿐이지."

"루바는 마을에서 자로가 어떤 존재인지 알고 있었으니까. 자기한테 무슨 일이 있거든 꼭 다른 점술사에게 연락을 해두는 사람이었어. 그런데 아무런 이야기도 없었던 것은 이상하다고 생각한 마을사람이 촌장 패거리에게 캐물어서 알아낸 거야. 게다가 처음에는 어린애한테 뒤집어씌우려 했다나. 예전의 촌장은 훌륭했는데, 지금 촌장은 틀렸어. 마을은 지금 정신없는 모양이야."

"촌장 녀석은 자기한테 대든 마을사람을 마을에서 쫓아냈다는 이야기도 들리고."

"부모가 없는 아이도 쫓아냈다고 하더군……. 너는 도망쳤다고 했지?"

"네."

"왜니?"

"……부모님이 촌장파라서……. 저기, 문제가……."

"부모님이…… 고생이 많았겠구나."

"어! 아뇨, 그런 건……."

……그 촌장은 내가 생각했던 것보다 문제가 많았던 모양이다.
그런 그를 따른 내 부모는…… 뭐, 이젠 남이잖아.

40화　텐트는 쾌적
~~~~~~~~~~~~~~~

라토미 마을의 촌장 이야기에는 솔직히 놀랐다. 지금 촌장으로
바뀐 것은 분명히 내가 태어난 해였어. 그때까지의 촌장이 병으로
갑자기 돌아가셨기 때문이랬나.

"저기, 들려주셔서 감사합니다."

"됐어, 됐어. 지금은 모험가니?"

"네."

"어린데 고생이구나. 그래, 이거 가져가렴."

나이 든 남성이 안에서 자로를 두 개 가져다주었다.

"너무 익어서 팔 수 없는 거란다."

"감사합니다."

자로를 받자, 달콤새콤한 향기가 퍼졌다. 점술사 말고는 좋은 추억이 없지만, 그립긴 하네. 가게의 두 사람에게 고개를 숙이고 광장으로 돌아왔다.

그러고 보면 촌장이 횡령으로 잡혀간 마을도 엉망이던데, 라토미 마을도 그렇게 되는 걸까? 애초에 자로 수입이 줄어들면 마을로서 버틸 수 없을 것도 같다. 그렇긴 해도 횡령으로 잡혀가서 마을사람들을 괴롭히는 촌장도 못된 사람이라고 생각했지만, 설마 내가 태어난 마을의 촌장이 더 심한 것에는 놀랐다. 하지만 라토미 마을에서 무슨 일이 일어났는지 자세히 알아서 다행이야. 앞으로는 라토미 마을에서 도망쳐왔다고 말하자. 사실이잖아.

광장으로 돌아가서 허가판을 보여주고 안에 들어갔다. 또 관리하는 사람이 바뀌었다. 이 마을에서는 자경단이 몇 명이나 있는 거지? 대단하네.

장소를 잡으려고 둔 짐을 정리했다. 텐트를 칠 수 있도록 장소를 비우기 위해서다. 구입해온 텐트를 꺼내면서 왠지 표정이 풀어졌다. 마을을 도망쳐 나왔을 때에는 생각도 하지 못했다. 설마 내가 번 돈으로 텐트를 살 수 있다니. 꿈만 같다.

텐트를 살짝 만져보며 마음을 진정시켰다. 역시 혼자서 순식간에 조립할 수 있는 간결함이 좋아. 지면에 말뚝을 박아 고정하면 완성.

신발을 벗고 텐트 안에 들어가서 짐을 놓은 뒤, 살며시 입구를 닫고 소라를 가방에서 꺼냈다. 소라가 주위를 둘러보고 뿅뿅 뛰어다니는 걸 보면 아무래도 좋아하는 모양이다.

"소라, 이 안에서는 소리 내지 마."

내 말에 소라는 위아래로 늘어지면서 부들부들 몸을 흔들었다. 아마도 괜찮겠지.

"그건 그렇고 멋진 텐트네."

텐트 바닥에 천을 깔고 앉아보았다. 텐트 바닥의 두께도 있어서 평소보다 편안했다. 게다가 시선을 신경 쓰지 않아도 되는 게 기쁘다. 할 일도 없으니 조금 이르긴 하지만 밥을 먹고 내일 준비를 하고 잘까. 응, 텐트를 만끽하고 싶어! 덫 준비도 하고 싶고. 그러자.

소라 앞에 포션을 20개 꺼내서 늘어놓았다. 포션이 거품이 되어 사라지는 것을 보면서 말린 고기를 씹었다. 오늘은 산토끼 고기다. 들쥐보다 고기가 두툼하기 때문에 먹는 느낌이 있었다. 맛이라면 들쥐 쪽이 더 있을까? 산토끼도 충분히 맛있지만. 말린 고기를 다 먹은 뒤에는 자로를 꺼냈다. 오랜만의 달콤새콤한 자로 향기를 만끽하면서 두 개를 다 먹어치웠다.

"휴우~, 맛있었어. 소라, 내일은 사냥을 나갈까?"

소라는 힐끗 내게 시선을 주더니 부르르 몸을 떤 뒤에 또 식사를 재개했다. 가방에서 책을 꺼내어 산토끼용 덫을 찾아보았다. 구조는 비교적 간단해서, 나라도 만들 수 있을 것 같다. 게다가 설치 타입이니까 안전하게 사냥할 수 있다. 재료를 보았는데, 지금 가진 걸로 만들 수 있겠어. 오늘 중에 몇 개 만들 수 있으면 내일 바로 설치할 수 있겠지. 텐트도 샀으니 수입이 필요해. 열심히 산토끼를 잡아서 돈을 벌자.

소라는 식사가 끝나자 가방 위에 올라가서 부들부들 몸을 떨며 눈을 감고 있었다. ……어라? 식사가 끝났는데도 소라의 몸 안에서 거품이 슈와~ 하고 나오네. 신기하게 생각하며 보고 있자, 잠시 뒤에 잦아들었다. 대체 뭐였을까? 평소에는 먹을 때에만 거품이 발생하는데. 소라를 찔러보자 눈을 뜨고 나를 쳐다보았다.

"괜찮아?"

소라는 위아래로 늘어났다 줄어들었다 하면서 괜찮다고 어필하는 모양이다. 처음 있는 일이니까 놀랐지만 문제없는 모양이다. ……너무 많이 먹었나?

41화 표적이 된 텐트

~~~~~~~~~~~~~~~~~~

텐트는 상상 이상으로 쾌적하여 느긋하게 수면을 취할 수 있었다. 마음을 너무 늦춘 것 같으니 조심해야지.

소라를 가방에 넣고 간이 조리장으로 향했다. 물을 끓이고, 숲에서 뜯어온 찻잎을 넣어서 차를 준비했다. 아침부터 따뜻한 것을 마실 수 있다는 사실은 기쁘다. 숲속이면 아침에 일어나면 일단 이동이다. 위험을 피하기 위해서지만, 익숙하다고 해도 자고 방금 일어난 몸으로는 꽤 힘들다.

텐트에 돌아와서 한 숨 돌리고 있자, 모험가 몇몇이 다가오는 게 보였다. 왠지 험악한 분위기라서 무섭다.

"어이! 이 도둑!"

"네?"

남자 모험가 둘에 여자 모험가 두 명, 아마도 팀이겠지. 그런 이들 중에 한 명이 나를 향해 고함을 질러댔다. 주위에도 울리는 목소리였기에 시끄럽던 광장이 순식간에 조용해졌다.

"이게 틀림없지?"

"그래. 틀림없어. 이 텐트는 내 거야! 이 녀석이 훔친 거야."

남자는 주변에 울릴 정도의 고함소리로 화를 냈다. 무슨 소리를 하는 거야? 이 텐트는 어제 내가 구입한 게 틀림없다. 주인 할아버지가 어떤 사람인지는 모르지만, 남의 물건을 훔쳐서 팔 만한 사람은 아니라고 생각한다.

"솔직히 말해! 훔쳤잖아!"

너무 소리가 커서 몸이 굳어버렸다. 하지만 아니다. 나는 훔치지 않았다.

"훔치지 않았어요. 이건 제가 직접 산 텐트예요."

"너 같은 꼬맹이가 살 수 있는 텐트가 아니라고! 이 거짓말쟁이야!"

처음에 소리친 남자가 내 옷의 멱살을 붙잡았다. 몸이 살짝 허공으로 떠올랐다.

무서워, 무서워, 무서워.

"하아, 대체 부모한테 교육을 어떻게 받은 거야?"

"맞아. 정말 싫네."

여자 모험가가 나를 보고 비웃었다.

주위 모험가들도 술렁대기 시작했다.

무서워서 몸이 떨렸다. 나쁜 짓을 하지 않았으니까 울기 싫지만……. 눈물로 시야가 흐려졌다.

"뭣들 하는 거냐!"

내 옷을 잡고 있던 손을 쳐내면서 한 남자가 사이에 끼어들었다. 누군지 확인하니, 내게 허가판을 주었던 광장의 관리인이었다.

"이 녀석을 잡아가!"

"이 녀석, 우리 동료의 텐트를 훔쳤어. 고소할 테니까 잡아가."

어떻게 해야 하지?

"표식은?"

"산 직후에 도둑을 맞아서 못 새겼어. 하지만 틀림없다고."

"어떻게 단언하는 거지?"

관리인과 모험가들의 이야기를 들으면서 어째야 좋을지 몰라서 당황했다. 관리인이 그들의 말을 믿으면 어쩌면 좋지?

"이딴 꼬맹이가 이런 텐트를 살 돈이 있을 리 없잖아? 상식적으로 생각해보라고."

"그게 다냐?"

"그게 다냐고? 충분하잖아!"

"맞아. 똑바로 일 좀 하라고."

"맞아, 맞아."

관리인까지 비난을 당하고 있어. 분해. ……텐트, 포기해야 하는 걸까?

"이 텐트는 이 아이의 것이다."

어?

"아앙?"

"뭐라고! 도둑맞았다고 했잖아, 이 꼬맹이한테!"

"어디서 이 텐트를 구입했지?"

"바키의 가게다."

"거기는 신품만 취급하는 가게로군."

"그래, 뭐 어쨌다고?"

"이 텐트는 중고니까, 너희가 찾는 게 아니다."

"그럴 리가 없어! 그 텐트는 새 거라고! 헛소리 마!"

"이건 라그 영감님의 가게에서 판매한 중고품이다."

라그 영감님의 가게? 주인 할아버지 말인가? 하지만 이 사람이 어떻게 알고 있는 거지?

"참고로 이 아이에게 그 가게를 소개한 건 오그토 대장님과 베리벨라 부대장님이지."

"""""뭣!"""""

대장과 부대장이었어? 그러고 보면 놀라기도 하고 정신없기도 해서 자기소개를 까맣게 잊고 있었다.

"다시 한 번 묻겠다. 텐트를 도둑맞은 것이 사실이냐?"

"아……. 아니, 착각인가?"

"자세한 이야기를 들어봐야겠으니 같이 가줘야겠다."

"아, 아니. 우리가 착각한 거야. 이제는 문제없어."

"유감이지만, 나한테는 물어볼 게 많거든. 도망칠 생각 마라."

모험가들을 에워싸듯이 관리인의 동료가 나타났다. 그걸 본 그들이 도망치려고 했지만, 곧바로 붙잡혀서 연행되었다.

"저기, 고맙습니다."

"아니, 미안해. 좀 늦게 왔구나."

"아뇨. 덕분에 살았어요. 저기…… 이 텐트가 제 거라는 걸 어떻게?"

"영감님 가게에 들어가는 걸 마침 봤거든. 그리고 대장님과 만나서 네 이야기를 들었어."

"?"

"크큭. 네가 혼자서 텐트 칠 수 있는지 걱정했거든."

신경 써줬구나……. 왠지 좀 부끄럽네. 만나거든 다시금 감사 인사를 하자.

"다친 데는 없니?"

"네, 괜찮아요."

"그래. 다행이야."

관리인이 다시 일로 돌아가는 것을 지켜본 뒤에 다시금 휴식에 들어갔다. 방금 전의 일로 몸이 아직 조금 떨렸다. 느긋하게 차를 마시고 심호흡.

하아~, 관리인이 있어서 다행이었어.

42화　산토끼 덫과 마물

　휴식시간을 오래 가져서 마음을 진정시켰다. 그렇기는 해도 나이 어린 모험가에게 갈취하다니, 정말로 속 좁은 집단이다. 겉모습만 보면 중급 레벨의 모험가로 보였는데, 아, 하지만 분위기가다른 모험가랑 조금 달랐으려나. 겉모습에 속지 않게 주의하자.

　자, 끝난 일이고, 산토끼 덫을 설치하러 갈까.

　책에 실린 바로는 산토끼는 아침 무렵에 행동한다고 했다. 낮이나 밤에는 별로 움직이지 않는다고 했으니까, 덫의 결과는 내일아침이겠네. 어제 만든 산토끼용 덫은 4개. 그걸 가방에 넣고 숲으로 향했다.

　소라 전용 가방 안을 보니, 기분 좋게 자고 있었다. 마이페이스인 소라를 보니 마음이 놓인다. 힐링이다.

　숲 속으로 어느 정도 들어간 뒤에 주위 기척을 살폈다. 근처에인기척은 없는 모양이네. 소라를 가방에서 꺼내자, 품안에서 쭉쭉이 운동을 시작했다. 최근 이 움직임이 좋은 건지 자주 하곤 한다.조심해서 들지 않으면 떨어뜨릴 것 같아.

　소라를 안은 채로 나무 밑동이나 땅에 생긴 구멍 등, 산토끼의흔적을 찾아다녔다. 한 시간 정도 찾자, 작은 동물의 똥을 찾을 수있었다. 주위를 확인하니, 무슨 발자국이나 나무를 할퀸 장소 등을 발견. 발자국을 살펴보니 산토끼일 가능성이 높았기에, 근처에 덫을 설치하였다. 그 밖에도 비슷한 흔적이 있는 장소에 덫을 깔았다. 모든 덫을 다 설치한 뒤에는 그대로 쓰레기장으로 향했다.

산토끼용 덫을 만드는 재료를 찾기 위해서다.

조금만 더 가면 쓰레기장이 나오는 장소에서 소라가 갑자기 내 품에서 뛰어내렸다. 놀라는 사이에 뿅뿅 하고 뛰어서, 쓰레기장과는 다른 방향으로 가버렸다.

"소라?"

다급히 소라의 뒤를 쫓아가면서 주위 기척을 살피자, 조금 떨어진 장소에 뭔가가 있는 게 희미하게 느껴졌다. 근처에 다른 기척은 느껴지지 않는 걸 보면 소라는 그쪽으로 가려는 모양이다. 뭔가 느낀 거라도 있을까? 의문스럽게 생각하면서 뒤를 쫓아가자,

"어!"

온몸이 피로 새빨갛게 물든 커다란 동물이 누워 있었다. 죽은 건가 싶었는데, 가슴 근처가 희미하게 오르내리고 있으니 살아 있는 모양이다. 다가가자, 나를 알아차린 듯이 이빨을 드러내며 위협해왔다. 하지만 꽤 힘들어 보인다. 동물인 줄 알았는데, 마력이 느껴지는 걸 보면 아무래도 마물인가 보다. 이렇게 가까울 때까지 마력을 알아차리지 못할 만큼 약해진 모양이다.

소라는 위협에 전혀 개의치 않고, 무슨 생각을 했는지 그 다친 마물의 몸을 감쌌다.

응? 감쌌다고?

"소라! 이건, 저기, 아, 잠깐! 휴우, 좋아! ……용케 그렇게 큰 마물을 감쌀 수도 있구나?"

일단 머리에 떠오른 의문을 말해보았다. 눈앞의 다친 마물은 몸 길이가 2미터는 넘어 보인다. 소라가 감쌀 만한 크기가 아니라고 생각하지만, 소리 내어 말하고 보니 조금 진정되었다.

다친 마물도 소라의 행동에 조금 당황한 눈치였지만, 잠시 뒤에 얌전해졌다. 아마도 아픔이 가신 거겠지. 치료받는 거라고 생각하는 걸까? 아니면 나처럼 잡아먹히는 거라고 생각하고 포기한 걸까?

소라에게서는 슈와~ 하는 소리가 들려왔다. 이게 치료인지 식 사인지는 모르겠지만, 어느 쪽이든 기다릴 수밖에 없겠지. 소라는 심한 부상을 좋아하는 걸까……. 그렇진 않았으면 좋겠네.

이 상태를 누가 보면 뭐라고 할지 알 수 없으니 주위 기척에는 주의했다. ……기척이 다가온다고 해도 도망칠 수 없지만……. 그렇긴 해도 이 마물, 대체 뭘까?

잠시 뒤에 소라가 뿅 하고 크게 뛰어서 내 발밑으로 돌아왔다.

"끝났어?"

"뿌뿌뿌~."

우는 소리가 조금 바뀌었다. 다만 여전히 힘 빠진 소리지만. 소라에게 치료받은 마물에게 시선을 주다가…… 굳어버렸다.

책에서 본 적이 있다. 아마도 아단다라다. 숲 속에서 마주치면 죽는다고 하던 마물이다.

아단다라는 일어서서 쭈욱 몸을 뻗었다. 도망칠 수 있을까? 슬쩍 다리를 움직이자, 바로 시선이 이쪽을 향했다. 우우, 어쩌지……. 소라~.

"크르르."

울음소리를 내며 다가오는 아단다라 앞에서 꾹 눈을 감았다. 너무 무서워. 잠시 동안 내 냄새를 맡던 아단다라는 무슨 생각인지 그 머리를 내 얼굴에 비볐다.

"?"

눈을 뜨자 크르르 울면서 또 머리를 내 얼굴에 비볐다. 혹시나 내가 도와준 거라고 착각하는 걸까? 소라에게 구해주라고 명령했다고? 그러니까 공격하지 않는 걸까? 아무튼 살았나 보다.

다행이야~.

안심했더니 다리에서 힘이 빠져서 그 자리에 주저앉았다. 소라는 폴짝폴짝 뛰더니 위아래로 쭉쭉 몸을 늘리며 놀고 있었다.

"소라~."

43화 흉포한 마물?

주저앉은 내게 얼굴을 가까이 하는 아단다라. 손을 뻗어 목 근처를 만졌다. 푹신푹신한 털이 기분 좋다. 소라가 치료했으니 괜찮을 거라 생각하지만, 손으로 몸 전체를 쓰다듬으면서 다친 데가 없는지 확인했다. 어디를 만져도 화내지 않는 아단다라. 목 밑을 만져주자, 눈을 가늘게 뜨며 좋아하는 눈치였다. ……혹시 아단다라가 아닌가?

책에는 매우 흉포해서 손쓸 수가 없는 레어한 마물이라고 적혀 있었던 것 같다. 분명히 한 마리당 상위 모험가 팀이 다섯 팀 이상 필요……하다고 했던가? 아, 시선이 마주치면 목숨을 잃는다고 적혀 있었지. ……아까부터 이 마물과는 꽤나 시선이 마주친 것 같은데. 눈앞의 아단다라 같은 마물을 보았다. 딱 시선이 마주쳤다. 아무리 생각해도 책에 적힌 내용과는 일치하지 않는다. 어쩌면 그냥 비슷한 마물이 있는 걸지도 모르겠다. 책을 다시금 읽으며 아단다라의 특징을 확인하도록 하자.

그렇긴 해도 털이 푹신푹신해서 기분 좋네. 검은 색에 좀 털이 길고, 뭐라 할 수 없는 분위기가 있었다. ……테이밍 할 수 있으면 좋겠지만, 내 마력량으로는 무리겠지. 마력이 더 있으면 좋았을 텐데. 아쉽다.

소라를 보니 만족한 듯이 부르르 떨고 있었다. 어라? 또다. 식사하는 것도 아닌데 거품이 발생하였다. 대체 뭘까, 이건. 궁금하긴 하지만 누구에게 물어볼 수도 없고, 상황을 지켜볼 수밖에 없겠지. 소라를 신경 쓰고 있는데, 몇 명이 이쪽을 향해 다가오는 기척이 느껴졌다. 급하게 움직이는 건지 다가오는 속도가 빨랐다.

"누가 오는 것 같으니까 가봐!"

아단다라 비슷한 마물의 엉덩이를 밀면서 숲 안쪽을 가리켰다. 내 머리에 머리를 비비면서 크르르 소리를 낸 뒤에 숲 속으로 시원스럽게 달려갔다.

"빨라! 소라, 대단하지 않니?"

아니, 소라도 숨겨야지. 다급히 소라를 가방에 숨기고 일어서려는데…… 아직도 힘이 들어가지 않는다. 여기서 잠깐 휴식한 뒤에 마을로 돌아가자.

이쪽으로 다급히 다가오는 사람은 세 명, 아무래도 순찰 도는 사람들이었던 모양이다. 내 모습을 보더니, 주위를 경계하면서 다가왔다.

"괜찮니?"

"예. 좀 피곤해서 쉬고 있었어요."

숲속의 아무것도 없는 곳에서 휴식……. 좀 무리가 있으려나. 우와~, 심장이 뛴다. 무슨 소리를 들을까 생각했는데, 주변 숲을 확인하는 모습이 평소와는 조금 분위기가 다른 느낌이었다. 무슨 일이 있었나?

"문제없군."

"무슨 일 있나요?"

"이 근처에서 처음 보는 마물이 나타났다는 정보가 있어서 확인하러 왔단다."

"뭐 본 거 없니?"

처음 보는 마물? 아까 아단다라를 닮은 마물을 말하는 걸까?

"아뇨."

"그래. 정보로는 화가 잔뜩 났다는 것 같던데."

화가 잔뜩 나? 아무래도 다른 마물이 있었나 보다. 그러고 보면 소라가 치료하기 전에는 빈사 상태였잖아. 그 부상을 입힌 마물이 이 근처에? 다급히 주위를 둘러보았다.

"하하하, 괜찮아. 정보로는 이 근처였지만, 아무래도 이동한 모양이군."

"그래, 이미 없는 모양이야."

"어이, 핏자국이다."

아, 그거 그 마물의 핏자국이다. 어쩌지.

"여기에 왔을 때에 다친 동물이나 마물 못 봤니?"

"아뇨."

우우~, 죄송합니다. 심장에 안 좋아.

"사냥감을 안전한 곳으로 옮긴 건가?"

"그럴 가능성이 크군."

"하지만 피를 꽤 많이 흘렸군. 커다란 동물이나 마물이겠지. 그걸 가져간 걸까?"

"분명 상위 마물이겠지."

"사냥감을 쫓아서 우연히 여기로 온 거라면 다행인데 말이야."

아단다라와 비슷한 그 마물뿐이었지만. 잡힐 것 같아서 도망쳐 온 걸까? 아니면 맞서 싸웠던 걸까? 몸에 조금 힘을 넣어보았다. ……아무래도 일어설 수 있을 것 같다.

"고맙습니다. 저는 마을에 돌아가 볼게요."

일어서서 한 차례 고개를 숙였다. 여기서 이야기를 듣고 있자니 마음이 조마조마해진다. 순찰 돌던 이들은 조금 더 이 주변을 조사하려는 모양이다. 그 마물은 이미 멀리 갔을 테니까 괜찮겠지. 마을을 향해 걸어갔다.

그렇긴 해도 왜 소라는 그 마물을 도왔을까? 나무 마물 때는 위험을 알려주었다. 그 아단다라 같은 마물은 공격해오지 않을 거라고 알았으니까 구한 걸까? ……설마 그냥 부상을 좋아하는 건 아니겠지? 소라가 들어 있는 가방을 바라보았다. 잘은 모르겠지만, 소라가 하고 싶은 대로 하게 둘까. 뭔가 의미가 있을지도 모르고. 없을지도 모르지만…….

44화 조사대상?

마을로 돌아오니, 마침 만나고 싶었던 경비병이 출입을 체크하고 있었다. 분명히 오그토 대장이라고 했던가? 어라? 베리벨라 부대장이던가? 그러고 보면 어느 쪽이 어느 쪽이더라?

"어서 와. 아침에는 큰일이었다며. 괜찮아?"

"아, 네. 저기, 오그토 대장님 맞죠?"

"음? ……그러고 보면 자기소개를 안 했던가?"

"네. 으음, 저는 아이비라고 해요. 텐트는 참 편했어요. 소개해 주셔서 고마웠습니다."

"하하하, 그거 다행인걸. 내가 대장인 오그토야."

맞는 모양이다. 다행이다. 여기서 틀렸으면 꽤나 실례가 되었을 테니까.

"그 모험가들 말인데, 다른 마을과 도시에서 조사대상으로 지정된 놈들이었어."

"조사대상?"

"그래, 다른 마을에서도 젊은 모험가에게 시비를 걸어서 물건을 빼앗은 것 같아. 피해 신고서가 길드에 몇 개 제출되었는데, 물건의 소유권을 증명하는 게 어렵거든. 좀처럼 꼬리를 잡지 못했던 모양이야."

"그래서 조사대상이 되었던 건가요?"

"그런 거지. 녀석들도 교활해. 소유권을 증명하기 어렵다는 걸 이해하고서 그러는 거야. 뭐, 이번에는 내가 소개해준 가게였고, 이 마을에서 유명한 영감이 판 텐트니까 증거도 증언도 완벽하지. 놈들도 끝장이야."

"그렇군요."

"아이비, 정말로 무서웠지? 미안해."

"괘, 괜찮아요. 진짜로."

"……무리는 하지 마."

"네."

"아무튼 장난이 아냐. 아까부터 베리벨라가 조사를 하고 있는데, 계속 뭐가 튀어나와. 지금 길드에 제출된 피해 보고서와 비교해보고 있는데, 보고 안 된 여죄도 있는 것 같아. 그래서 일이 꽤 커지고 있지."

모험가 중에서도 못된 사람은 있지만, 참 나쁜 사람들의 표적이 됐었구나. 오그토 대장이 소개해준 가게에서 텐트를 사서 다행이야.

"그래서 말인데, 체포에 공헌한 사례금이 조금이지만 나올 거야. 마물의 정보료보단 적지만 말이야."

"네? 저는 아무것도 안 했는데요."

"에이, 네가 없었으면 증명하기 어려웠을 테니까. 게다가 돈은 많을수록 좋잖아?"

"아, 네."

"좋아! 녀석의 형기에 따라 금액이 달라지니까 잠시만 기다려."

사례금. 모르는 게 참 많네. 앞날을 생각하면 돈은 기쁘다.

오그토 대장에게 다시금 인사를 한 뒤에 광장으로 돌아갔다. 아, 라토미 마을에서 쫓겨난 게 아니라 도망쳐왔다고 말하는 걸 깜빡했어. 이건 어느 타이밍에 말하는 게 좋을까? 다시금 생각해 보니 어렵네.

광장에 가니, 아침에 나를 도와준 관리인이 있었다.

"수고하십니다."

"어서 와. 이야기는 들었고?"

"다, 다녀왔습니다."

오그토 대장 때도 생각했지만 어서 와, 라는 말을 들으면 조금 흠칫한다. 익숙하지 않은 말이니까 그럴까?

"잡힌 사람들에 대해서는 오그토 대장님에게 들었어요. 아, 맞다. 으음, 저는 아이비라고 해요."

"응? 아, 나는 로이글드야. 광장 관리와 마을 안의 순찰을 담당하고 있지. 그러고 보면 지금 시간은 대장이 문지기를 맡을 시간이었나?"

"네."

"그런가."

로이글드 씨에게 인사를 한 뒤에 텐트로 돌아갔다.

입구를 닫고 가방에서 소라를 꺼냈다. ……아! 쓰레기장에 가서 덫에 필요한 것을 주워온다는 걸 깜빡했다. 어쩌지? 지금부터 가? ……왠지 아침부터 이런저런 일이 많아서 지쳤어. 소라를 보니 이미 자고 있었다. 빠르네.

"오늘은 이 정도로 할까~."

일단 가방 안을 확인했다. 들쥐용 덫이라면 두 개는 만들 수 있을 것 같다. 하지만 내일은 쓰레기장에 가야지. 소라용 포션이 부족하다. 아무튼 좀 자자.

힘들어~.

45화 대량으로 받았습니다

느긋하게 잔 덕분에 상쾌하게 눈을 뜰 수 있었다. 들쥐용 덫은 어제 만들어놓았으니, 오늘은 일단 산토끼 덫을 확인하고 고기를 확보했거든 마을로 돌아오자. 그 다음에 들쥐 덫을 깔까.

숲에서 딴 나무열매를 먹으면서 오늘 예정을 세웠다. 아, 나무열매도 이걸로 끝이네. 분명히 강 근처에서 먹을 수 있는 열매를 맺은 나무가 몇 그루 있었지. 옷도 빨고 싶으니까 나중에 강에 가자. 그 다음은…… 소라용 포션과 덫에 쓸 재료를 쓰레기장에서 주워오는 정도일까?

소라를 보니 기세 좋게 포션을 소화하고 있다. 어라, 왠지 평소랑 다르지 않아? 아! 소라의 색깔은 반투명한 청색일 텐데, 부분적으로 붉은 색이 보인다. 몸의 색깔이 변하는 걸까? 으음~ 소라의 상태를 모르겠다. 식욕도 있고, 기운차게 뛰어오르니까 문제없다고 생각하지만. 다 먹은 건지 위아래로 쭉쭉이 운동을 하고 있다. 그렇긴 해도 꽤나 몸을 늘릴 수 있게 되었네. 괜찮을까? 차를 마시며 식후 휴식을 하고 있자, 소라도 진정이 된 모양이다.

텐트를 열기 전에 소라를 가방에 넣었다. 고기를 확보 못 할 가능성도 있으니까, 덫과 더러워진 옷을 가방에 넣고 텐트에서 나왔다.

해가 막 떠오르기 시작한 시간이라서 아직 좀 어둡다. 광장 출입구로 향하니 왠지 좀 시끄러운 모습인 것이, 아무래도 모험가들이 술집에서 돌아오는 모양이었다. 관리인에게 뭔가 말하는 모습도 보였다. 아, 난리 부린다. 어쩔까 고민하는 동안에 해결되었다. 관리인은 강한 사람이었던 모양이다. 오라에 칭칭 묶인 모험가들 옆에서, 가볍게 고개를 숙이면서 서둘러 광장을 떴다. 관리인의 얼굴을 보았지만 처음 보는 사람이었다. ……웃는 얼굴인데 왠지 좀 무서웠다. 그 모험가들, 무슨 소리를 한 거지?

마을 문지기와 아침 인사를 나누고 숲 안쪽으로 들어갔다. 조금씩 인사를 나누는 것에도 익숙해지긴 했지만, 아직 심장이 두근두근해.

덫을 깔아둔 장소를 향해 걷는데, 왠지 신기한 기척을 느꼈다. 멈춰 서서 주위를 확인해보지만 이변은 없었다.

뭐지?

심호흡을 하고 기척을 깊이 찾았지만, 어느 틈에 기척이 사라졌다.

기분 탓일까?

아무튼 깔아둔 덫을 확인해보았다. 덫 두 개는 망가져 있었다. 틀렸나? 세 번째 덫에서 산토끼 한 마리를 확보!

"와아!"

가방에서 나와 내 옆을 뛰어다니던 소라도 기쁜 듯이 산토끼 주위를 뿅뿅 뛰었다. 산토끼를 미리 준비한 바구니에 넣고 다음 덫으로 이동했다. 마지막 덫은 강과 가까운 장소에 놓았으니까 금방 해체할 수 있다. 마지막 하나는 어제 깔았을 때 모습 그대로였다.

"수확은 한 마리인가~."

덫을 많이 놓으면 산토끼를 더 많이 잡을 수 있을까? 산토끼 한 마리가 든 바구니를 들고 강으로 향했다. 강가에서 해체 준비를 하면서 열매가 맺힌 나무가 있는지 주위를 둘러보는데, 강에서 별로 멀지 않은 장소에서 나무열매 몇 종류를 찾을 수 있었다. 나중에 따자고 생각하면서 해체를 시작했다. 그러고 있는데 등 뒤에서 기척이 느껴졌다.

다급히 돌아보니 어제 그 마물이 뭔가를 입에 물고 다가오고 있다. 책을 다시금 읽어서 기억한 아단다라의 특징을 눈앞의 마물과 비교하며 확인했다. 이 마물은 역시 아단다라다. 커다란 발톱에 눈 색깔, 꼬리에 있는 무늬…… 죽음을 부른다고 하는 아단다라. 다가온 아단다라에게서 크르르 하고 목을 울리는 소리가 들렸다. 황급히 손을 씻고 머리를 쓰다듬자 기분 좋은 듯이 눈을 가늘게 떴다.

책에 적혀 있던 건 거짓말일까? 하나도 무섭지 않은데. 아단다라는 한 걸음 물러나더니, 입에 물고 있던 것을 지면에 내려놓았다. 잘못 본 건가 싶었는데 틀림없이 산토끼들이었다. 희미하게 움직이는 걸 보면 아직 살아 있는가 보다. 산토끼를 보고 있으니 앞다리로 내 쪽으로 슥 밀어주었다. ……혹시나.

"나한테 주는 거야?"

크르르 소리가 조금 커졌다. 고민하고 있으니, 아단다라가 코끝으로 산토끼들을 내 쪽으로 더 밀었다. 주려는 모양이니까 받기로 할까.

"고마워."

여덟 마리나 가져다주었다. 고마워. 그건 그렇고 여덟 마리가 모두 상처 하나 없이 실신했어. 어떻게 잡은 걸까?

"일단 해체야!"

소라를 보니, 아단다라가 앞다리로 소라를 건드리고 있었다. 앞다리에 밀린 소라가 굴러갔다. 막으려고 했지만, 소라의 분위기가 왠지 즐거워 보이길래 그냥 지켜보았다. 굴러가던 소라는 아단다라에게 돌아와서 부르르 몸을 떨었다. 그러자 또 아단다라는 소라를 툭 밀어 굴렸다. 몇 번이나 그걸 반복하는 소라와 아단다라. ……저거 재미있나?

아, 그런 것보다도 얼른 해체해야지. 고기를 팔 때 중요한 건 신선도!

"후우~, 끝났다~."

해체를 다 마친 고기를 두 마리 분량씩 바나 잎으로 싸서 가방에 넣었다. 힘들었다~. 소라를 찾아보니, 아단다라의 배에 몸을 파묻고 자고 있었다.

……뭐, 좋은 일이지만.

46화   산토끼를 팔러 가자

~~~~~~~~~~~~~

마을로 돌아오기 위해 소라를 깨웠다. 숙면을 취하고 있었는지 왠지 반응이 느리다. 숲속이니까 조금 더 경계하는 편이 좋을 텐데.

"소라, 산토끼 팔고 싶으니까 마을로 가자."

"뿌뿌~."

간신히 눈을 뜬 모양이다. 아단다라에게서 떨어져서 뿅뿅 뛰었다. 아단다라는 몸을 쭉 펴며 근육을 푸는 모양이었다.

소라 때문에 미안하다.

"저기, 고기 말인데, 잔뜩 줘서 고마워."

내 눈을 똑바로 보는 아단다라에게 감사의 말을 하고 손을 흔들었다. 크르르 소리를 내면서 어제와 마찬가지로 바람처럼 사라지는 아단다라. 여전히 빠르네.

고기 신선도가 걱정이니까 얼른 마을로 돌아갔다. 소라는 즐겁게 내 옆을 뿅뿅 뛰어다녔다. 그러고 보면 소라가 이동하는 속도도 빨라졌네. 뛰는 높이도 높아졌고. 소라를 보고 있으니, 착지한 장소에 있던 나무에 걸려서 굴러갔다. 덤벙대는 것은 개선되지 않은 모양이다.

마을에 가까워졌기에 소라를 가방에 넣었다. 슬라임에 대해 얼른 조사해야지. 경비에게 인사하자, 왜인지 활짝 웃으면서 들여보내주었다. 조금 의문스럽게 생각하면서도 지금은 고기를 얼른 팔고 싶기에 푸줏간으로 향했다.

"실례합니다."

"어머, 저번에 왔던 애구나."

가게 안쪽에서 산토끼에 대해 가르쳐주었던 아주머니가 나왔다. 그 뒤에서는 조금 억세게 생긴 남자가 나왔다. 조금 무서워서 흠칫해버렸다.

"아하하, 괜찮아. 이쪽은 내 남편이니까."

"아, 죄송합니다. 산토끼 고기를 팔고 싶은데요."

"그래. 고기 좀 보여주겠니?"

"네."

아주머니 앞에 있는 책상에 산토끼 고기를 죄다 늘어놓았다.

"어머나, 많이도 잡았네."

아단다라에게 받은 고기가 대부분이라서 조금 쓴웃음이 나왔다.

"상태도 좋은걸. 고기도 두툼한 게 말린 고기로 만들기 딱 좋네."

다행이다. 처음 산토끼를 해체해본 거라서 조금 불안했다. 들쥐와 거의 똑같았는데, 고기가 두꺼운 만큼 들쥐보다 시간이 걸렸다.

"응, 문제없네. 다 해서 아홉 마리구나. 한 마리 95다르니까 855다르야. 괜찮니?"

"괜찮습니다. 고마워요."

들쥐 한 마리가 기본 100다르, 산토끼 한 마리가 95다르인가. 크고 잡기 쉽다고 하지만…… 나한테는 들쥐가 더 잡기 쉬워. 오늘은 아단다라가 가져다준 거고. 들쥐 사냥이 효율 좋을까? 돈을 받고 푸줏간을 나선 뒤에 바로 숲으로 향했다. 들쥐 덫을 놓기 위해서다.

산토끼 덫을 놓을 때에 좋은 장소를 몇 군데 물색해두었기에 그렇게 시간이 걸리지 않겠지. 덫을 놓는 시간보다 놓을 장소를 찾는 게 더 시간이 걸린다.

문 근처에서 숲 순찰을 끝내고 돌아오는 듯한 사람들과 마주쳤다.

"잘 다녀와라, 조심하고."

"아, 예."

왜인지 내게 말을 걸어왔다. 경비도 손을 흔들어주었다. 아까부터 뭐지?

신기하게 생각하면서 숲 속으로 들어갔다. 찾아두었던 장소에 설치를 끝낸 후에는 강으로 갔다. 나무열매 확보와 세탁이다.

해체할 양이 많았기에 예정보다 조금 늦어졌다.

해체한 장소와 떨어진 강에서 세탁을 마친 뒤에 물기를 빼는 시간 동안 나무열매를 찾았다. 나무에 접근할 때는 소라의 눈치를 반드시 보게 되었다. 습격당하는 건 한 번이면 충분하다. 새콤달콤해서 좋아하는 나무열매 발견! 이건 기쁜 일이다. 영양가가 높은 나무열매도 확보했다.

축축한 옷을 바구니에 넣었다. 이제 광장에서 말리기만 하면 되겠지.

다음으로는 서둘러 쓰레기장으로 향했다. 쓰레기장에 도착하자, 전에 보았을 때보다 쓰레기가 늘어 있었다. 이거 언젠가 돈을 내서라도 처리하는 거겠지. 고생이겠네~.

　소라에게 먹일 포션을 찾았지만, 찾을 필요가 없을 정도로 버려져 있었다. 닥치는 대로 주워서 가방에 넣었다. 다음에는 덫 재료를 찾았다. 산토끼용 덫의 재료는 얼마나 필요할까? 아무튼 들쥐 덫과 마찬가지로 10개 정도 만들 수 있으면 될까?

　다음은…… 아, 누가 온다.

　다급히 근처에서 쭉쭉이 운동을 하던 소라를 가방에 넣었다. 쓰레기장에서 나가자, 마침 순찰 돌던 사람들이 나를 발견한 모양이었다.

　"아! 대장이 말했던 아이비 맞지?"

　어? 누구신가요?

　"네. 저기, 누구세요?"

　"아, 나는 간즈벨이야. 아마 문지기 할 때 만난 적이 있을 텐데."

　얼굴을 확인해보았지만, 기억에 없었다.

　"죄송해요."

　"아냐, 괜찮아. 우리는 숫자가 많거든."

　"어린애 괴롭히는 거냐?"

　"선배도 너무하네. 괴롭히는 거 아니지?"

　"아, 네."

"미안하게 됐네. 자, 순찰 가자고. 아이비도 조심하렴."

"으음, 네. 고맙습니다."

둘이서 경비를 도는 모양인지, 쓰레기장을 확인한 뒤에 숲에 들어갔다. ……그런데 어째서 내 이름이 이렇게나 알려진 거지? '대장이 말했다'라면 오그토 대장에게 들었단 소리? 아무튼 필요한 것만 주워서 마을로 돌아가자.

47화   아니! 오그토 대장!

"어서 와, 아이비."

"아, 다녀왔습니다."

다른 일에 신경 쓰다 보니 베리벨라 부대장의 인사에 반응이 늦었다.

"저기, 오그토 대장님은 어디 계신가요?"

"대장한테 무슨 일 있어?"

"일이라기보다는, 쓰레기장에서 간즈벨 씨라는 분을 만났는데요, 그분이 대장이 말했던 아이비냐고 그래서. 오그토 대장님 이야기인가 했는데요."

"저기~, 미안해. 이미 거기까지 퍼졌나. 대장이 주위 대원들한 테 아이비라는 모험가가 곤란해하면 도와주라고 말하고 다녔어."

"네?!"

"어린데도 혼자서 열심히 사는 모험가니까 신경써주라면서 말 이지."

"네엣?!"

아, 아니, 그게 뭐야, 창피해. 얼굴이 뜨거우니까, 혹시나 새빨 개졌을지도 모르겠다. 베리벨라 부대장이 내 모습을 보고 웃음을 참고 있다. 뻔히 드러났나…….

"미안, 일단 말리긴 했는데. 크크큭, 이야기가 이렇게나 알려졌 다니. 하하하, 대장이 나쁜 사람은 아냐. 하지만 가끔씩 지나칠 때 가 있을 뿐이지. 아하하하…….."

마지막에는 더는 못 참고 웃어버렸다. 아니, 경비나 순찰 도는 사람들이 보내는 낯간지러운 시선은 오그토 대장 때문이었나. 오 그토 대장…… 나쁜 사람은 아니지만!

"정말 미안해."

"아뇨, 괜찮아요."

베리벨라 부대장에게 고개를 숙이고 마을에 들어간다. 광장에 갈 때까지 몇 명이나 내 이름을 부르며 인사를 해주었다. 그때마 다 왠지 얼굴이 뜨거워졌다. 혹시 이 마을에 있는 동안은 계속 이 런 느낌으로 있어야 하나?

우우~ 창피해.

광장에 도착하니 관리인도 내 이름을 불러주었다. ……오그토 대장, 대체 얼마나 이야기를 퍼뜨린 거예요! 텐트에 들어온 뒤에 혼자서 데굴데굴 굴렀다.

왠지 상상도 못 했던 대미지를 받은 기분이다.

소라를 가방에서 꺼내어 청색과 적색 포션을 10개씩 주었다. 소라가 식사를 시작하는 것을 확인한 뒤에 텐트에서 나왔다. 근처 나무에 밧줄을 걸어달라고 해서 젖은 옷을 말렸다. 텐트로 돌아오자, 행복하게 식사를 하면서 부르르 몸을 떠는 소라의 모습이. 내가 텐트에 들어오자 혼들림이 더욱 심해졌다.

주워온 물건들을 가방에서 꺼내어 확인, 분류하였다. 각각의 물건을 가방에 넣었을 때 소라의 식사가 끝났기에 확인해보았다. 역시나 거품이 나오는 상태가 계속되고 있었다. 으음~, 붉은색 부분이 많아진 것도 같다. 그래, 책방에 가보자. 소라에 대한 건 무리라도, 슬라임에 대한 책이 있으면 뭔가 알 수 있을지도.

"소라, 책방에 가자!"

식후의 운동 중일까, 위아래로 신나게 쭉쭉 몸을 늘리던 소라는 나를 보고 뿅 하고 튀어 올랐다. 하지만 너무 뛴 탓에 텐트 천장에 부딪쳐서 기세 좋게 떨어져버렸다.

"……괜찮아?"

소라의 눈에 눈물이 고였다. ……새로운 표정을 발견했지만, 기쁘지 않다.

"……아팠지?"

소라를 쓰다듬고서 가방에 넣었다. 슬라임이 울다니 그런 이야기는 들어본 적 없는데. 슬라임과는 전혀 다른 존재가 되면 어쩌지……. 가방을 보았다.

하하하, 설마.

광장에서 나와 대로를 걸으니 몇몇이 말을 걸어왔다. 그중 한 명은 어디 가냐고 묻길래 책방에 간다고 했더니, 책이 많이 있는 유명한 책방을 소개받았다.

책방에 들어가자, 상상했던 책방과는 꽤 달라서 놀랐다. 책이 책장에 주르륵 꽂혀 있는 이미지를 상상했는데, 분명히 책장이야 있지만 거기에 몇 권씩 눕혀져 있을 뿐이었다. 이상하네. 왜 책이 가득 꽂혀 있는 이미지였을까? 근처 책장에 있는 책 한 권을 손에 들고 내용을 확인해보니, 무기 종류에 관한 책인 모양이었다. 도로 내려놓고 한 권씩 확인해보았다. 초급 테이밍이라는 책을 찾을 수 있었기에 내용을 확인해보았다.

"……."

별 하나인 테이머를 위한 책인 모양인데, 테이밍할 수 있는 마물의 이름과 강함의 랭크가 실려 있을 뿐이었다. 내용이 더 자세한 책은 없으려나? 슬라임 책을 찾았지만 보이지 않았다. 그보다 점술사에게 받은 것과 비슷한 책이 하나도 없다.

덫을 소개하는 책은 분명히 있었지만, 상위 마물의 발을 묶기 위한 덫밖에 실리지 않았다. 게다가 구멍을 팔 경우의 크기만 실려 있는, 정말 대충인 책이었다. 책을 찾는 동안에도 손님이 들어와서 책을 사고 돌아갔다. 모든 책을 확인했지만, 하나 같이 내용이 대충이었다. 다들 이 정보에 만족하나? 포기하고 책방을 뒤로 했다.

"아, 찾았다!"

"어? 아, 오그토 대장님."

갑자기 들려온 소리에 놀랐는데 오그토 대장이었다. 무슨 일일까? 조금 서두르는 것 같은데.

"무슨 일 있나요?"

"미안!"

어? 어어~?! 책방 앞에서 오그토 대장이 고개를 숙이는데, 이거 뭐지! 이거 뭐지!

"하아~, 그러니까 주위를 신경 쓰란 말이다. 너는 참!"

곧바로 베리벨라 부대장이 나타나서 오그토 대장의 고개를 들게 했다. 뭐가 어떻게 된 건지 모르겠는데…… 눈에 띈다.

"아니, 그러니까. 화내고 있다고 네가 그러니까."

"화내고 있다?"

무슨 이야기지? 내가 오그토 대장에게 화내?

"아니! 대원들에게 말하고 다니는 바람에 곤란해 한다고 그랬잖아!"

"어라? 그랬던가?"

알겠다. ……오그토 대장의 폭주인가.

48화 노노시 꼬치구이

엄청나게 피곤한 기색인 베리벨라 부대장. 호흡도 좀 거칠었다. 혹시나 오그토 대장을 말리기 위해 찾아다닌 걸까? 혹시 그렇다면 왠지 미안하네. 내 시선을 느꼈는지 쓴웃음을 지어주었다.

"늘 이래. 이 녀석이 폭주하고 내가 말리지. 다른 녀석들은 나서질 않으니까."

"그 말은 또 뭐야? 내가 항상 폭주하는 것처럼 들리는데?"

"자각 좀 가져."

베리벨라 부대장의 말에 미간에 잔뜩 주름을 만드는 오그토 대장. 잘은 모르지만 좋은 관계인가 봐.

"아, 그렇지, 아이비. 사과의 뜻으로 밥 사줄게."

"아뇨! 괜찮아요, 그런 건. 다만 저에 대해 너무 소문내지만 말 아주시면."

"아~, 그거 말인데……."

멋쩍은 얼굴로 이리저리 시선을 옮기는 오그토 대장.

"?"

"얼른 자백해."

"미안! 동료 전원에게 말해버렸어."

"……이미 늦은 건가요?"

"아하하하……. 미안."

"미안, 설마 전원에게 말했을 줄은 몰랐다."

"정말로 미안."

오그토 대장이 머리를 긁적이면서 살짝 고개를 숙였다. 악의가 있었던 것은 아니다. 오히려 도움이 되어주려고 한 일이다. 그렇 긴 하지만…… 온몸에서 힘이 쭉 빠지는 기분이야.

"괜찮아요. 걱정해주느라고 그런 거고요."

"그래서 사과의 뜻으로 밥 사줄게."

"하지만."

"이 마을의 명물이 있는데 먹어봤어?"

"명물? 아뇨?"

"노노시 꼬치구이야. 많이 먹어!"

"예?"

결정? 내 손을 붙잡고 천천히 광장을 향해 걸어갔다. 저번 일이 있었으니까 살살 잡았고, 걸음도 느릿느릿하다. 다만 밥 사주는 건 결정인 모양이다. 뒤에서 따라오는 베리벨라 부대장을 돌아보았다.

"사준다니까 얻어먹어. 노노시, 맛있거든."

이건 안 말리려는 모양이다. 분명히 궁금하긴 하네. 여행 도중에는 말린 고기나 들쥐를 구워서 소금을 뿌려먹을 뿐이었고.

"기대되네요."

내 말에 오그토 대장이 활짝 웃으며 머리를 쓰다듬어주었다. 거기에는 조금 놀랐다. 누가 내 머리를 쓰다듬어주는 게 얼마만이지? ……기억이 안 나네.

"왜 그래?"

"아뇨, 배가 고파서……."

내 표정을 보고 베리벨라 부대장이 말을 걸어왔다. 조금 감상적이 되었네. 뭐, 이미 다 버린 과거다. 노점이 여럿 있는 길에 들어가자, 좋은 음식 냄새에 식욕이 동했다. 여태까지 근처에도 가지 않았던 장소다. 오그토 대장이 어느 가게를 향해 일직선으로 이동.

"여어!"

"오그토 대장이잖아……. 숨겨둔 자식이야?"

"하하하, 귀엽지?"

"어? 어라? 예?"

숨겨둔 자식? 무슨 소리?

"하아, 곤란하게 만들지 말라고 방금 그랬을 텐데."

"오오, 미안. 모험가인 아이비야."

"저기, 처음 뵙겠습니다."

"노노시 꼬치구이 가게 주인인 테그라야."

"꽤나 귀여운 모험가구나."

"그렇게 됐으니 열 개 줘."

"알았어."

여주인인 테그라 씨가 꼬치에 꿴 노노시를 철망 위에 올려서 굽는 것을 보았다. ……크네.

"크네요."

"그래? 열 개 정도는 가뿐히 먹을 수 있잖아?"

"아니! 무리예요, 무리예요."

"……무리? 몇 개 정도라면 먹을 수 있는데?"

"으음."

구워지는 노노시를 보았다. 내 주먹 정도 크기의 고기 두 덩어리가 꼬치에 꽂혀 있었다. 아무리 봐도 두 개 내지 세 개가 한계다.

"두 개나 세 개 정도일까요."

"아니, 너무 적잖아!"

"하지만 고기가 크니까요."

역시 세 개가 한계다. 그것만 해도 과식일 것 같다. 고기가 다 구워지자 검은 소스를 바르는데, 그게 열기를 받으면서 식욕을 당기는 향기가 주위에 퍼졌다. 맛있겠네. 고기에서 눈을 뗄 수가 없다.

"모험가라고 해도 아직 작으니까 열 개는 무리겠지."

"그런가? 예전 녀석은 열 개 이상 먹었는데."

"그 녀석과 아이비의 체격 차이를 생각해."

"대장, 어떻게 할까? 이미 다 구워졌어."

"하하하, 일곱 개랑 세 개로 나눠줘."

"알았어."

구워진 고기가 처음 보는 이파리로 포장되었다. 무슨 잎일까? 여주인 테그라 씨는 세 개를 싼 것과 일곱 개를 싼 것을 오그토 대장에게 건넸다.

"자."

오그토 대장은 세 개짜리 포장을 내게 넘겼다.

"고맙습니다."

"됐어. 따지고 보면 내가 원인이고."

"그렇긴 하지."

노점들이 줄줄이 있는 장소에는 의자와 테이블도 설치되어 있었다. 거기로 가는 도중에 오그토 대장과 베리벨라 부대장을 부르는 대원들이 나타났는데, 아무래도 문제가 터진 모양이다.

"미안, 아이비. 일이 들어왔어."

"아뇨, 괜찮아요."

"으음~. ……혼자면 위험하겠지."

"저기, 광장에 돌아가서 먹을 테니까요."

"괜찮겠어?"

"예. 근무, 열심히 하세요."

"착하구나~."

그렇게 말하면서 내 머리를 마구 쓰다듬었다. 머리가 엉망이 될 것 같아.

"미안해. 자, 가자."

"다음에 보자."

"예, 다음에 뵈어요."

말만 들어보면 베리벨라 부대장이 더 높은 사람 같다. 광장을 향해 걷는데, 손에 든 고기에서 좋은 냄새가……. 조금 서둘러 광장으로 돌아갔다.

49화 오늘도 또

쭈욱 기지개를 켜자, 옆에서 소라가 부르르 몸을 흔들었다. 아침의 포션을 준비해준 뒤에 간이 조리장에서 물을 끓였다. 텐트 안까지 가져온 뒤에 차를 우려내고, 남은 물을 조금 큰 통에 담았다. 타월을 물에 담갔다가 짜내어 온몸을 닦았다. 광장이면 뜨거운 물을 쓸 수 있어서 기뻐. 여행 도중이면 좀처럼 물을 끓일 수 없다. 찬물로 몸을 닦기는 하지만, 추운 계절이 되면 힘들겠지. 지금이야 일단 여름이니까 괜찮지만, 겨울을 위해 돈을 더 저축해야지. 겨울에는 들쥐도 산토끼도 잡기 힘들어진다. 마물 정보료가 들어왔으니 예정보다 많이 모았지만, 아직 부족해.

"후우~, 개운해."

새로운 옷을 입고, 입고 있던 옷을 빨랫감 전용 가방에 넣었다. 시간이 있을 때에 또 빨아야지.

나무열매를 먹으면서 오늘 예정을 생각했다. 으음, 오늘은 들쥐 덫 확인이지. 아~, 어제는 너무 먹어서 덫을 만들지 못했어. 몸이 무거워서 움직이기 싫었다. 그런 상태가 되는 건 처음이다. 역시 두 개만 먹고 하나는 오늘 저녁 식사로 남겨두면 좋았을걸. 차를 마시면서 조금 휴식.

"좋아! 소라, 오늘도 힘내자."

매직백에 빨랫감 전용 가방을 넣고, 들쥐 덫을 확인하러 간다. 소라 전용 가방을 매고 소라를 부르자, 뿅뿅 뛰어서 내 발치로 다가왔다. 소라를 가방에 넣고 텐트에서 나섰다. 다 쓴 물을 배수용 구덩이에 버리고 통을 텐트 안에 넣은 뒤 텐트를 잠갔다. 잊은 물건이 없는지 확인하고 숲으로 향했다.

관리인이나 순찰병, 문지기 등과 인사를 나누면서 숲으로 향했다. 인사를 나눌 때마다 마음이 뛰지만, 처음처럼 깜짝 놀라는 일은 줄어들었다. 다만 창피한 마음은 좀처럼 사라지지 않았다.

숲에 들어가자 또 신기한 기척이 느껴졌다. 주위를 확인하지만 아무것도 없었다.

"대체 뭐지? 소라, 알겠어?"

"뿌뿌뿌~."

아는 걸까? 소라가 이렇게 반응하는 걸 보면 괜찮으려나? 의문스럽지만, 기척은 사라졌기에 이미 찾을 수도 없다. 아무튼 들쥐 덫을 보러 가자.

"아~, 틀렸네. 덫이 망가졌어."

무슨 동물이 쑤시고 다닌 걸까? 덫이 망가져 있었다. 다른 덫을 확인하러 가자.

이 숲에서는 덫이 망가질 확률이 높네. 그러고 보면 노노시라는 동물이 있다고 그랬지. ……응? 아, 어제 먹은 그 맛있는 고기구

나. 명물이라는 걸 보면 이 숲에 꽤 많이 사는 걸까?

"아~, 이쪽도 그런가."

들쥐 덫 하나와 어제 놓은 산토끼 덫 하나를 확인했지만, 양쪽 다 망가져 있었다. 아쉽네. 아무튼 빨래를 하고 광장에 돌아가서 덫을 만들자. 덫을 잔뜩 놓으면 어떻게든 될까.

강에 가서 가방에서 세탁물을 꺼내려는데, 뒤에서 기척이 있었다. 돌아보니, 어제와 같은 광경이. 입에 뭔가를 문 아단다라다. 크르르 소리 내면서 다가오기에 머리를 쓰다듬어주었다. 뭐지? 엄청나게 날 따르는 것 같은데. 이래도 되나?

어느 정도 만족했는지 아단다라가 입에 물고 있던 것을 내 앞에 두었다. 어라? 오늘은 산토끼만이 아닌 모양이다. 산토끼가 많아서 다섯 마리, 들쥐가 세 마리. 그리고 새?

"이거 산비둘기?"

책에 산비둘기가 실려 있던 것을 기억한다. 아단다라를 보니 앞다리를 써서 그것들을 내 쪽으로 밀었다. 으음~, 괜찮을까. 받도록 하자.

"고마워."

크르르 소리를 내며 내 얼굴에 머리를 비비는 아단다라. 얼굴은 조금 무섭지만 귀엽네. 꼭 껴안아봤는데, 푹신푹신하고 따뜻하다. ……아, 안 돼. 얼른 해체해야지.

아단다라를 놓고 해체를 시작했다. 해체가 끝난 산토끼와 들쥐 고기를 바나 잎으로 싸서 가방에 넣었다. 마지막에는 산비둘기.
새를 해체하는 건 처음이라서 두근두근하는 마음으로 해체를 해
나갔다.

"다 됐다~."

처음으로 산비둘기를 해체했다. 조금 실패하기도 했지만…….
안 팔릴 경우에는 내가 먹지 뭐. 산비둘기 고기를 바나 잎으로 싸
서 가방에 넣었다.

"다음에는."

소라를 찾아 뒤를 돌아보니, 소라와 아단다라가 자고 있었다.
기분 좋아 보이네……. 아니, 이럼 안 돼, 서둘러야지.

"소라, 일어나~. 고기 팔러 가야지."

아단다라가 눈을 뜨더니 소라를 굴렸다. 데구르 구른 소라는 조
금 불만스러운 듯이 몸을 흔들었다.

"어제고 오늘이고 고마워. 무리하지는 마."

아단다라는 크르르 소리 내더니 바람처럼 달려갔다. 역시 뛰는
모습이 멋지네. 소라를 보니, 또 쭉쭉이 운동을 하고 있다.

"그거, 대체 뭐야?"

"뿌뿌뿌~."

응, 모르겠다. 아무튼 고기를 팔러 마을로 돌아가자.

50화   소프나 열매

~~~~~~~~~~~~~~~

마을로 돌아와서 푸줏간으로 향했다. 산비둘기 고기를 팔 수 있을지 좀 조마조마하다.

"실례합니다."

"예, 나가요. 어머나, 안녕."

"안녕하세요. 오늘도 괜찮을까요?"

"그래, 보여주렴."

아주머니 앞에 바나 잎으로 싼 고기를 가방에서 꺼내 놓았다.

"어머, 오늘도 또 양이 많네."

오늘도 아단다라가 잡아온 거라서 쓴웃음. 특히나 오늘은 산비둘기가 있다. 어떻게 잡았냐고 하면 뭐라고 말하지? 고기를 하나하나 확인하는 아주머니가 마지막 하나를 손에 들었다.

"이거, 산비둘기구나."

"예. 하지만 해체할 때에 조금 실수를 해서."

"응? 아, 괜찮아. 이 정도는 아무렇지도 않아. 어머? 산비둘기 뼈는?"

"뼈 말인가요?"

"아, 혹시 몰랐니? 산비둘기는 뼈도 팔려."

"어, 그런가요? 그냥 버리고 왔는데요."

"어머나~, 그럼 어쩔 수 없지. 다음에 또 산비둘기가 있거든 뼈도 잘 부탁해."

뼈를 어디에 쓰는 걸까? 먹으려나? 하지만 해체할 때에 느낀 건데 뼈가 단단했지. 무슨 재료에 쓰나?

"저기, 뼈를 어디에 쓰나요?"

"뼈는 말이지, 여기서 잘 처리해서 약재상에 파는 거야."

"약재상?"

"그래. 다른 약이나 식재료랑 같이 고아서, 체력을 회복시키는 수프로 만들어서 판단다."

"그런가요."

약이 되는구나. 몰랐네. 조금 아까운 짓을 해버렸다.

"자, 돈 말인데, 들쥐가 세 마리라서 300다르, 산토끼가 다섯 마리라서 475다르, 산비둘기가 한 마리라서 150다르. 합계…… 925다르. 문제없을까?"

"예. 감사합니다."

돈을 받은 뒤 감사의 말을 하고 가게를 나섰다. 산비둘기 한 마리가 150다르. 이건 꽤 큰 액수다. 하지만 덫에 관한 책에는 새잡이 덫이 나와있지 않았다. 아쉽지만, 나 혼자서는 못 잡겠지.

자, 오늘은……. 그래, 빨래를 하자. 그리고 숲을 조금 탐색해서 필요한 나무열매를 찾자. 소프나 열매를 찾고 싶어. 머리를 감을 때에 소프나 열매가 있으면 더러움이 잘 가시는 것 같다.

그리고 역시 식재료도 찾아야지. 슬슬 오토르와 마을로 갈 준비를 해야 하니까.

　강으로 가면서 주위 나무를 확인하였다. 내가 찾으려는 소프나 나무는 좀처럼 보이지 않았지만, 식재료를 확보할 수 있었다. 강까지 거의 다 와갈 즈음에 간신히 소프나 나무를 발견. 열매가 많이 있었다.

　"와아!"

　소프나 열매를 가방에 넣었다. 어느 정도 가방에 넣은 뒤 강으로 가서 빨래를 하고, 다 빤 세탁물은 근처 나무에 널어서 말렸다.

　"우우~, 허리가 아파."

　주위 기척을 살펴서 마물이나 동물이나 사람이 없는지 확인했다. 머리를 적시고 소프나 열매 하나를 손으로 으깨어 두 손으로 비볐다. 조금 거품이 일어났을 때 그걸로 머리를 감았다. 몇 번 강물로 머리를 헹구고 타월로 닦아냈다.

　"머리가 좀 길었네. 나중에 자를까."

　"뿌뿌~."

　옆에서 쭉쭉이 운동을 하던 소라는 왠지 기분 좋은 기색이었다. 최근에는 옆으로 부르르 몸을 떠는 것보다도 위아래로 쭉쭉이 운동을 하는 일이 훨씬 많아졌다. 의미가 있는 것 같긴 하지만, 뭘 하는 건지는 모르겠다. 휴우~, 어느 정도 머리도 말랐으니 옷을 가지고 돌아가자. 좋아, 돌아가거든 덫을 만들어야지.

문지기에게 인사를 하고 마을에 들어갔다.

"아, 잠깐 기다려. 네가 아이비지?"

"예."

"잠깐 같이 가 줄 수 있을까?"

"무슨 일 있었나요?"

"대장에게서 사례금이 결정되었으니까 아이비를 보거든 대기소로 안내하라고 했어. 급한 일이 있으면 다음에 가도 되는데, 어쩌겠니?"

"지금이라도 괜찮아요."

사례금에 대해서 까맣게 잊고 있었다.

문지기를 따라가자, 조금 큰 건물까지 안내받았다. 마을을 보고 다닐 때에 신기하게 생각했던 건물이다. 출입구가 여러 개 있고, 집은 아닌데 가게도 아닌 건물. 길드와는 다르고, 뭘 하는 건물인지 당최 알 수 없었다.

"여기야. 수고가 많습니다~, 대장님."

안에 들어가자, 많은 이들이 드나드는 게 보였다. 여럿이서 나가는 사람들은 순찰일까? 건물 안쪽을 보니 문이 여럿 있는 걸 보면 방도 있는 모양이다.

"아이비, 좋은 아침. 갑자기 불러서 미안해."

"안녕하세요, 오그토 대장님. 괜찮아요."

그보다도 모두의 시선이 왠지 따뜻하다고 할까, 뜨뜻미지근하

달까. 낯부끄러워서 왠지 마음이 편치 않다.

"따라와."

"네."

이 자리에서 벗어날 수 있다면! 조금 서둘러서 오그토 대장의 뒤를 따라 방으로 들어갔다. 거기에는 간단한 책상과 선반. 선반에는 뭔가가 가득하였다. 의자를 권하길래 얌전히 앉자, 오그토 대장이 차를 준비해주었다.

"감사해요."

따뜻한 차에 마음이 편해졌다.

"사례금 말인데."

"예."

"2라다르에 3기다르로 정해졌어."

"……예?"

어라? 마물 정보료보다 적을 거라고 그랬던 것 같은데. 2라다르면 금화지? 이게 무슨 소리야?

51화 현상금

～～～～～～

"놀랐어?"

"예. 마물 정보료보다 적을 거라고 들었거든요."

"보통은 그래. 그런데 이번에 잡은 네 명 중 둘이 살인으로 지명
수배된 중이었거든."

"네엣!"

"내부분열을 일으키도록 유도했는데, 그중 한 명이 '동료 중에
살인을 저지른 녀석이 있어. 나는 그 녀석에게 협박당해서 한 거
야.'라고 해서 말이야. 그때는 진짜로 놀랐지."

"으음."

"그 녀석이 말한 녀석을 조사했더니 살인으로 지명수배된 인물
과 얼굴이나 덩치가 비슷했어. 하지만 이름이 달랐지. 이상해서
이름을 조사해보니 가족이 행방불명 신고를 했더라고. 가장 키가
큰 남자인데, 기억해?"

"네, 가장 분위기가 무서운 사람이었어요."

"그런가. 그 남자를 조사했더니 이름의 주인은 이미 죽었다는
게 밝혀졌어. 사람을 죽이고 이름을 빼앗은 거지. 본명이면 바로
잡히거든. 하지만 계속 취조했더니 '나뿐만이 아냐. 그 여자도 마
찬가지다.'라고 실토해서 말이야."

"어……."

"취조하느라 고생을 했다고."

"수고 많으셨어요. 지명수배자라서 거액인 건가요?"

"웅? 아, 그것도 있지만 2라다르는 길드에서 주는 거야. 살인을 저지른 두 사람에게는 현상금이 걸려 있었거든. 현상금은 1라다르씩이고, 두 명이니 2라다르. 사례금은 보통 한 명당 500다르인데, 살인범인 두 명이 1기다르씩이고, 나머지 둘이 500다르씩 해서 합계 3기다르야."

"……저기, 저는 길드에 등록이 안 되어 있는데도 괜찮나요?"

"어, 그래? 아, 하지만 이 현상금은 딱히 등록이 되어 있지 않아도 받을 수 있어."

"그런가요. 그렇긴 해도 현상금까지 나온 사람들에게 찍혔던 거네요. 잡아서 다행이에요."

"살인을 저지른 두 사람은 무기한 노예형. 나머지 둘도 장기 노예형으로 결정됐어. 이제는 안심해도 돼."

"네."

"그건 그렇고 이번에는 점술사 알트라가 없어서 확인하느라 시간이 걸렸지. 늦어져서 미안하네."

"아뇨. 저기……."

"웅? 왜 그래?"

"점술사 알트라 씨가 있으면 더 빨리 알 수 있었나요?"

"그래, 점술사의 스킬을 가진 사람은 사람을 판정할 수 있어. 별이 하나면 거짓말을 하는 건지 알고, 별이 두 개면 죄를 지었는지를 판단할 수 있다고. 대단하지? 별이 세 개면 누가 뭘 했는지까지 안다고 하더라."

"그런가요."

"이 마을의 점술사인 알트라는 별이 두 개니까, 거짓말을 해도 바로 알지. 우수한 사람이라서 말이지, 어떤 죄를 지었는지도 대략적으로 알 수 있어. 항상 부탁만 해서 미안할 정도야."

"대단하네요."

점술사는 그런 일도 하는구나. 몰랐네. 날 도와준 점술사는 많은 이야기를 해주었지만, 자신의 일에 대해서는 좀처럼 이야기해주지 않았어. 자기가 특산품에 관여하고 있다는 것도 말이야.

"그러고 보니 길드에 등록하지 않았다니……."

아, 제대로 설명해야겠네.

"네. 저기, 저는 라토미 마을에서 도망쳐 와서."

"도망쳐? 입을 줄이려고 버려진 게 아니라?"

"네, 여태 말 안 해서 죄송해요. 제 가족이 촌장과 같은 패거리고, 저는 촌장에게…… 저기, 필요 없는 존재라고……."

"그랬구나. 이렇게 어린데도 도망칠 수밖에 없었다니, 거기 영주는 대체 뭘 하고 있는 거야!"

영주라는 건 분명히 마을을 다스리는 사람 말이지. 촌장과도 꽤 사이가 좋았는데. 멀리서 본 적은 있지만, 솔직히 다가가고 싶지 않은 분위기였어.

"하지만 도망치고 있는 거라면 길드 등록은 성인이 된 후에 하는 게 좋겠어."

"성인이 된 후에 말인가요?"

"미성년이면 부모가 있는 마을에 보고가 되기도 해. 사정을 설명해서 보고하지 않게 하는 것도 가능하지만, 어디서 새어 나갈지 모르거든. 라토미 마을이 달라지면 괜찮겠지만, 우리한테 들어오는 정보에 따르면 그건 좀 기대하기 힘들어."

보고. 아, 성인이 되어도 등록할 수 없지만.

"아이비는 몇 살이지?"

"여덟 살이고, 한 달만 더 있으면 아홉 살이 돼요."

"여덟 살! 그런가, 외모가……. 아니, 그렇게 어린데도 정말 의젓한걸, 아이비는."

"아뇨, 그런 건 아니에요."

"어라? 이야기가 잠깐 샜구나. 으음, 뭘 해야 하더라? 아, 그래, 돈을 건네줘야지."

책상 위에 준비되어 있던 금화 두 닢과 은화 세 닢. 두 번째로 보는 금화의 등장. 텐트를 산 가게 주인에게서 받은 작은 매직백을 꺼냈다. 안에 돈을 넣고 조금 큰 가방에 넣어 허리에 동여맸다. 겨울까지 돈을 모으기로 했지만, 거금이 되었으니까 불안하다. 여행 도중에는 더 조심해야지.

"길드에 계좌는 안 만들 거야?"

"예?"

"응? 돈을 가지고 다니는 건 불안하잖아?"

"저기, 길드에 등록해야 돈을 맡길 수 있지 않나요?"

"뭐? 아니, 그렇진 않은데?"

어라? 어떻게 된 거야? 어라? 내가 아는 지식은 잘못된 거였어?

"모험가 길드에서는 분명히 그렇지만, 상업 길드 쪽은 등록이 필요 없어."

"상업 길드에서 계좌를?"

상업 길드에서라면 계좌를 만들 수 있는 거야?

"일단 돈을 그대로 가지고 있으면 위험하니까. 맡기러 가자."

"상업 길드에서는 등록하지 않아도 돈을 맡길 수 있나요?"

"아, 장사를 할 거면 등록이 필요하지만, 안 할 거잖아?"

"예."

"그럼 계좌를 만들려면 개인을 판단하기 위해 피가 한 방울 필요하지만, 그걸로 충분해."

"그런가요, 상업 길드에서도 계좌를 만들 수 있는 줄은 몰랐어요."

"아하~, 상업 길드는 아직 생긴 지 10년 정도밖에 안 됐던가. 왕도와 도시, 그리고 커다란 마을에밖에 없으니까, 널리 알려지지는 않았을 거야."

그렇구나. 사람이 많은 장소에밖에 없나. 그렇긴 해도 내 계좌라, 기쁘네.

52화 상업 길드

～～～～～

상업 길드로 가는 도중에 오그토 대장이 많은 것을 가르쳐주었다. 상인을 범죄조직에게서 지키기 위해 만들어진 조직으로, 모험가 길드와는 다른 조직이라는 모양이다. 서서히 힘을 길러서, 지금은 왕도나 도시, 커다란 마을에서도 상업 길드에 등록하지 않으면 장사를 할 수 없다고 한다. 작은 마을에도 조금씩 침투하고 있다고 했다. 모르는 게 아직도 많네. 잘 기억해두자.

모험가 길드 옆에 있는 비슷한 건물이 상업 길드였다. 나는 양쪽 다 모험가 길드라고만 생각했기에 놀랐다. 그러고 보면 간판이 달랐지. 관계없다고 생각했기에 주의 깊게 보지 않았다.

오그토 대장의 뒤를 따라서 상업 길드에 들어가자, 수많은 사람들이 바삐 돌아다니고 있었다. 방 전체를 둘러보자, 카운터에서 천을 펼치고 보여주는 사람이 있었다.

"저건 파는 물건을 설명하는 거야. 길드에 등록할 때는 자신이 무엇을 판매하는지 보여줄 필요가 있어."

"그런가요?"

구석에서는 방들도 있는 건지 문이 줄지어 있었다. 대단하네.

"이쪽이야, 아이비."

주위에 정신을 뺏기는 사이에 오그토 대장과 거리가 벌어져버렸다. 다급히 쫓아갔다.

"르기렛. 계좌를 하나 만들고 싶은데 말이야."

"오그토 대장님, 안녕하세요. 그런데 계좌를 만들고 싶다고요?"

"내가 아니라, 이 애의 계좌야."

"처음 뵙겠습니다, 잘 부탁드려요."

"어머, 귀여워라."

카운터에서 한 여성을 소개받았다. 온화한 인상의 예쁜 여자. 르기렛 씨가 종이 한 장을 카운터에 올려놓았다.

"그럼 일단 계좌에 대해 설명해드리겠습니다."

"부탁드릴게요."

"계좌를 만들면 플레이트를 드립니다. 처음에 만들 경우는 비용이 들지 않지만, 분실했을 경우의 재발행에는 500다르가 드니까 잃어버리지 않도록 조심하세요. 일단 계좌 관리비로 1년당 100다르를 받아가겠습니다. 여태까지의 설명에서 질문하실 것 있습니까?"

관리비로 100다르인가. 고민스럽지만 금화가 지금 네 닢 있지. 그걸 가지고 다니는 건 무섭고…… 역시 필요해.

"첫 해 비용은 지금 100다르 내는 건가요?"

"아, 설명을 빼먹었네……. 죄송합니다. 음, 계좌를 만든 해는 면제되고, 다음 해부터 받습니다. 만드시겠습니까?"

"예, 부탁할게요."

"그럼 여기에 필요한 정보를 기입해주시겠습니까? 글을 못 쓰는 경우는 이쪽에서 대필해드립니다."

"괜찮아요."

종이를 받고 주위를 살펴보니, 근처에 책상과 의자가 준비되어 있었다. 의자에 앉아 종이를 확인하니, 출신 장소와 이름과 나이를 적는 칸이 있지만 그거 말고는 아무것도 없었다. 다행이다, 나라도 계좌를 만들 수 있겠다.

"출신 장소는 안 적어도 괜찮아."

"예?"

"괜찮아."

"네."

이름과 나이를 적어, 카운터에 있는 르기렛 씨에게 가져갔다. 기입된 종이를 보고 다소 의아한 얼굴을 하며 오그토 대장을 보는 르기렛 씨.

"마을 촌장에게 문제가 있어서 도망쳤으니까 장소 부분은 공란

이야."

"알겠습니다. 그럼 이걸로 처리하겠습니다."

통과되었다. 문제가 되지 않나? 걱정이 되어서 오그토 대장을 보자, 내 시선을 깨닫고 내 얼굴을 다정하게 쓰다듬어주었다.

"영주나 촌장이 문제를 일으키면, 마을사람들이 피해를 입지. 도망쳐온 마을사람을 지키기 위해 상업 길드가 생기는 동시에 이름과 나이만으로 계좌를 만들 수 있도록 법률이 만들어졌어. 모험가 길드에 계좌를 만들면서 어디 있는지 들통나서 재산을 영주에게 빼앗기는 사례가 꽤 있거든. 그걸 막기 위해서야. 다만 계좌를 만들려면 그 인물을 보증할 사람이 필요하지만."

"보증할 사람?"

"그래, 그 인물이 있는 마을의 현황을 아는 사람, 혹은 나처럼 정보를 알 수 있는 사람 말이야."

그렇구나, 오그토 대장에게는 계속 신세만 지네. 그렇긴 해도 라토미 마을은 그렇게 상황이 안 좋은가? 친하게 지냈던 사람은 없으니까 딱히 걱정되는 건 아니지만, 대체 뭘까?

"준비가 끝났습니다. 그럼 이쪽에 피를 한 방울 제공해주시겠습니까?"

"네."

하얀 플레이트 위에 둥글고 투명한 뭔가가 놓였다. 이건 뭘 어떻게 하면 좋은 걸까?

"파인 부분이 있으니까, 그쪽으로 손가락을 넣어주세요. 작은 바늘이 있어서 따끔할 수 있겠지만 잘 부탁드립니다."

투명한 물건을 잘 보니, 분명히 파인 부분이 있었다. 가만히 손가락을 넣고 꾹 눌렀다. 그렇게 아프지는 않았고, 금방 하얀 플레이트가 빛나며 이름과 나이가 표시되었다.

"감사합니다. 이것이 플레이트입니다. 입금 방법 등을 설명해드릴까요?"

"그건 내가 할 테니까 괜찮아."

"그렇습니까? 그럼 잘 부탁드리겠습니다. 이용해주셔서 감사합니다."

플레이트에 글자가 떠오른 것에 놀라는 사이에 이야기가 착착 진행되었다. 내미는 플레이트를 받아들고 살짝 고개를 숙였다.

53화   계좌에 입금

오그토 대장을 따라가자, 구석에 줄줄이 있던 문 앞에서 발을 멈추더니 그중 어느 문을 열었다. 그 방에 오그토 대장과 함께 들어가긴 했지만 둘이서 같이 있을 만큼 넓은 것도 아니었기에 내가 안에, 대장은 문을 연 상태로 설명해주었다.

"여기서 입금이나 출금을 하는 거야. 정면에 작은 창문이 있으니까, 거기를 몇 번 두드리면 창문이 열리고 대응해줄 거야. 안에 있는 사람에게 입금인지 출금인지를 전해. 여기까지 내용 중에 이해 안 되는 건 있을까??"

"……아뇨, 괜찮아요."

"그래, 입금일 경우는 돈과 플레이트를 주면 돼. 출금인 경우는 금액을 말하고 플레이트를 건네. 작은 창문 앞에 하얀 판이 놓여 있지?"

"네, 있네요."

"그 위에 플레이트를 두면 입금한 일시와 금액, 출금한 일시와 금액이 표시돼. 한 번 내려놔봐."

"네."

작은 창문 앞에 있는 하얀 판 위에 방금 전에 받은 플레이트를 두었다. 그러자 그냥 하얀 판으로 보이던 것에 오늘 날짜와 개설이라는 글자가 표시되었다.

우와, 가슴이 콩닥콩닥한다.

뚫어지게 보고 있자, 뒤에서 웃음소리가 들렸다. 뒤를 돌아보니, 오그토 대장이 어깨를 떨며 웃고 있었다.

"미안. 너무 진지하게 쳐다보길래, 하하하."

얼굴이 좀 뜨거워진 느낌인 걸 보면, 분명 빨개졌겠지. 그걸 숨기듯이 작은 창문 쪽으로 몸을 돌렸다.

"미안. 미안."

머리를 거칠게 쓰다듬는 손길. 우우~, 창피해.

"지금 입금할 거야?"

"네. 괜찮나요?"

"그래, 모르는 게 있거든 안에 있는 사람에게 물으면 돼. 묻기 어렵거든 나한테 묻고. 바로 저기에 있을 테니까."

"감사합니다."

오그토 대장이 문을 닫는 것을 확인한 뒤에 작은 창문을 두 번 두드렸다. 두근두근하다. 괜찮을까.

"네."

작은 창문이 열리고 남성이 대응해주었다.

"이, 입금 부탁드립니다."

"이쪽에 돈과 플레이트를 놔주세요."

돈이 들어 있는 가방에서 금화 네 닢과 은판 한 닢, 은화 다섯 닢을 꺼냈다. 작은 창문에서 나온 작은 접시에 돈과 플레이트를 놓고 창문을 통해 남성에게 건넸다. 심장 소리가 밖에까지 들릴 것 같다.

"예, 완료되었습니다. 확인 부탁드립니다."

"아, 네!"

빨라! 깜짝 놀랐네~. 돌아온 플레이트를 하얀 판 위에 올려놓자, 개설이란 말 밑에 오늘 날짜와 입금한 금액이 표시되었다.

[금화 : 4닢 은판 : 1닢 은화 : 5닢]

"어머?"

상상한 표시방법과는 조금 다르다고 느꼈지만, 뭐가 다른지는 불명.

"왜 그러십니까?"

"아뇨, 괜찮아요. 감사합니다."

"이쪽이야말로 이용해주셔서 감사합니다."

플레이트를 가방에 넣는 동안에 창문은 닫혔다. 방을 나서자, 오그토 대장이 걱정하듯이 다가오길래 웃으면서 감사의 말을 하였다.

"고맙습니다. 큰 힘이 되었어요."

"하하하, 신경 쓰지 마."

상업 길드에서 나오자, 베리벨라 부대장이 무시무시한 얼굴로 오그토 대장 앞에 섰다. 대체 뭐지? 무슨 일이 있었나?

"대장! 어디에 가는 건지 주위에 이야기라도 해주세요."

"어라? 말하고 온 거 아니었나?"

"하아~."

무시무시하게 긴 한숨을 내뱉는 베리벨라 부대장.

"죄송합니다. 저 때문이에요."

""그건 아냐.""

베리벨라 부대장의 목소리에 또 다른 목소리가 겹쳤다. 이상하게 생각했는데, 광장에서 몇 번 봤던 관리인이 함께 있었다. 가볍게 고개를 숙이자, 저쪽에서도 손을 흔들어주었다.

"하아, 대장, 일단 일을 부하에게 떠넘기고 도망치지 마세요."

"도망친 거 아냐. 더 중요한 일이 있었으니까."

역시 나 때문이야? 일을 내던지고 나오게 했고.

"대장! 귀족 상대가 귀찮다고 나한테 떠넘기고 도망치지 말아주세요! 그 멍청이, 실례, 머릿속이 텅텅 빈 귀족 자식, 대장이 아니라면서 군소리나 떠들고."

"베리벨라, 고쳐 말한 의미가 없어."

"예? 아, 그만 본심이. 휴우, 일단 가시지요."

"뭐? 안 끝났어?"

"예. 한 시간 정도 계속 불평을 늘어놓길래 그만 짜증이 나서 조금 주무시게 했습니다."

"……뭐? 무슨 짓을 한 거야?"

"글쎄요, 많이 지치신 거겠죠."

"아니, 잠깐만. 상대는 아무리 그렇더라도 귀족이라고."

"괜찮습니다. 그런 상대니까요."

이거 내가 들어도 되는 이야기일까? 어쩌지, 조용히 거리를 벌리는 편이 좋을까?

"두 분, 아이비가 곤란해 하고 있습니다."

"어?"

"아, 미안, 아이비. 일이 들어온 모양이야."

"아, 아뇨. 오늘은 고마웠습니다."

일단 이야기를 맞춰보자. 나는 아무것도 못 들었습니다! 절대로!

"실례했습니다. 망할 귀족 때문에 스트레스가 좀."

베리벨라 부대장, 얼굴이 너무 무서워!

"근무하시느라 고생하십니다."

베리벨라 부대장이 머리를 쓰다듬어주었다. 아, 표정이 조금 부드러워졌네. 다행이다.

다시금 제대로 인사를 하고 상업 길드 앞에서 헤어져서 광장으로 돌아갔다. 대장도 부대장도 고생이네.

54화   슬슬 준비를 할까
~~~~~~~~~~~~~~~~

텐트 안으로 돌아와서 계좌 플레이트를 바라보았다. 내 이름이 새겨져 있다. 왠지 나라는 존재가 다소 인정받은 느낌이라 기쁘다.

슬슬 오토르와 마을로 갈 준비를 시작할까. 라토메 마을을 떠나긴 싫지만, 더 많은 마을이나 도시를 보고 다니고 싶다. 게다가 라토미 마을에서 신세졌던 점술사는 왕도 근처의 도시에 가보라고 그랬고. 뭐가 있을지는 모르지만, 꼭 가보라고 그랬다. 몇 번이나 이유를 물었지만, 말을 흐릴 뿐. 하지만 그때 점술사는 진지한 모습이었다. 무슨 일이 있을지는 모르지만 약속은 지키고 싶다.

응, 여행 준비를 하자.

아, 잊을 뻔했네. 소프나 열매를 따 왔지. 껍질을 건조시키고 가루로 만들어야. 아무튼 여행에 나서기 전에 이걸 완성시키자. 이게 마를 동안은 덫을 놓아서 돈을 모아야. 그러면 일단 소프나 열매의 껍질을 벗겨야겠지.

"힘들다~."

열심히 채취해왔기에 생각 이상으로 소프나 열매가 모였다. 그 껍질을 하나하나 벗기는 것은 상당한 고생이다. 굳어버린 어깨를 풀면서 텐트 밖에 천을 펼치고 소프나 껍질을 넣었다. 건조에는 2~3일 정도 걸리려나. 좋은 날씨가 계속될 것 같으니까 괜찮지만, 비에는 조심해야지.

그럼 다음은……. 소프나 껍질을 넣고 텐트로 돌아오자 소라가 굴러왔다.

"왜 그래?"

소라의 시선이 가방으로 이동했다. 배가 고픈 걸까? 소라의 전용 포션을 꺼내어 앞에 늘어놓았다. 금방 포션 위에 올라가서 식사를 시작한 걸 보니 배가 고팠던 모양이다.

"그럼 나는 덫을 만들게."

들쥐용 덫과 산토끼용 덫을 만들어나갔다. 아단다라가 또 오거든 이 마을을 떠난다고 말하자. 그렇긴 해도 도움을 많이 받았네. 소라가 구해준 건데, 최종적으로는 내가 도움을 받고 있다.

여행 준비에는 뭐가 필요할까? 옷은 문제없고, 덫 준비는 여행 동안에는 필요 없고, 노끈은 필요할까. 그 다음은 먹을 나무열매가 좀 더 있었으면. 남은 양이 조금 불안해. 소라의 포션은 가방에 최대한 넣어가자.

"다 됐다!"

각각 열 개씩 만들어서 가방에 넣었다.

소라는 평소처럼 자고 있다.

소프나 열매의 건조 상황을 확인하고 하늘을 보았다. 밤까지 계속 날씨가 좋을지 불안하니, 텐트에 넣어두자.

물을 끓여서 차를 우렸다. 말린 고기에 차, 그리고 나무열매. 늘 먹는 것들이라 마음이 편하다.

새롭게 물을 끓여서 텐트 안에서 몸을 닦고 일찌감치 휴식. 내일은 덫을 잔뜩 깔 거니까 숲을 많이 걷게 된다. 좋은 장소를 찾을 수 있으면 좋겠는데.

"소라, 잘 자."

희미하게 눈을 뜨자, 텐트 안이 좀 밝아진 느낌이었다. 조금 이르다 생각했지만, 누운 자세로 팔을 뻗어 몸을 풀었다. 여행을 떠날 거면 경계심을 원래대로 되돌려야지. 텐트에서 자게 된 뒤로 너무 풀어진 걸지도 모른다.

"소라, 좋은 아침."

소라와 함께 식사를 마치고 차를 마시며 휴식. 덫을 담아둔 가방과 소라가 담긴 가방을 들고 텐트를 나섰다.

광장의 관리인에게 인사를 하고, 경비 도는 이에게도 가볍게 고개를 숙여 인사했다. 역시나 몇 번이나 하게 되면서 부끄러움 없이 할 수 있게 되었다. 이것도 성장?

"어, 아이비, 일찍 일어났네. 좋은 아침."

"안녕하세요. 베리벨라 부대장님, 어제는 괜찮았나요?"

역시나 걱정이다. 이 정도라면 괜찮겠지.

"그래, 대장에게 죄다 떠넘겼으니까."

……왠지 엄청나게 시원하다는 표정인데. 오그토 대장, 괜찮은 걸까?

"으음, 그런가요……. 그럼 다녀오겠습니다!"

"그래, 조심하고."

안 묻는 쪽이 좋았을까. 오그토 대장이 걱정이다.

들쥐와 산토끼의 흔적을 찾으면서 숲속을 돌아다녔다. 흔적을 찾긴 했지만 주위를 살펴보면 커다란 동물의 흔적도 보였다. 덫을 깔아도 또 망가질 가능성이 크다. 좀처럼 괜찮은 장소가 보이지 않네.

아, 또 이 기척이다. 이건……. 멈춰 서서 주위를 둘러보았다. 잠시 기다렸지만, 아무 일도 일어나지 않았다. 아닌가?

"크르르."

역시나! 소리가 들린 방향으로 시선을 돌리자, 아단다라가 입에 뭔가를 물고 서 있었다. 모습은 없이 기척만 느껴지면 아단다라가 나타났기에 혹시나 싶었는데 정답인가.

"안녕, 아단다라."

"크르르."

아단다라는 나를 바라보더니 걸어갔다. 이상하다는 마음에 지켜보고 있자, 소라가 아단다라의 뒤를 쫓아갔다. 다급히 나도 쫓아가니 잠시 뒤에 강에 도착했다.

"왜 그래?"

아단다라는 물고 있던 것을 내려놓더니, 앞다리로 내 쪽으로 밀었다. 산토끼와 들쥐다.

"아단다라, 이건 네가 먹을 거잖아? 이미 감사의 마음은 충분히 받았으니까 신경 안 써도 돼."

눈동자를 바라보면서 말했지만, 아단다라는 다시금 내 쪽으로 그것들을 밀었다. 어쩌지. 이미 충분하고 남을 만큼 받았는데. 아단다라를 보니 귀가 힘없이 쳐져 있었다.

"이번까지만 받을게. 고마워."

"크르르."

귀가 도로 일어서고 울음소리를 내었다. 머리를 쓰다듬어주자, 눈이 가늘어지면서 기분 좋다는 표정을 보였다. 귀엽네.

좋아, 해체를 시작하자. 보아하니 오늘도 많고. 아, 덫…… . 얼른 해체해야지.

55화 덫을 깔았는데

산토끼가 일곱 마리, 들쥐가 다섯 마리. 아단다라는 사냥을 잘하네. 게다가 살아있는 상태로 가져와주었다. 어떻게 잡은 걸까?

평소처럼 푸줏간에 팔러 가자, 매일같이 많이 잡아왔다면서 놀라는 모습이었다. 합계 1165다르를 받고 푸줏간을 나섰다. 다음에는 다른 가게에 팔러 가는 편이 좋을까?

급하게 숲으로 가서 덫을 놓을 장소를 찾았다. 장소를 찾는 근처에서 소라와 아단다라가 놀고 있다. 뭐, 소라를 계속 굴릴 뿐이지만.

으음, 안 보이네. 한동안 찾았지만, 좀처럼 괜찮은 장소가 보이지 않았다.

"아이비, 이런 데서 뭐 하는 거야?"

"우왁!"

덫을 놓을 장소를 찾느라 정신없어서 주위 기척에 신경 쓰는 걸
잊고 있었다. 곧바로 소라와 아단다라를 돌아보았는데 이미 없었
다.

"어머?"

"……왜 그래?"

"아, 아뇨, 괜찮아요. 으음, 분명히 간, 간……."

"아하하하, 간즈벨이야."

"죄송합니다."

"아니, 괜찮아. 그런데 왜 이런 곳에? 위험한데."

순찰 중에 내 모습을 보고 일부러 확인하러 와준 모양이다.

"덫을 설치할까 하고요."

"덫? ……아, 덫을 놓는단 말이지. 헤에~, 요즘 보기 어려운 방
법이네."

보기 어려워? 분명히 덫을 놓는 사람은 적지. 안전하게 잡을 수
있어서 좋을 텐데.

"이 근처에서는 노노시가 곧잘 나와. 조금 더 하류 쪽으로 가는
게 좋을걸?"

"그런가요. 감사합니다."

고개 숙여 감사의 말을 하자, 순찰 돌던 동료가 간즈벨 씨를 부르는 소리가 들렸다.

"그래, 간다! 그럼 또 보자. 너무 마음 놓지 말고."

"네, 감사합니다."

순찰 도는 사람들이 보이지 않게 되었기에 주위를 둘러보았다. 소라도 아단다라도 없다. 어쩌지.

불안해졌을 때, 위에서 뭔가 버석 소리를 내며 눈앞으로 뛰어내렸다. 놀라서 그만 굳어 있자,

"뿌뿌~."

"어……?"

아단다라와 그 등에 탄 소라. 아무래도 나무 위에 숨었던 모양이다.

다행이다~.

온몸에서 힘이 빠져서 그 자리에 주저앉았다. 아단다라가 옆으로 다가와서 몸을 비벼댔다.

"아단다라, 소라 돌봐줘서 고마워."

아단다라가 소라를 숨겨주지 않았으면 어떻게 되었을까. 게다가 아단다라도 들키면 토벌 대상이 되었을지도 모른다. 역시 너무 마음을 놓고 있었어. 간즈벨 씨에게도 주의를 들었으니 마음을 다 잡자.

간즈벨 씨가 가르쳐준 하류로 가서 덫을 놓았다. 몇 번이나 주위를 확인하면서 작업을 하였다. 간신히 그게 다 끝난 것은 어둑어둑해지기 시작할 무렵. 아단다라와 헤어져서 서둘러 마을로 향했다.

정보로는 저녁 즈음부터 노노시의 활동시간이라고 하였다. 거대한 몸으로 부딪치려 든다고 그랬으니까, 솔직히 만나고 싶지 않다. 도중에 소라를 가방에 넣고 뛰다시피 이동하였다.

어두워지기 전에 마을에 도착했을 때에는 솔직히 안도했다. 헉헉거리며 숨을 쉴 정도로 지친 나에게 문지기가 의아하다는 눈치로 무슨 일이 있었냐고 물어보길래, 어두워지기 전에 돌아오고 싶었다고 말하였다.

"분명히 어두워지면 노노시도 노노시지만 마물도 나오기 쉬워지니까. 고생했다."

가볍게 고개를 숙여준 뒤에 광장으로 향하였다. 열심히 뛰었기에 배가 고팠다.

서서히 밝아지기 시작한 새벽, 텐트 밖으로 나가서 온몸을 가볍게 움직였다. 좋아, 덫을 살펴보러 가자.

그 전에 구름 상태를 확인했다. 비 올 기색은 없으려나. 소프나 껍질을 어제와 마찬가지로 텐트 밖에 내놓았는데, 괜찮게 마르고 있으니 내일 정도면 가루를 내어도 괜찮으려나?

덫을 확인하러 숲으로 가는 도중에 아단다라가 합류하였다. 어제 부탁해서 그런지 오늘은 아무것도 입에 물고 있지 않았다.

다행이다.

하지만 이렇게 번번하게 마을 근처에 나타나도 괜찮아? 지금으로선 아단다라를 보았다는 정보는 마을에 나돌지 않았다. 하지만 계속해서 마을 근처에 오고 있으니 걱정이야.

"아단다라, 누가 보기라도 하면 토벌 대상이 되니까 조심해."

"크르르."

왠지 모르지만 기쁜 듯이 내 얼굴에 얼굴을 비벼대었다. 대체 뭐지? 자, 슬슬 덫을 놓은 곳 근처에 다 왔다. 뭐가 걸렸다면 좋겠는데.

"으음~, 어렵네. 절반 이상이 망가졌고."

산토끼 세 마리, 들쥐 한 마리. 수확이 있다는 것만으로도 다행으로 생각할까. 아무튼 해체해야지. 네 마리니까 금방 끝난다. 일단은 푸줏간에 팔러 가자. 아단다라와 헤어져서 마을로 돌아왔다.

"항상 가는 푸줏간이면 될까? 이상하게 생각하지는 않겠지?"

조금 고민했지만, 역시나 항상 가는 푸줏간으로 향했다. 조금 두근두근한다.

"부탁드리겠습니다."

"그래. 어머나? 오늘은 적구나."

"……예."

"385다르야. 그러고 보면 슬슬 노노시의 발정기가 되지 않던가?"

"발정기?"

"그래, 발정기 때에는 사나워지고, 낮에도 마을 근처까지 내려오기도 하니까 조심하렴."

"고맙습니다."

발정기인가. 그러고 보면 노노시가 아니더라도 발정기에 들어간 동물은 위험하다고 모험가들이 이야기했지. 대낮의 길에도 나타나려나? 그렇다면 여정이 조금 위험하다.

지도가 필요한데. 주운 지도는 오토르와 마을까지밖에 나와 있지 않았다. 게다가 잘못된 부분도 있어서 숲에서 길을 잃을 뻔하기도 했다. 정확한 지도가 필요하다. 전에 갔던 책방에서도 지도는 없었는데, 다른 책방에 가면 있으려나?

56화 여행 준비

지도를 손에 넣기 위해 책방을 보고 다녔지만, 좀처럼 보이지 않았다. 여기서 찾는 게 아닌가?

"오, 아이비구나."

"예? 아, 텐트를 팔아주신."

"그래, 이런 장소에 어쩐 일이냐? 뭐 찾는 거냐?"

"예, 지도를 찾고 있어요."

"지도? ……이 마을을 떠나게?"

"네, 슬슬 오토르와 마을로 갈까 해서요."

"그러냐. 지도라면 길드에 있을 텐데?"

"모험가 길드인가요? 상업 길드인가요?"

"음? 어느 쪽이든 있을 게다."

"그런가요?"

"그래, 모험가든 행상이든 지도는 필요하니까."

뭐야, 책방이 아니라 길드에 있는 건가. 그럼 상업 길드에 가볼까. 여행을 시작하기 전에 계좌에 돈을 더 넣어두고 싶으니까 마침 잘 됐어.

"감사합니다. 얼른 가볼게요."

"그래라. 아, 그렇지, 텐트에 무슨 문제는 없냐? 또 필요한 거라든가."

"텐트는 아주 쾌적하고 문제없어요. 필요한 거는…….."

"뭐냐, 있냐? 말해봐라."

"물을 넣을 죽통을 찾는데……."

"죽통? ……그거라면 있지."

"어, 팔아주시는 건가요?"

"그냥 주마. 그건 파는 게 아니니까."

"괜찮나요?"

"그래, 괜찮아. 지금 가지러 갈 테냐?"

"네. 감사합니다!"

필요하던 죽통이 손에 들어올 모양이다. 이걸로 물을 조금 더 많이 가지고 다닐 수 있다. 강을 찾으면서 여행하면 멀리 돌아가게 되니까. 가게에 가니 죽통을 일곱 개나 내주셨다. 하나 같이 깨끗하고, 내가 가진 것보다 튼튼해 보였다.

"필요하다면 다 가져가도 된다."

"어? 하지만."

"됐다, 됐어, 선물이야."

"고맙습니다!"

"하하하."

몇 번이나 인사한 뒤에 가게를 나섰다. 기쁘다. 쓰레기장에 가서 마저 준비를 하자. 아, 그 전에 텐트로 돌아가서 버릴 것을 챙겨 가야지.

쓰레기장은 여전히 엄청났다. 일단 망가지기 직전인 죽통을 버렸다. 그리고 사이즈가 안 맞게 된 옷. 이것에도 꽤 신세를 졌네.

다음은 필요한 것을 줍고 다녔다. 일단은 내가 쓸 포션. 라토메 마을의 쓰레기장에서는 별로 변색되지 않은 포션도 제법 많이 버려져 있었다. 이것은 다른 마을에서는 볼 수 없었던 광경이다. 나로서는 기쁜 일이지만.

다음은 소라용 포션으로, 눈에 띈 것을 마구마구 가방에 넣었다. 그 밖에는 자그만 가방도 있고, 매직백도 두 개 발견하였다. 예비로 챙겨 가자. 또 여행에 필요하다 싶은 것을 가방에 넣었다.

"뿌뿌~."

소라는 쓰레기장에 있는 포션을 알아서 찾아내어 먹는 모양이다. 하나 먹고는 기쁜 듯이 소리 내었다. 뭐, 때때로 쓰레기 사이에 끼니까 구출하러 가긴 했지만, 순조롭다.

필요한 것은 다 주웠으니 쓰레기장을 나섰다. 기척을 살폈지만, 이쪽으로 다가오는 사람은 없었다. 다만 잔뜩 주웠다고 여기서 선별하고 있다간 누가 올 가능성이 있다. 텐트로 돌아간 뒤에 선별할까.

"소라, 돌아갈까."

"뿌뿌뿌뿌~."

소라를 안아들고 꼭 껴안아주었다. 귀엽네~. 푸근한 마음으로 마을로 돌아갔다.

"수고하십니다."

"어서 와."

문지기에게 인사를 하고 마을에 들어간 뒤 상업 길드로 향했다.

상업 길드는 저번에 보았을 때와 마찬가지로 사람이 많았다. 아무튼 계좌에 돈을 조금 더 넣자. 작은 방에 들어가서 창문을 두 번두드렸다.

"예. 입금입니까? 출금입니까?"

"입금 부탁합니다."

오늘은 여직원이 대응해주는 모양이다. 창문에서 내놓은 작은 접시에 은화 여섯 닢과 동판 서른 닢을 플레이트와 함께 올려서 여직원에게 돌려주었다.

"잠시만 기다려주세요. ……오래 기다리셨습니다. 확인을 부탁 드립니다."

역시나 빠르네. 돌아온 플레이트를 창문 앞의 하얀 판 위에 올려놓았다. 저번 입금금액 밑에 오늘 날짜와 입금한 액수가 표시되었다.

[은화 : 6닢 동판 : 30닢]

그리고 조금 더 아래쪽에 합계 [금화 : 4닢 은판 : 1닢 은화 : 11닢 동판 : 30닢]이 새롭게 추가되어 있었다.

"문제없습니까?"

"네. 감사합니다."

"이용해주셔서 감사합니다."

창문이 닫히는 것을 보고, 지갑용 가방에 남은 금액을 확인했다. 은화 두 닢=2기다르, 동판 10닢=1000다르, 동화 197닢=1970

다르, 동편 15닢=15다르. 지갑용 가방에 도로 돈을 넣고 방을 나섰다.

"지도는 어디 있을까?"

상업 길드를 보고 다녔다. 지도는 카운터 근처의 책장에 있었는데, 네 종류나 되었다.

뭐가 다른 거지?

제일 큰 종이를 펼쳐서 살펴보았다. 왕도나 도시, 작은 마을까지 죄다 실린 지도인 모양이었다. 제일 작은 지도를 펼쳐보니, 이 마을 주변만 실린 지도였다. 왕도까지 갈 예정이라면 제일 큰 지도가 필요하려나?

큰 지도를 다시금 펼쳐서 확인하였다. 숲에서 채취할 수 있는 광물 같은 것도 자세히 기록되어 있었다. 이건 필요 없는 정보네. 두 번째로 큰 지도를 펼쳐보았다. 제일 큰 지도와 비슷하지만, 차이점이라면 강이나 호수가 그려진 것일까? 그 밖에도 마을에서 마을까지의 거리와 걸리는 날짜가 적혀 있었다.

나한테 필요한 건 이 지도일까?

일단 다른 지도도 확인해보았다. 왕도나 도시나 마을의 특산품 등이 자세히 적힌 지도. 이건 상인용일까. 마지막 하나는 이 마을 근처에서 마물이나 동물이 많이 보이는 장소를 실은 지도였다. 이런 지도도 있구나. 몰랐다. 내가 사려는 지도의 가격은 500다르. 조금 비싸지만, 앞으로 필요한 물건이니까 어쩔 수 없어. 고민에 고민을 거듭한 끝에 동화 50닢을 내고 구입했다.

57화 강해지고 싶어

테트 옆에 표면이 판판한 돌을 가져다 놓았다. 그 위에 말린 소
프나 껍질을 올려놓고 주먹 크기 돌을 써서 잘게 부수었다. 소프
나 껍질을 가루 내는 단순한 작업이지만, 어린애 힘으로는 아무래
도 시간이 걸린다. 아침부터 시작해서 정오를 넘었을 무렵에 간신
히 껍질을 남김없이 가루 내는 작업이 끝났다. 주워온 병에 소프
나 가루를 넣고 천과 끈으로 마개를 하여 가방에 넣었다.

"힘들다~."

팔이 부들부들 떨렸다. 오늘은 더 이상 힘을 쓰고 싶지 않다. 휴
우~, 정말로 지쳤어. 계속 힘을 줬다 보니 손가락 끝까지 저려왔
다. 하지만 그래도 다 끝났다.

남은 건…… 소라의 포션은 내일, 이 마을을 떠날 때면 될까.
아, 말린 고기를 더 사지 않으면 부족하겠어.

"좋아! 말린 고기를 사러 가자!"

테트 안에 들어가서 소라를 부르자, 뽕 하고 크게 점프하여 다

가왔다. 크게 점프해도 처음에 그랬듯이 천장에 부딪치는 일은 없어졌다. 확실히 조절할 수 있게 된 모양이다. 소라를 안아 들어서 가방에 넣었다.

내일 이 마을을 떠날 예정이다. 신세 진 오그토 대장이나 베리벨라 부대장에게 인사하러 가야겠지. 어디에 있을까? 대기 장소까지 가야 만날 수 있으려나? 푸줏간으로 향하면서 오그토 대장과 베리벨라 부대장을 찾았다. 그렇게 운 좋게 만날 수는 없나.

"어머, 어서오렴."

"안녕하세요."

"안녕. 어머? 오늘은 뭐 안 잡아왔니?"

"예? 아, 오늘은 말린 고기를 사러 왔어요. 내일 이 마을을 떠나려고요."

"그렇구나, 아쉽네. 깨끗하게 해체해서 주니까 버리는 데 없이 쓸 수 있었거든. 감사하고 싶을 정도야."

"……고맙습니다."

기쁘네. 조금 붉어졌을 얼굴을 숨기려고, 말린 고기가 놓인 쪽으로 향했다. 작은 자루와 큰 자루, 조금 고민했지만 큰 쪽을 집었다. 평소라면 하나면 되지만, 먹는 양이 조금 늘었으니까 두 개 사자.

"이거 부탁드릴게요."

"그래. 600다르. 그리고 여태 신세졌으니까 이건 덤으로 줄게.

고마워."

"아, 감사합니다."

구입한 큰 자루 옆에 작은 자루 하나가 덤으로 따라왔다. 안에는 말린 고기 자투리가 가득 담겨 있었다.

"노노시나 마물을 조심하고."

"네. 고맙습니다."

깊이 고개를 숙이고 푸줏간을 나섰다. 덤이 담긴 가방을 툭툭 두들기며 광장으로 돌아왔다.

"아, 여기 있구나. 아이비."

"응? ……오그토 대장님, 안녕하세요."

조금 먼 곳에서 날 부르는 소리가 들렸다. 큰 소리로 나를 부르는 건 부끄럽지만, 오그토 대장이라면 무슨 소리를 해도 헛수고겠지.

"아이비, 영감님에게 들었어. 오토르와로 간다고?"

그래, 감사의 말을 하고 싶었는데 만나서 다행이야.

"네. 정말로 신세 많이 졌습니다."

깊이 고개 숙이며 감사의 말을 하였다.

"내가 멋대로 한 짓인걸. ……저기, 이 마을에 이대로 살아도 돼."

"……이 마을은 정말로 좋은 곳이에요. 하지만 신세 졌던 점술사가 '세계를 보고 다니며 시야를 넓히세요'라고 했으니까, 저도 더 많은 것을 보고 배우고 싶어서요."

"그런가. 분명히 많은 것을 보고 배우는 건 좋은 일이지. 나도 모험가 경험이 있으니까 잘 알아. 그런데 점술사라고?"

"네. 살아가는 방법을 가르쳐준 건 점술사예요. 그 점술사가 왕도의 이웃도시에 가라고 그랬으니까, 따르고 싶어요."

"……그런가. 신세 진…… 점술사의 바람이었다면 들어줘야겠지."

"네. 베리벨라 부대장께도 감사인사를 하고 싶은데, 어디에 있는지 아시나요?"

"으음, 지금 좀 바쁠 텐데."

"?"

"일을 좀……. 그게."

웅? 무슨 일이지……? 혹시나.

"또 야단맞을 일인가요?"

"괜찮아, 그렇게 귀찮은 일은 아냐."

"그럼 오그토 대장님이……."

"부하를 키우는 것도 내 일이니까~."

……베리벨라 부대장님, 힘내세요.

"저기, 고마웠다고 전해주실 수 있을까요?"

"그래, 맡겨둬!"

"감사합니다."

광장으로 돌아가려고 하자, 왜인지 노점으로 붙잡혀 가서 노노시 꼬치구이를 세 개 받았다. 그리고 오그토 대장은 내 머리를 거칠게 쓰다듬은 뒤에 돌아갔다. 아니, 도망쳐갔다고 하는 게 정확할지도 모르지만.

느긋하게 마을을 보면서 광장으로 돌아왔다.

점술사에게서 대화법이나 남들과 접하는 법을 배워왔다. 어떤 장소에서 정보를 모을 수 있는가, 사람의 어떤 행동이 위험한가도 배웠다.

언젠가는 '왕도의 이웃도시에 가줬으면 싶지만, 눌러앉고 싶다고 생각되는 장소를 찾거든 갈 필요는 없어요. 다만 신뢰할 수 있는 사람을 찾을 것. 그리고 그 사람에게 모든 것을 말하세요.' 라는 말을 들었다. 그 이유를 알 수 없었다. 숨길 수 있으면 숨기고 싶으니까. 하지만 '비밀은 언젠가는 들키는 것. 그때 힘이 되어 같이 싸워줄 사람이 필요해요. 비밀은 신용을 잃는 계기가 되는 것이니까요.' 라고 하였다.

오그토 대장에게 모든 것을 말할 수 있냐 하면…… 무리다. 걱정도 많이 해주고 든든한 사람이란 것은 안다. 하지만 무섭다.

양친의 그 시선이, 마을사람들의 시선이, 아직도 잊히지 않는다. 아직 나는 아무도 완전히 믿을 수 없다. 더 시간이 지나면 또 모를 것도 같지만, 들킬지 모른다는 생각이 든다. 라토미 마을에서 도망친 마을사람이 있으면 언젠가 이 마을에도 온다. 그때는 들키게 되겠지.

……약하구나, 나는.

점술사와 마지막으로 만났을 때의 일을 떠올렸다. '느긋하게 세계를 보고 다니며 시야를 넓히세요. 그리고 천천히라도 괜찮으니까 강해지세요. 그러면 분명 행복해질 수 있을 테니까요. 다만 행복해지고 싶다고 해서 서두르면 안 됩니다. 서두르면 잘못된 방향으로 가게 되니까요. 사람과의 관계도 서두르지 마세요. 이 세계에는 여러 생각을 가진 사람이 있지요. 천천히 그것을 배우면 돼요. 자기 힘을 믿으세요.'

나도 강해질 수 있을까?

……점술사를 만나고 싶어.

58화　오토르와 마을로. 대장과 부대장

하늘에 어슴푸레 아침 해가 솟을 무렵에 눈이 떠졌다. 광장을 누군가가 오가는 기척이 있었다. 다행이다. 여행을 시작하기 전에 감각이 돌아온 모양이다.

아침밥인 포션을 기세 좋게 소화하는 소라의 모습을 보면서 나무열매와 말린 고기를 먹었다.

"소라, 오늘로 여기 라토메 마을이랑 이별이야. 다음은 오토르와 마을이야."

그렇게 말을 걸자, 소라의 몸이 부르르 떨렸다. 식사를 마치고 차를 마시며 휴식하는 옆에서, 소라는 쭉쭉이 운동을 시작했다. 이 운동도 일상적으로 보는 풍경이 되었네.

반투명한 파랑색이던 소라는 지금 완전히 두 색깔로 변화하였다. 물방울 형태 아래 부분이 파랑색, 윗부분이 빨강색이다. 반투명해서 예쁘지만, 왜 색깔이 변하는 건지, 정말로 괜찮은 건지 불명인 상태. 운동이 끝난 건지 나를 바라보면서 몸을 흔들고 있다. 귀여워.

"휴우~, 그럼 갈까."

여행 준비는 이미 다 끝났다. 남은 건 텐트를 정리할 뿐. 소라를 가방에 넣고 텐트에서 나왔다. 텐트를 정리하고 짊어진 뒤, 그 이외의 가방을 각각 어깨에 걸었다. 준비 완료. 광장을 관리하는 사람에게 가볍게 고개를 숙였다.

"가는 거야?"

"네, 여러 모로 고마웠습니다."

"조심하고. 좋은 여행을."

다시금 깊이 고개를 숙인 뒤에 마을 문으로 향하였다. 문이 보이기 시작하자, 베리벨라 부대장이 문에 기대어 서 있는 모습도 보였다. 오늘 문지기는 베리벨라 부대장인 걸까?

"안녕. 아이비."

"안녕하세요."

말을 전해달라고는 했지만, 내 입으로 확실히 말하고 싶었기에 만나서 기뻐.

"베리벨라 부대장님, 신세 졌습니다. 고맙습니다."

깊이 고개를 숙이자, 가볍게 머리를 두드려주는 게 기분 좋다.

"마음 두지 마, 우리 둘 다 대장의 피해자니까."

"어, 아니, 그건……. 어제 일은 괜찮았나요?"

"어어~, 하하하, 사무 업무가 서투른 사람이니까~. 뭐라고 하든?"

"……부하를 키우는 것도, 그게."

말 안 하는 편이 좋았을지도. 베리벨라 부대장의 미소에 뭔가 서늘한 느낌이…… 무서워요!

"호오~, 키운단 말이지~. 그래, 그래."

오그토 대장 죄송합니다. 왠지 무진장 죄송합니다.

"저기……."

"아, 미안. 신경 쓰지 마. 그보다 조심하고. 숲에는 위험한 동물도 마물도, 그리고 사람도 있으니까."

"네."

"네가 가려는 오토르와 마을 말인데, 위험한 유괴 조직이 있어. 단속을 강화했다고는 들었지만, 전원이 잡혔다는 정보는 없지. 위화감이 느껴지는 녀석에게는 절대로 다가가지 마."

"유괴……. 조심하겠습니다."

"그래, 그리고 언제 또 이 마을에 와. 기다릴 테니까."

"어, ……네. 언젠가 또."

가볍게 고개를 숙이고 마을을 나섰다. 길을 걷고 있자니 조금 눈물이 나오려고 했다.

'언젠가 또.'

또 만나고 싶다고 생각해준다는 것이 이렇게 기쁜 일이라고는 처음 알았다. 말은 조금 거칠지만 마음 착한 베리벨라 부대장, 폭주하곤 하지만 든든한 오그토 대장. 좋은 사람과 만날 수 있었어. 언젠가 이 마을에 돌아오고 싶어.

"언젠가 또."

—— SIDE : 오그토 대장

버스럭버스럭. 눈앞의 책상에 쌓인 종이의 산들. 안 좋은 예감이 드는군~. 힐끗 시선을 옆으로 돌려보니, 아아~, 웃고는 있는데 냉기가 엄청나군.

"베리벨라, 저기, 이건?"

"대장이 요즘 들어서 계~속 쌓아만 둔 일입니다."

"하하하. 이런, 순찰 시간."

"하하하, 안심하세요. 하루종일 여기서 일을 하실 수 있게 변경해뒀으니까요."

"엇……. 하하하."

"아, 그렇지. 저도 오늘은 하루종일 여기서 일이니까요."

"…………그러냐."

진심이다. 이 눈은 진심이다. 아무래도 이건 위험하다. 그러고 보면 최근 서류 작업을 전혀 하지 않았지……. 힐끗 시선을 서류 다발로 향했다. 그래, 이거 열받을 만하군.

"열심히 처리하겠습니다."

"당연합니다."

"예입."

서류에 손을 뻗었다. 아아~, 일일이 읽는 게 귀찮은데. 정말이지 서류 작업이란 놈은 왜 이렇게.

"엇, 이건?"

"왜 그래?"

베리벨라가 서류 하나를 이쪽으로 내밀었다. 받아들어 내용을 확인했다. 다음 순간 미간에 깊은 주름이 새겨지는 게 스스로도 느껴졌다.

그 서류는 라토미 마을이 모험가 길드에 보낸 의뢰서 사본이었다. 내용은 마을의 재산을 훔쳐 달아난 마을사람을 찾아달라는 것이다. 석 장에 걸쳐 이름들이 줄줄이 나열되어 있었다.

"라토미 마을의 촌장은 머리가 나쁘군."

"예, 이미 두 길드가 라토미 마을의 현황을 파악하고 있습니다. 이런 건 의미가 없죠."

행상인들의 정보는 생활이 걸려 있기 때문에 매우 정확하고 빠르다. 상업 길드도 정보를 중시하고 있기에, 행상인들의 소문에도 바로바로 체크가 들어가는 체제를 갖추었다. 그 결과 라토미 마을이 지금 어떤 상태인지는 이미 다 알려졌다. 상업 길드는 라토미 마을을 운영하는 촌장과 영주에 대한 평가 랭크를 제일 낮은 1로 설정하였다.

평가 랭크란 신용도를 의미한다. 그게 낮다는 소리는 제대로 된 거래가 이루어지지 않을 가능성이 높다는 것을 의미한다. 평가가 낮은 촌장이 있는 마을과는 아무도 거래를 하지 않으려 한다.

그런 가운데 이런 의뢰를 모험가 길드에 넣다니. 자기 목을 조르는 짓이라는 것을 왜 알지 못할까? 모험가 길드에도 마을 정보는 흐르고 있다. 그렇기 때문에 이 서류 첫 페이지의 공란에는 '이하 마을사람들의 재산을 보호한다'고 한 줄 추가되어 있었다. 마을이 아니라, 도망친 마을사람의 재산을 지킨다. 즉 모험가 길드도 상업 길드도 이 문제에는 움직이지 않을 것이라는 선언이다.

"바보로군."

"바보로군요."

나열된 이름 중에 아이비라는 이름은 없었다. 다만 마음에 걸리는 소녀의 이름이 있었다. 가족 단위로 도망친 이가 많은 가운데, 이 소녀만 혼자다. 아마도 베리벨라도 깨달았겠지.

"그 아이에게는 뭔가 비밀이 있어. 성별만이 아닌 다른 뭔가가."

"아마도 그게 마을에 있을 수 없었던 원인이 아닐까요?"

"휴우, 나는 신용받지 못했군."

"……그만큼 라토미 마을에서의 일이 상처로 남은 거겠죠. 언젠가 분명 말해줄 겁니다."

"그래. 뭐, 느긋하게 기다릴까. 만났지?"

"예, 그 정보도 확실히 전달하고 싶었기에."

"그보다 너, 무슨 말로 당번을 바꾸었던 거야?"

"무슨 말씀입니까?"

"저번에도 당번을 바꾼 적이 있잖아? 그때 교대했던 녀석이 새파란 얼굴로 '두 번 다시 부대장을 화나게 하지 말아주세요'라고 나한테 애원하러 왔다고."

"무슨 말씀을. 웃으면서 정중하게 부탁했습니다만."

"……분명히 나보다도 두려움의 대상일걸."

"대장님, 계속 그러고 있다간 이 방에서 못 나가게 됩니다."

"하아~, 합니다! 한다고요!"

번외편 라토미 마을의 촌장

눈앞에 썩어가는 특산품 자로가 있다.

"이 자로 열매는 대체 뭐냐!!"

주위를 노려보자, 다들 몸을 움찔거리며 시선을 피했다. 그 태도에 분노가 거듭 쌓였다.

"대답해라! 어째서 썩은 거냐!"

주위가 조용해지고 정적이 찾아왔다. 짜증이 나서 다시금 입을 열려는 때에 한 남자가 앞으로 나섰다.

"자로의 수확 시기는 점술사인 루바 씨가 가르쳐줬습니다. 그건 촌장인 당신도 알고 있지 않습니까."

"그러니까 뭐! 그런 할망구 한 명 없어졌다고 일이 이렇게 되나!"

"자로 수확 시기는 아주 짧아요. 그걸 파악하는 건 오랫동안 자로를 재배해온 저희도 어려워요. 그러니까 점술사 루바 씨가 필요했습니다! 그런데 촌장이!"

"시끄러워! 감히 누구한테 그딴 소리를!"

눈앞의 남자를 걷어찼다. 주위에서 고함소리가 일고, 농기구를 든 남자들이 앞으로 나섰다.

"뭐냐. 그게 촌장을 대하는 태도냐⋯⋯!"

마음에 안 든다.

"아무튼 자로 열매가 썩지 않도록 해라! 그리고 행상인이 오거든 비싸게 팔라고. 알았지!"

대체 뭐냐. 저 녀석들, 세금을 올려야겠어. 나한테 맞서면 어떻게 되는지 깨닫게 해주마. 제길, 그 할망구가 대체 뭐라고. 아버지가 조금 귀여워해줬다고 콧대 높아져서 나한테 잔소리하다니. 자기가 뭔 줄 알고.

하지만 자로가 저런 상태인 건 안 좋다. 촌장이 되면 편하게 놀고 먹을 줄 알았는데, 이놈이고 저놈이고 방해만 하고.

수확된 자로의 양이 적은 것을 깨닫고 오랜만에 밭으로 발길을 향했다.

"어떻게 된 거냐! 다른 녀석들은 어디 갔지!"

수확 작업을 하는 마을사람들의 숫자가 이상하게 적다. 절반 정도밖에 없다. 누가 놀아도 된다고 했지! 그 놈들, 나를 바보로 아나!

"농땡이치고 있는 녀석들을 데려와라!"

"어……. 촌장님? 이틀 전에 알렸습니다만."

이틀 전? 무슨 소리지? 첩에게 가 있었으니 알 리가 없잖아.

"모른다. 무슨 일이 있었지?"

창백한 얼굴의 남자가 몸을 떨면서 입을 열었다.

"많은 마을사람들이 이 마을을 떠났어요. '어쩌면 좋을지'라는 취지의 말을 전해 달라 사모님에게 부탁을 했는데…….."

"……떠났어? 떠났다고! 이 바쁜 시기에 말이냐!"

마을의 은혜를 입어놓고서 떠나다니, 이런 놈들이 다 있나. 그 놈들, 가만히 안 둔다!

"제길. 어느 놈이냐, 이름을 적어내!"

여성 하나가 다급히 종이에 이름을 적어갔다. 차례로 적히는 이름에 분노로 머리가 돌아버릴 것 같다.

왜인지 잠깐 멈추었다가 마지막에 덧붙인 이름. 어디선가 본 적이 있는 이름 같은데…… 어린애? 어린애가 혼자서? 뭐, 아무래도 좋아. 부모가 없다면 노예상한테라도 팔 걸 그랬군.

"저기……. 수확 일손이 부족한데. 어떻게 해야…….."

"그딴 건 너희가 생각해. 수확이 끝날 때까지는 쉬지 마라!"

그 자식들, 날 바보로 알고. 그냥 안 넘어간다. 이름이 적힌 종이를 움켜쥐고 말을 몰았다. 칫, 길드가 근처에 없는 건 불편하군. 마을에서 몇 시간이나 말을 몰자, 라토미 마을과 거래하는 행상인의 마차를 발견할 수 있었다.

"어이, 너희들."

"음? 댁은 라토미 마을의……. 무슨 일이지?"

내 목소리에 한 남자가 마차를 내려 다가왔다. 아마도 행상인이겠지. 뒤에서 덩치 좋은 남자 둘이 있는데 경호일까. 경호로 고용되었을 텐데, 왜인지 행상인만 나에게 다가왔다. 조금 위화감을 느꼈지만, 아마도 보수를 짜게 부르기라도 했겠지.

"길드에 의뢰를 낼 거니까 거들어!"

"길드에? 모험가 길드인가? 아니면 상업 길드?"

"모험가다. 마을에서 도망친 놈들의 재산을 몰수하려는 거다."

"……그건 관두는 편이 좋을 것 같은데. 그것보다……."

"시끄러워! 행상인 주제에 마을의 일에 간섭하지 말라고!"

"……그런가. 의뢰는 도망친 마을사람의 재산을 몰수하는 거면 되나?"

"그래."

"……5기다르 필요한데."

"뭐? 5기다르?"

"의뢰료다."

"진짜로 그렇게 많이 드는 거냐? 거짓말 하는 건 아니겠지?"

"진짜야. 다른 행상인에게 물어봐."

"칫, 여기 있다. 어차피 5기다르 정도는 놈들에게서 금방 뜯어낼 수 있을 테니까."

"……."

행상인에게 5기다르를 건넸다.

"정말 이 내용으로 의뢰를 해도 되는 거지?"

"뭐어? 당연하잖아. 나를 무시한 쓰레기들이라고."

"좋다. 하지만 모험가 길드에 의뢰를 하는 건 시간이 걸리지. 라토미 마을과 마찬가지로 라토프 마을엔 길드 간이 출장소가 없으니까."

"음, 그랬지."

의뢰를 행상인에게 맡기고 다시금 라토미 마을로 말을 몰아갔다. 집에 돌아가서 현관문을 난폭하게 열었다. 바로 안쪽에서 그 여자가 나올 거라고 생각했는데, 아무리 기다려도 나오지 않았다.

"제길! 남편이 돌아왔는데 빨리 안 나오고 뭘 하는 거냐!"

남편을 마중도 않고, 전언도 전하러 오지 않고, 정말로 도움이 안 되는 것들. 아버지의 말이 아니었으면 누가 그런 여자를 아내로 맞을까. 흙발로 집에 들어가서 방을 보고 다녔지만, 인기척이 없었다.

"어이! 얼른 안 나오나!"

왜 그 여자도, 하녀들도 없지! 이런 중요한 시기에 놀고나 있고. 돌아오거든 두고보자!

────── SIDE : 행상인

"휴우, 가슴이 철렁했어요."

"그 의뢰, 진짜로 길드에 제출할 겁니까?"

"음? 돈까지 받았으니 말이야."

"하하하, 그 녀석 정말 바보로군요."

"다른 행상인 동료에게 이야기를 들었지만, 이 정도일 줄은. 라토미 마을은 영주와 촌장이 바뀌면서 썩을 대로 썩었군."

"아, 그렇게까지 썩은 건가요? 남은 녀석들도 불쌍한 걸요."

"으음~, 남은 이들은 촌장파겠지요. 여태까지의 일을 생각하면 자업자득이야."

옆에서 사람이 움직이는 기척을 느끼고 시선을 돌렸다. 노파가 눈을 떠서 나를 보며 경계하고 있다.

"일어났습니까?"

"아, 죄송합니다. 여기는? 사모님은?"

메마른 목소리로 묻길래 컵에 물을 담아서 건네주었다.

"진정하세요. 행상용 마차 안입니다. 사모님도 옆에 계시죠. 고통이 좀 가라앉았는지 지금은 잠드셨습니다."

노파의 시선이 내 반대쪽의 존재에게 향했다. 온몸에 상처를 입은 여성의 손을 붙잡고 '다행이다'와 '고맙습니다'란 말을 거듭하면서 울음을 터뜨렸다.

라토미 마을에서 길을 따라 마차로 달릴 때에, 쓰러져 있는 두 사람을 발견했다. 기억에 있는 얼굴임에 놀랐지만, 얻어맞기라도 한 듯한 얼굴이나 몸의 상처가 많아서 거듭 놀랐다. 지금 촌장으로 변하면서 라토미 마을이 변했다고는 들었지만, 고작 몇 년 만에 이 정도까지 최악으로 전락하다니.

그렇긴 해도 촌장의 얼굴을 본 순간, 두 사람을 쫓아온 건가, 들킨 건가 하고 조마조마했다. 아까 모습을 보기론 전혀 알아차리지 못한 모양이지만…….

매직백에서 의뢰서를 꺼냈다. 라토미 마을의 현황과 마을사람의 상태, 영주의 대응에 대해 조사해달라고 상업 길드에게서 의뢰가 나왔는데, 마침 이쪽에 갈 예정이 있었기에 의뢰를 받아들인 것이다.

마을 상태를 기록한 종이와, 촌장에게서 받은 종이, 의뢰 내용을 기록한 종이를 한꺼번에 가방에 넣었다. 길드에는 애초부터 가야만 했으니까 마침 잘되었다. 보고서와 함께 내놓으면 서둘러 대응해주겠지.

다만 촌장이 기대한 대응을 할지는 내가 알 바 아니지만.

59화 예상 밖과 불꽃의 검

죽통에 물을 보충하면서 주위 기척을 살폈다. 더위 때문에 생각보다 물이 빨리 줄어든다. 죽통이 늘어났으니까 조금은 낫지만.

"뿟뿌뿌~."

내 주위를 기운차게 뛰어다니는 소라. 왜인지 오늘은 아침부터 텐션이 높다. 뭐라도 먹었나? ……아, 상처 입은 아단다라를 발견했을 때랑 비슷할지도. 어! 소라는 혹시 상처를 좋아하는 걸까?! 설마 이 앞에 상처투성이의 무언가가 있으니까 소라의 텐션이 높아? 아니, 소라가 상처를 좋아한다고 단정하긴 일러. 아마 내 착각일 거야……. 오늘은 우연히 기분이 좋을 뿐이야, 분명히.

한 가지 예상 밖의 일이 있었다. 그것이,

"크르르."

아단다라다. 라토메 마을을 떠나고 이미 나흘째. 마을과 거리를 두었을 때부터 오늘까지 계속 같이 있다. 동물이나 마물에게는 영역이 있다고 들은 적이 있는데, 괜찮은 걸까? 아단다라에게 시선을 보내자, 꼬리를 흔들며 내게 얼굴을 비벼댔다. 으음~, 정말로 테이밍할 수 없는 게 아쉬워.

아단다라가 같이 있으니 제대로 된 길은 포기하고 숲속을 가기로 했다. 아무래도 길을 당당히 걸으면 안 되겠지. 지도를 구입해 두길 잘했다. 안 그랬으면 숲에서 미아가 될 뻔했다.

"갈까."

소라와 아단다라에게 말하고, 지도를 보며 숲 속을 걸었다. 기척을 찾으면서 신기하다고 생각했다. 최근 나흘 정도는 마물이나 동물의 기척이 꽤나 멀다. 우리가 걷는 숲은 울창한 곳도 있기 때문에 마물이 있어도 이상하지 않은데. 힐끗 아단다라를 보았다. 책에 실려 있던 정보로는 아단다라는 꽤나 상위의 마물이라고 했

다. 혹시 이 애가 무서워서 다가오지 않는 걸까? 내 시선을 깨달은
건지, 나를 보고 크르르 소리를 내는 아단다라.

……귀엽다.

동물이나 마물이 경계할 만한 마물로는 보이지 않는데. 책의 정
보가 잘못되었다고는 생각할 수 없다. 역시 아단다라가 아닌가?
특징은 아단다라랑 일치하는데.

숲속을 나아가다가 조금 떨어진 장소에서 기척을 느끼고 멈춰
섰다. 소라를 불러 가방에 넣었다. 아단다라는 기척이 난 방향으
로 시선을 주었지만 경계하는 걸로는 보이지 않는다.

"아무래도 모험가의 기척 같아. 공격을 받지 않도록 숨어 있어."

"크르르."

그런 소리를 내고 바람처럼 숲의 어딘가로 달려갔다. 걱정이긴
하지만, 괜찮을 거라고 믿자.

길로 돌아가는 방향을 지도로 확인하고 그쪽으로 걸어갔다. 모
험가라고 생각하지만, 조금 숫자가 많은 것도 같다. 기척이 움직
이고 있으니 마주치지 않도록 조심해야지. 길로 나가서 모험가들
의 기척을 찾았지만, 숲 안쪽으로 들어간 모양이다.

다행이다.

조금 뒤에 또 기척이 느껴졌다. 이쪽도 기척이 희박한 걸 보면
모험가인가 보다. 방금 전의 모험가들은 그룹치고는 많았는데 그
직후에 또 모험가. 모험가가 비슷한 장소에 있다는 소리는 토벌

대상인 동물이나 마물이 나왔을 가능성이 높다는 뜻이다. 아니면 지명수배된 사람이 숲으로 도망쳤든가.

천천히 심호흡을 하고 기척을 찾는 범위를 넓혔다. 모험가인 듯한 기척을 또 하나 찾을 수 있었다. 비슷하게 희미한 기척, 양쪽다 모험가라고 생각하자면 역시나 숲에 무슨 문제가 일어났을지도 모른다. ……어쩌지, 모험가에게 물어야 할까? 하지만 정말로 모험가일까? 혹시 아니라면…….

또 다른 기척이 느껴졌다. 길을 따라 걷는 모양인지, 조금씩 이쪽으로 다가왔다. 기척에서 알 수 있는 것은 네 명이라는 숫자뿐이다. 모습을 확인할 수 있는 장소까지 가보자. 그리고 판단해도 늦지 않겠지. 다만 언제든지 도망칠 수 있도록 해두자.

잠시 뒤에 멀리서 모험가 차림을 한 네 남자가 보였다. 아마 저쪽에서도 내가 보이겠지. 느껴지는 기척은 희미하였고, 광장에서 느낀 모험가들과 비슷한 기척이라서 위화감은 없었다. 괜찮은 걸까. 두근거리는 마음으로 모험가들에게 다가갔다.

"꼬마야, 혼자니?"

어떻게 말을 걸지 망설이고 있었더니, 저쪽에서 먼저 말을 걸어주었다. 조금 경계심을 담으면서 작게 끄덕였다.

"하하하, 너무 그렇게 경계를 하지 마."

네 남자는 조금 떨어진 장소에서 멈춰주었다. 내가 겁먹지 않도록 하려는 거겠지.

"리더가 무섭게 생겨서야. 괜찮아, 이 아저씨, 얼굴은 이렇지만 상냥해!"

"그건 그렇지."

"이 녀석들이~."

못된 사람으로는 보이지 않지만……. 이야기를 나누는 건…… 괜찮겠지?

"저기, 숲속에서 무슨 일이 생겼나요?"

"오, 용케도 눈치를 챘구나, 꼬마야. 그걸 알아차렸나?"

알아차려? 모험가들을? 조금 고개가 갸웃거려졌다.

"평소와 다른 것을 알아차리다니. 뭐, 모여 있는 모험가의 숫자가 많긴 하지."

평소와 다른지는 처음 온 장소라서 모르겠지만, 모험가가 많은 것은 안다. 숲은 넓다. 유명한 던전도 아닌 이상, 단시간에 모험가 그룹을 몇이나 만나는 일은 흔한 일이 아냐. 숲에서의 탐색 중에는 모험가 그룹끼리 마주치지 않도록 피하면서 나아가지. 같은 장소에 모험가들이 모여 있는 건 문제가 발생했을 때야.

"마물이야. 조금 강한 마물이 있다는 정보가 퍼져서 토벌 의뢰가 들어왔거든."

아단다라라면 어쩌지.

"어떤 마물인가요?"

"오거 여러 마리야. 어쩌면 열 마리 이상일지도 몰라."

오거인가. 아단다라가 아니었다. 다행이다.

"……곧 어두워지겠는걸. 근처에 모험가들이 모이는 장소가 있지. 밤에는 위험하니 합류를 하도록 해."

주위를 둘러보니, 분명히 해가 떨어질 시간이 머지않았다. 오거는 분명히 사람을 잡아먹는 꽤나 위험한 마물이었다. 그쪽에 합류하는 편이 좋을지도 모르겠어. 아단다라는 괜찮을까? ……괜찮을 거라고 믿을 수밖에 없어.

"제가 합류해도 괜찮을까요?"

"괜찮아. 마물의 토벌 의뢰가 발생하면, 우리는 젊은 모험가와 행상인들을 지키는 역할도 맡고 있거든."

……그러고 보면 그런 이야기를 들은 적이 있어. 모이는 장소를 물어보았더니, 같이 가준다는 모양이다. 괜찮겠지?

"그렇지, 우리는 불꽃의 검이라는 그룹인데, 알고 있니?"

"죄송해요. 모험가 그룹에 관해서는 잘 몰라서……."

"그런가~. 오토르와에서는 꽤 유명해."

"오토르와 마을에는 처음 가는 거라서요."

"아, 그러면 모르는 게 당연하겠네. 미안해."

"아뇨."

조금 걷자 트인 장소가 나왔는데 다소 놀랐다. 대형 텐트의 숫자가 열다섯 개가 넘었다. 꽤나 대규모 토벌일지도 모르겠다.

60화   이 지식은?

~~~~~~~~~~~~~

불꽃의 검의 리더는 세이제르크 씨. 다른 세 명은 라트루아 씨, 시파르 씨, 누가 씨. 나에게 가장 많이 말을 걸어주는 건 라트루아 씨다.

"텐트는 가지고 있니?"

"네."

"그러면 우리 텐트 옆이 아직 비어 있는 상황이니까, 거기에 설치를 해도 돼."

세이제르크 씨가 가르쳐준 장소를 확인했다. 1인용 텐트니까 여유롭게 설치할 수 있겠다. 텐트를 설치하는 사이에 불꽃의 검 멤버가 나에 대해 주위에 알려주었다. 오거에 관한 정보 교환도 하는 모양이다. 텐트를 다 친 뒤 안을 정리하고 밖으로 나오자, 왜인지 라트루아 씨가 기다리고 있었다.

"오늘은 내가 식사 당번이거든. 아이비는 식사를 어떻게 할 거야?"

주위를 둘러보니, 불을 피워서 요리하는 모습이 간간이 보였다. 요리를 해도 되는 거라면 해체한 산토끼를 구울까.

"으음, 산토끼를 구울까 했어요."

"뭐? 혹시 사냥을 하면서 여행하고 있는 거야? 혼자인데 대단하네. 아, 하지만 산토끼는 잡내가 나지 않아?"

사실 사냥을 하는 건 아니다. 아단다라에게 받은 거니까. 그래서 조금 양심에 찔리네.

"별거 아니에요. 산토끼의 고기 잡내는 제대로 밑준비할 거니까 괜찮아요."

"밑준비? 그러면 잡내가 없어지는 거야?"

"어? ……네, 그런데요."

"그렇구나! 몰랐어. 좋아, 같이 만들자!"

"어? 예?"

"나 실은 요리가 젬병이라……. 맛보면서 만드는데 항상 맛이 이상하다는 소리를 들어. 어째서일까?"

이유를 물어도 나로선 알 수 없다.

"좋아, 만들자!"

선언한 후 내 팔을 덥석 붙잡았다. 얼굴을 보니 필사적인 시선이 나를 보고 있었다. 뭐, 같이 만드는 건 딱히 문제가 없다. 게다가 그런 시선을 보내는데 거절할 수도 없다.

"어떤 요리를 만들 건가요?"

"으음, 고기를 굽고, 감자를 굽고, 하쿠카를 굽고, 소금과 후추."

……요리? 잎채소인 하쿠카는 수프 쪽이 나을 텐데. 그보다 구워서 소금과 후추만 뿌릴 거면 나는 필요 없을 것 같은데.

"아이비는 요리 잘해?"

"간단한 수프라면."

"수프! 대단하네. 동료들은 나더러 두 번 다시 만들지 말라고 했어."

어떤 수프를 만들었던 걸까? 두 번 다시 만들지 말라니, 오히려 좀 궁금할 정도야.

"그래, 아이비, 수프 만들어! 밤에는 역시 수프가 좋잖아. 몸이 훈훈해지고."

분명히 그렇게 춥지는 않지만, 밤에는 따뜻한 것이 당긴다. 수프, 좋겠네.

"안 될까? 안 될까? 조미료도 식재료도 마음대로 써도 되니까!"

엄청나게 필사적으로 보이는 건 기분 탓이려나?

"간단한 수프밖에 못 만들지만, 괜찮을까요?"

"괜찮아!"

텐트로 돌아가서 산토끼 고기와 숲 속에서 모은 허브 등이 든 가방을 가지고 나왔다. 라트루아 씨는 자기들 텐트에서 커다란 냄비를 가져와주었다. 물도 준비해주었기에 냄비에 넣고 불에 올려서 끓였다. 산토끼 고기에 잡내를 없애기 위한 허브와 소금을 발라서 재웠다. 달군 프라이팬에 한 입 크기로 자른 산토끼 고기를 구우면서 또 하나의 냄비에 야채 등을 넣어서 끓였다. 고기 표면이 구워진 뒤에 냄비로 옮겨서 독특한 향이 나는 나무열매를 넣고 소금으로 맛을 잡는다. 포인트는 잡내를 없애는 허브를 수프 냄비에도 넣는 것. 이렇게 해서 푹 끓여내면 완성이다.

"냄새 좋네. 처음 맡아보는 향기지만."

처음 맡아보는 향기? 혹시 실패했나? 맛을 보았다. 산토끼 잡내는 허브로 사라졌고, 문제없는 것 같은데. 조금 걱정이네.

라트루아 씨가 가져온 고깃덩어리. 모우라는 동물의 고기라는 모양인데, 처음 보는 재료였다. 냄새를 맡아보았지만, 잡내는 느껴지지 않았다. 혀가 찌릿해지는 건조 허브와 소금을 섞은 것으로 버무렸다. 조금 시간을 들여 재운 뒤에 프라이팬으로 굽는다. 쥬왁~ 하는 소리를 내며 고기가 구워지는 향기. 그리고 보면 냄새는 마물을 끌어들이지 않던가?

"저기, 냄새로 마물이 몰려들진 않을까요?"

"냄새? 아, 이 주변에는 마물 기피제를 쓰고 있으니까 괜찮아."

마물 기피제? 분명히 냄새로 마물을 쫓아내는 것이었다. 꽤나 비싸다고 들은 적이 있다. 그렇게 엄청난 걸 쓴다는 건 진짜로 상위의 모험가들이 모였나 봐.

……그리고 보면 불꽃의 검은 오토르와 마을에서 유명하다고 했던 것 같은데. 눈앞의 사람을 보았다. 고기가 구워지는 것을 응시하고 있다. ……침이 흐르고 있다. 유명하다는 것도 여러 종류가 있을지 모른다.

고기를 잘 구우면서 수프를 지켜보았다. 조금만 더 있으면 완성이다.

"라트루아, 너 설마 아이비한테 전부 만들게 한 거냐?"

"어! 아니, 같이……. 어라? 나, 아무것도 안 했어?"

"하아~, 미안, 아이비."

"아뇨, 괜찮아요. 간단하고요."

"뭐야! 아이비가 만들었구나. 그럼 오늘 저녁은 맛있겠는걸. 오, 수프인가. 오늘 저녁은 라트루아가 당번이라 포기하고 있었거든. 그래서 참 기쁘네."

세이제르크 씨가 라트루아 씨의 머리를 가볍게 때렸다. 누가 씨는 미안하다는 얼굴을 하면서도 시선이 구워진 고기 쪽을 힐끗힐끗 향하였다. 시파르 씨는 똑바로 수프 냄비를 보고 있고. 다들 배가 고픈 모양이다.

수프와 고기를 머릿수별로 나누고 있자, 세이제르크 씨가 흑빵을 가져와서 쪼개주었다. 내 몫도 있는 모양이라 기쁘다. 흑빵인가. 두 번 정도밖에 먹어본 적 없네.

"맛있겠다~……. 하우우……."

시파르 씨가 수프를 입에 넣고 잠깐 굳어버렸다. 어라? 혹시 맛없나? 어쩌지.

"뭐야, 이거, 맛있잖아!"

아니었다, 맛있는 모양이다. 시간도 제대로 못 들이고 만든 거라서 조금 걱정이었는데.

"정말이네, 맛있어. 이거 혹시 산토끼?"

"예, 그래요."

"산토끼는 말린 거라면 훈제했으니까 괜찮지만, 독특한 잡내가 있잖아? 이 고기에는 그 잡내가 없어."

"아이비는 정말로 대단해. 밑준비라는 걸로 잡내를 없앤대."

밑준비라는 건 당연한 거 아닌가? ……요리에는 반드시 밑준비가 필요하지?

"이 미세한 냄새는 약초인가? 약초로 냄새를 지운 건가?"

약초? ……허브 이야기?

"예, 숲에서 채취한 잎을 건조시켜서 썼어요."

"대단하지?"

"어째서 라트루아가 우쭐대고 있는 거야? 고기 쪽도 살짝 매콤한 맛이 돌아서 좋군."

"아, 이건 좋아. 라트루아가 당번이라서 불안했는데, 아이비 덕분에 맛있는 밥을 먹었군. 고마워."

"아뇨, 마음에 드셨다니 기뻐요."

수프를 한 입 먹었다. 퍼지는 좋은 향기, 감자와 하쿠카를 받아서 같이 끓인 것인데, 양쪽 다 맛있다. 응, 성공이다.

약초인가……. 허브랑은 다른가? 어라? 난 어떻게 허브를 알고 있었지? ……혹시 전생의 기억? 설마. 아니겠지?

61화 약초였다

저녁식사 후의 뒷정리는 라트루아 씨가 죄다 해주었다.

다만,

"아이비, 아까 그 허브? 란 약초와…… 밑준비? 를 가르쳐주지 않을래? 그럼 나도 요리를 잘할 수 있을 것 같아."

"어어, 저기……."

소라의 식사가 아직이라서 텐트로 돌아가고 싶다. 게다가 지금은 그거에 대해 너무 묻지 말아주었으면 싶다. 어쩌지.

"적당히 좀 하라고, 라트루아. 미안해, 아이비, 이 녀석 말은 그냥 무시해도 돼."

"라트루아 씨, 죄송합니다. 안녕히 주무세요."

끓인 물을 받아들고 텐트 안으로 돌아갔다.

"휴우~, 힘들었다."

텐트의 바깥 분위기에 귀를 기울였다. 누가 씨의 목소리와 툴툴대는 듯한 라트루아 씨의 목소리가 들렸다. 그것도 잠시 뒤에는 들리지 않게 되었다. 이제 괜찮을까? 소라를 가방에서 꺼내어 작은 목소리로 말을 걸었다.

"늦어져서 미안해, 소라. 다른 텐트랑 거리가 가까우니까 조용히 해. 밥, 금방 준비할게."

소라는 나를 보고 부르르 몸을 떨더니, 늘어놓은 포션을 먹기 시작했다.

뜨거운 물에 타월을 적시고 물기를 짜냈다. 그걸로 몸을 닦으면서 약초에 대해 생각했다. 약초에 대해서는 점술사에게 받은 책으로 공부했다. 포션의 원료가 되고, 숲에 들어가면 찾을 수 있다. 다만 약초 그 자체로는 열화판 포션보다 효과가 약해서 별 도움이 되지 않는다. 그렇기 때문에 약초 중에서도 독을 가진 것만 골라서 외웠다. 독초는 만지기만 해도 빨갛게 부어오르는 것도 있어서 주의가 필요하기 때문이다.

새로운 옷으로 갈아입고 소라를 보았다. 몸을 쭉쭉 늘리며 부르르 떨고 있다. 몸을 늘리고 있으면 색깔이 예쁘게 위아래로 나뉘는 것을 알았다. 평소의 물방울 모양이면 아직 뒤섞인 부분이 있다. 그것도 나날이 작아지는 것을 보면 계속 변하는 도중이겠지. 앞으로도 색깔이 늘어나는 걸까? 점점 늘어나면 어떻게 되는 걸까? ……소라를 보니 쭉쭉이 운동을 계속하고 있다. 뭐, 괜찮겠지. 매직백에서 약초 책을 꺼냈다. 허브를 발견한 것은 분명히 산토끼 사냥을 하던 때였을 거다. 그리운 향기가 나기에 주위를 뒤져서 발견하였다.

웅? 어라? 이상하네. 처음 본 허브라고 할까, 약초? 였는데 그리워? 역시 과거의 내 기억이 꽤나 영향을 끼친 모양이다. 그때는 전혀 위화감을 느끼지 않으니까, 깨닫지 못했다. 그러고 보면 모은 허브를 아무런 의문도 없이 건조시켰지. 지금 생각해보면 이상한 일투성이야.

건조시켜서 가지고 다니는 허브를 모두 가방에서 꺼내어 약초책에 실린 그림과 비교해보았다. 네 종류는 책에 실리지 않았지만, 그 외에는 모두 약초로 실려 있었다. 약초였나. 앞으로는 잘못 말하는 일 없도록 조심하자.

후아~ 소리와 함께 하품이 나왔다. 놀라는 일이 계속되어서 꽤나 지쳤다.

"소라, 잘까."

작은 목소리로 소라를 불렀다. 소라와 함께 모포를 덮고 잘 준비를 하였다. 내일, 라트루아 씨에게 어떻게 설명할까? ……전혀 모르겠다, 졸린다, 자자.

"소라, 잘 자."

텐트 밖의 기척에 눈이 떠졌다. 뭐지? 조금 안 좋은 느낌이다. 눈을 살며시 뜨고 텐트 입구가 잘 닫혔는지 확인하였다. 기척은 꽤나 조심스러운 것이었지만, 이쪽의 상황을 엿보고 있음을 알 수 있었다. 불꽃의 검의 네 명에게서 느낀 것과는 다른, 불쾌감이 느껴지는 싫은 기척이라서 조금 몸이 떨렸다. 무서워.

"누구인가요?"

말을 걸자, 기척이 조용히 멀어졌다. 대체 뭐였을까? 소라를 들킨 걸까? 다시금 텐트 입구를 확인했다. 괜찮아, 빈틈없이 잘 닫혀 있고, 밖에서 열 수 없게 되어 있었다. 소라를 꼭 끌어안았다. 뭐지, 왠지 무서워.

주위가 조금 밝아졌을 무렵, 소라를 넣은 가방을 어깨에 메고 텐트를 나섰다. 이미 모험가들이 바쁘게 돌아다니고 있었다. 어젯밤보다 사람들이 많은 것처럼 느껴지는데, 기분 탓일까?

"좋은 아침. 아이비."

모험가들을 보고 있자, 뒤에서 라트루아 씨의 목소리가 들려서 흠칫 놀라 어깨를 떨었다.

"어? 괜찮아, 아이비?"

"휴우, 괜찮아요. 안녕하세요."

심호흡을 하여 빨라진 호흡을 진정시켰다. 라트루아 씨가 걱정하듯이 내 얼굴을 바라보았다. 거기에 조금 놀라서 무심코 한 걸음 뒷걸음질을 쳤다.

"뭘 애를 덮치고 있나!"

"덮쳐? 아니~, 그건 아니야. 그렇지, 아이비? 아니지?"

"예. 누가 씨, 아니에요."

"그런가? 이상한 짓 하거든 나한테 말해라. 흠씬 패줄 테니까."

"아니, 누가 너무해! 난 무죄!"

"좋은 아침. 라트루아는 아침부터 시끄럽군."

"안녕. 아이비."

"안녕하세요. 세이제르크 씨…… 시파르 씨."

시파르 씨의 이름이 바로 튀어나오지 않았다. 위험했다.

"아이비. 내 이름을 깜빡했지?"

"으윽, 죄송해요."

"……귀여워라~. 나 이런 남동생을 가지고 싶어!"

갑자기 옆에서 라트루아 씨가 껴안고 들었다. 너무 놀라서 말도
나오지 않았다. 파악 소리가 나더니 라트루아 씨가 손을 놓아주었
다. 시선을 돌려보니 아프다는 얼굴을 하며 머리를 누르고 있었다.

"괜찮으세요?"

"괜찮으니 신경 쓸 필요 없어."

왜인지 누가 씨가 대답해주었다. 문제없는 걸까? 꽤나 아파보
이는 얼굴을 하고 있는데.

"아침밥, 같이 어때? 평소에는 뭘 먹고 지내지?"

"어어, 말린 고기랑 나무열매요. 그리고 차를 마셔요."

"헤에, 차? 신기하네, 차는 비싸잖아?"

차는 신기한 거야? 비싸? 그러고 보면 차를 마시는 사람은 별로
못 봤을지도. 어떻게 설명해야 의심을 사지 않을 수 있을까?

"이 차는 여행 도중에 숲속에서 채취한 거라 돈이 들지 않아요."

"숲? 찻잎은 전문적으로 밭에서 재배를 해야 한다던데……."

어쩌지, 이 지식도 안 돼? 아무튼 차를 나눠줘서 분위기를 살피
자. 차를 5인분 준비하고 있자, 누가 씨가 흑빵과 컵 네 개를 가지

고 나왔다.

"자, 이것도 먹어보렴. 차 잘 부탁해."

흑빵을 주길래 조금 놀랐지만, 감사의 말을 하고 받았다. 컵 네 개에 차를 따라 나눠주고, 내 컵에도 차를 따랐다. 향기를 맡으니 마음이 좀 놓였다.

"향기 좋군. 마음이 차분해지는걸."

"분명히 전에 마셔본 것과 풍미는 다르지만, 이것도 맛있군."

세이제르크 씨와 시파르 씨는 차가 마음에 든 모양이다. 라트루아 씨는 왠지 신기한 표정으로 마시고 있었다. 누가 씨는 딱히 반응이 없지만, 처음 입에 댈 때 꽤나 조심하는 모습이었다. 네 명의 반응을 보니 정말로 차가 흔하지 않은 물건이라고 판단되었다. ⋯⋯허브에 이어서 차도? 어쩌지?

62화 불쾌감

아침식사를 마치고 뒷정리를 하면서 차에 대해 어떻게 설명할지 생각했다. 라토미 마을에서는 모두가 마셨다고 하면 어떨까? 아, 안 돼. 라토미 마을을 아는 사람이 있으면 바로 들킬 거야. 누군가에게서 배운 걸로 하면 어떨까? 하지만 누구한테? 점술사? ……소중한 사람을 이용하는 건 싫어. 게다가 거짓말은 되도록 하고 싶지 않다. 어디서 들통이 날 것 같아서 불안해진다.

그래, 우연히 숲에서 향기가 나서 찾은 걸로 할까. 정확하게는 아는 향기가 나서 찾은 거지만. 응, 거짓말은 아냐. 다만 이것저것 생략했을 뿐이다. ……좋아, 누가 묻거든 이걸로 밀어붙이자.

모험가들이 한 곳에 모여 있었다. 아무래도 본격적인 토벌을 시작하려는 모양이다. 나는 어떻게 할까? 이 장소에서 대기하는 편이 좋을까? 아니면 계속 여행을 해도 문제없을까?

"세이제르크 씨."

모험가들의 회합이 끝나고 돌아온 세이제르크 씨에게 말하였다.

"왜 그러지?"

"제가 오토르와 마을까지 여행을 계속해도 괜찮을까요?"

"지금은 관두는 편이 좋을 거다. 어젯밤의 목격 정보에 따르면 오거의 숫자가 예상보다 많아."

"열 마리 이상 된다는 소린가요?"

"그 이상일지도. 토벌대 리더의 예측으로는 서른 마리는 될 것 같다고 하더군."

"그건 분명히 많네요."

"그래, 그러니까 지금은 이곳에서 상황을 살피는 편이 좋겠어."

"알겠습니다. 이동은 토벌이 끝날 때까지 기다릴게요."

"미안하구나. 최대한 빨리 정리를 해주고 싶은데 말이지."

"다치는 일 없이 조심해서 다녀오세요."

"……그래. 그 말, 왠지 좋은걸."

말? 조심해달라는 게? 어떻게 좋은 건지는 모르겠지만, 마음에 든 모양이다.

"아이비, 좀 도와줄 수 있겠어?"

누가 씨가 손짓을 하였다. 다가가자, 그들의 텐트 앞에 쓰레기가 모여 있었다.

"네, 제가 할 수 있는 일이 있다면 뭐든지 도울게요."

"광장 중심부분에서 쓰레기를 처리하고 있는데, 이것들 좀 가져다줄 수 있을까?"

쓰레기 처리라면 슬라임을 만날 수 있을까? 처리하는 모습을 보고 싶었으니까, 고마운 일이다.

"알겠습니다."

"미안하지만, 주위 모험가들의 쓰레기도 부탁해도 될까?"

"네, 괜찮아요."

"미안하군. 그리고 고마워."

모르는 사람이 이쪽을 향해 소리치고 있었다. 그쪽으로 시선을 돌리자, 여자 모험가 그룹인 듯했다. 그 밖에도 이쪽에 손짓하며 어필하는 그룹이 있었다. 다들 토벌하러 나가려고 바쁜 거겠지.

모험가들을 보낸 후에 쓰레기를 모으면서 중심부분으로 향하였다. 텐트와 텐트 사이를 빠져나가자, 슬라임이 쓰레기를 처리하는 장소로 나왔다. 슬라임 숫자는 다해서 14마리. 모험가는 네 명으로 남자가 셋, 여자가 하나. 다들 테이머인 걸까?

"죄송합니다. 여기에 놔두면 될까요?"

"오, 혹시 네가 불꽃의 검이 데려온 소년이니?"

근처에 있던 남자가 날 보고 조금 놀란 후에 뭔가 납득한 듯이 끄덕였다.

"네, 신세지고 있습니다."

"하하하, 예의가 바르네. 쓰레기는 거기에 두면 돼."

쓰레기를 놔두자, 슬라임 한 마리가 다가왔다. 모아온 쓰레기 중에는 더러워진 천이나 빈 포션 병, 부러진 단검도 있었다. 뭘 주면 될까?

"어머? 혹시 검이 있어?"

여자가 이쪽을 향해 물어보았다.

"네. 부러졌지만요."

"그건 이 애가 처리를 하니까 가져와줄 수 있을까?"

"네."

부러진 단검을 가지고 여자 옆에 있는 슬라임 앞에 두었다. 검을 먹는 슬라임은 레어 슬라임이며 꽤나 귀하다. 슬라임을 지켜보니, 단검 위에 올라타서 가만히 있는 모습이었다. 변화가 없어서 의아하게 생각하면서 지켜보았다.

"후훗, 보고 있어도 재미없을 거야."

"네……?"

"검을 소화하는 데는 시간이 엄청 걸리거든."

"그런가요……. 몰랐어요."

쓰레기를 둔 장소로 돌아가자, 슬라임 몇 마리가 처리해주고 있었다. 빈 병을 처리할 수 있는 슬라임도 있는 모양이다. 보고 있자니 위화감이 느껴졌다. 병 하나를 처리하는 시간이 길다.

……소라라면 순식간인데.

소화 중인 듯한 슬라임을 보고 있자, 오싹해지는 불쾌감이 느껴졌다. 몸이 흠칫 떨렸다. 다급히 주위를 확인하였지만, 다른 이의 모습은 찾아볼 수 없었다. 대체 뭘까. 아침에 느낀 것과 비슷하다. 기분 나빠.

"괜찮니? 갑자기 안색이 나빠졌는데……."

"예? ……괜찮아요. 감사합니다."

아까 이야기 나눈 여자가 걱정스럽게 말을 붙여주었기에 흠칫 놀랐다. 여자는 조금 놀란 얼굴을 하였지만, 바로 부드럽게 웃더니 손을 내밀었다.

"나는 녹색 바람 모험가 그룹의 멤버란다. 테이머인 미라야. 잘 부탁할게."

"아, 저는 혼자 여행을 하고 있어요. 아이비입니다."

"혼자구나. 아직 미성년자?"

"네."

"무슨 걱정이 있어? 말해줄래? 모험가 선배로서 도와줄게!"

"감사합니다."

목 언저리에 찌릿 하는 불쾌감이 일었다. 또다. 아까 주위를 둘러보았지만, 아무것도 찾을 수 없었다. 정말로 뭘까. 기분이 안 좋다.

"뭔가 느끼고 있구나?"

"예? ……아."

불쾌감에 정신이 팔리는 바람에 대화하던 미라 씨를 잊고 있었다. 조용히 고개를 내젓자, 내 머리에 가만히 손을 얹어주었다.

"이래 봬도 나는 상위 모험가 팀의 멤버거든. 이야기만이라도 들려줄래?"

이야기해도 괜찮을까? 하지만 어떻게 말해야 좋을까?

"뭐든지 괜찮으니까."

"그게……. 불쾌감을 느꼈어요. 목 언저리가 따끔거리는 듯한……."

이런 말을 갑자기 들어도 곤란하겠지. 하지만 어떻게 설명해야 좋을지 모르겠다. 미라 씨는 조금 험악한 얼굴을 하였다.

"불쾌감을 느끼는 건 중요해. 몸을 지키는 것으로 이어지니까."

"몸을 지킨다?"

"그래. 시선에서 불온한 뭔가를 느낀 거겠지. 불쾌감은 언제부터?"

"오늘 아침부터예요."

"그러면 이번에 참가한 토벌 멤버 안에 문제가 있겠네."

믿어주는 걸까?

"이 건은 신뢰를 할 수 있는 동료들과 공유를 할게. 아이비는 절대로 혼자서 돌아다니지 마."

"……네. 하지만 만약 제 착각이라면."

"그때는 웃으며 넘어가면 돼. 하지만 사실이라면 누가 아이비를 노리고 있을 가능성이 있어. 불쾌감이나 혐오감은 몸을 지키는 소중한 감각이야. 결코 업신여겨선 안 돼."

무섭네. 불쾌감은 확실히 기억한다. 누군가에게 표적이 되었다는 소리일까? 몸이 부르르 떨렸다.

"괜찮아. 불꽃의 검 멤버에게도 이야기를 해둘게. 그들도 상위 모험가니까."

"네에?"

그건 그거대로 놀라운데요.

63화   불온한 조직
~~~~~~~~~~~~~~~~~~

"아이비! 아이비! 아이비!"

라트루아 씨의 목소리가 광장에 울려서 놀랐다. 목소리가 내게 다가옴에 따라 주위에서의 시선도 느껴졌다. 얼굴이 뜨거워진 걸 보면 분명 새빨개졌겠지. 옆에 있던 미라 씨가 동정 어린 시선을 보내는 것 같기도 하다.

상위 모험가라고 듣긴 했지만, 라트루아 씨를 보고 있으면 정말로 신기하게 느껴진다. 여러 경험을 쌓은 상위 모험가는 더 차분한 느낌의 사람들일 거라고 생각하였다. 아니, 라트루아 씨 외의 다른 멤버들은 차분하다. 그가 특별한 걸까? 눈앞까지 온 라트루아 씨에게 두 어깨를 붙잡혔다.

"괜찮아? 무슨 짓 안 당했어? 누가 아이비한테 쾌씸한 시선을 보내는 거냐고!"

쾌씸하다는 게 무슨 소리지? 그는 대체 무슨 설명을 들은 걸까? 이야기가 이상한 방향으로 흘러가는 듯한 느낌이 들어.

"잠깐만, 라트루아. 그렇게 큰 소리로 떠들면 아이비가 불쌍하잖아."

미라 씨가 내 어깨에서 그의 손을 쳐내며 내 마음의 소리를 대변해주었다. 고맙습니다.

"응? 뭐가?"

……안 통했다. 라트루아 씨를 보니, 정말로 의아한 눈치로 미라 씨를 보고 있었다. 크게 한숨을 내쉬며 고개를 내젓는 미라 씨. 왠지 힘들게 만든 것 같아서 죄송합니다.

"미라, 고맙다."

세이제르크 씨가 한 발 늦게 다가왔다. 누가 씨의 모습도 있었지만, 시파르 씨의 모습은 없었다. 주위를 둘러보니, 다른 모험가와 이야기하는 모양이었다.

"괜찮아. 아이비는 남동생 같아서 귀엽거든."

"그렇지~. 내 동생이 되지 않을래? 응? 아이비, 어때?"

어때? 라고 물어도 대답하기 곤란하기에 고개를 살짝 내저었다.

"에엣~, 잠시만이라도 괜찮아!"

잠시만 동생이 되어 달라는 건 무슨 소리지? 고개를 갸웃거리자, 갑자기 누가 씨가 라트루아 씨의 머리에 주먹을 내리꽂았다. 따악 하는 소리와 함께 머리를 누르는 라트루아 씨. 울상을 하며 누가 씨를 노려보았다.

"정말……. 라트루아는 항상 차분하지 못하다니간."

"시끄러워, 미라."

"너희는 옛날부터 변함이 없는걸."

세이제르크 씨가 기막히다는 듯이 라트루아 씨와 미라 씨를 보면서 중얼거렸다.

"어머, 그나마 나아진 편이라고 생각해. 내가 어른이 되면서."

"그래? 저 녀석 앞에서는 변함없는 것 같은데 말이야."

세이제르크 씨의 말에 조금 뚱한 얼굴을 하는 미라 씨. 미라 씨와 라트루아 씨는 예전부터 알던 사이인 모양이다. 그러고 보면 제일 편안한 말투라고 할까, 말의 응보라고 할까, 미라 씨의 시선이 인정사정없다. 세이제르크 씨가 나와 눈높이를 맞추듯이 살짝 몸을 낮추었다.

"아이비."

대체 뭘까. 아주 진지한 얼굴이었다.

"네."

"이야기는 들었다. 이 광장에 온 뒤부터라고?"

"네, 그래요."

"그런가. 미안. 우리가 여기에 데려오는 바람에……."

"아, 그건 아니에요. 여기에 데려와주신 것에는 정말로 감사하고 있어요."

"하지만……."

"그대로 숲에서 밤을 보냈으면 오거와 마주쳤을지도 모르는걸요. 그러니까 정말로 감사하고 있어요."

"세이제르크 씨. 오거 문제도 있는 만큼, 이곳에 데려온 건 어쩔 수 없는 일이야. 그것보다 앞으로의 일을 이야기하자."

미라 씨의 말에 세이제르크 씨는 쓴웃음을 지었다.

"맞는 말이군. 자세한 이야기를 들려줄 수 있겠니?"

"네."

시파르 씨가 돌아왔기에 모두가 마실 차를 준비했다. 미라 씨가 흥미진진한 눈치로, 차를 끓이는 나를 바라보았다. 역시 차는 신기한 거구나.

누가 씨의 재촉에 아침부터 있었던 일을 설명했다. 불쾌감을 느끼며 일어났더니 텐트 밖에 누군가의 기척을 느낀 것. 낮에 몇 번이나 불쾌감을 느껴서 주위를 살폈지만, 아무도 찾을 수 없었던 것 등. 이야기를 마치자, 세이제르크 씨와 누가 씨가 험악한 얼굴을 하였다. 시파르 씨는 표정 자체는 별로 변하지 않지만 뭔가 골똘히 생각 중이었다. 라트루아 씨는 주위를 노려보았다. 그건 좀 하지 말아줬으면. 영문도 모른 채 눈총을 받고 겁먹은 사람이 있으니까.

"녀석들인가?"

놈들? 세이제르크 씨에게는 짚이는 존재가 있나 보다.

"역시 그쪽이 떠올라."

미라 씨도 뭔가 짚이는 모양이다. 대체 뭘까? 누가 씨의 표정이 아주 무서워졌다.

"누가 씨, 표정으로 사람을 죽일 것 같아."

미라 씨의 한마디에 고개를 끄덕이는 라트루아 씨. 시선이 아니라 표정, 그 표현은 대체 뭘까. 누가 씨는 한 차례 헛기침을 하고 차를 마셨다.

"아이비, 잘 들어. 오토르와 마을에는 여러모로 문제가 되는 조직이 있어."

"조직인가요?"

베리벨라 부대장이 말했던 조직일까? 단속이 강화되었다고 들었는데.

"녀석들은 사람을 납치해서 노예로 팔아먹지. 시의 자경단이 일제히 단속할 예정이었지만, 어디선가에서 그 정보가 새어나간 모양이야. 결국 단속은 실패, 녀석들은 도망쳤지."

세이제르크 씨는 꽤나 분한 얼굴을 하고 있었다.

"체포한 것은 조직에 관해선 아무것도 모르는 말단뿐. 시간을 벌기 위해서 도마뱀 꼬리를 자른 거겠지."

누가 씨의 말에는 어딘가 모르게 자포자기라는 인상이 있었다. 왜 저러지?

"하아, 실제로 사람을 납치당하고 있는 상황인데, 수상한 인물의 목격 정보가 너무 적어."

"……제가 그 조직의 표적이 됐다는 건가요?"

"아직 그렇다고 단정할 수는 없어. 하지만 그럴 가능성이 있지. 그러니까 절대로 혼자 돌아다니지 말렴."

진지한 말이었기에 세이제르크 씨의 눈을 보고 한 차례 끄덕였다. 내 머리를 쓰다듬는 손길에, 긴장으로 굳어 있던 몸에서 조금 힘이 빠졌다.

"아이비, 내 동료도 소개할게. ……후후후."

뭘까, 미라 씨의 시선이 다른 모험가를 향한 순간 미소가 무서워졌다. 미라 씨의 시선을 따라서 같은 방향을 보았지만 모험가들이 많아서 뭘 보았는지 알 수 없었다.

"여기서 잠깐 기다려봐."

"아, 예."

다정할 터인 목소리가 어딘가 모르게 가시 돋친 것처럼 느껴졌다. 세이제르크 씨와 누가 씨가 메마른 웃음을 흘렸다. 미라 씨의 모습을 눈으로 좇아보니 두 남자 앞에 섰다. 그리고…… 두 명의 남자를 붙잡고 서로 박치기를 시켰다.

"우왓~, 아프겠다~. 아이비, 저 두 사람이 미라의 동료야. 형제가 그룹을 짜고 있고, 미라는 제일 막내인 여동생이지."

형제인가, 그렇긴 해도 아프겠네. 조금 떨어진 장소임에도 불구하고 따악 하는 소리가 들렸다. 미라 씨의 성미를 건드리지 않도록 하자.

64화 쌍둥이와 토벌대 리더

"잘 부탁해. 녹색 바람의 미라의 오빠인 토르토야. 이쪽은 동생인 마르마."

놀랐다. 같은 얼굴이 나란히 있었다. 혹시 쌍둥이?

"아이비, 놀랐어? 두 사람은 쌍둥이야. 신기하지?"

신기하다? ……그런가? 미라 씨가 그렇게 말한다면 그런 거겠지. 아무래도 내가 아는 지식이 전생의 내게 꽤 영향을 받은 것 같아서 함부로 말을 못 하겠다. 하지만 분명히 여태까지 갔던 마을에서 쌍둥이인 듯한 사람은 없었다. 신기한 건가. 기억해두자.

"처음 뵙겠습니다. 잘 부탁드려요. 아이비라고 해요."

"오오~, 좋은 아이네."

토르토 씨도 마르마 씨도 웃으며 대응해주었다. ……하지만 뭘까? 동생인 마르마 씨에게서 뭔가…… 기분 탓일까?

"그렇지? 정말 좋은 아이라고"

"다들 모여 있었군."

꽤나 묵직하고 차분한 목소리가 들려왔다. 그쪽으로 시선을 향하자, 탄탄한 체격에 조금 억센 얼굴의 남성이 이쪽으로 다가와 있었다. 아주 믿음직한 분위기가 떠돌았다. 첫 대면인 사람에게 그런 인상을 받는 건 처음이다. 신기한 사람이네.

"리더, 아까 이야기한 아이비입니다."

"아, 저기, 아이비입니다. 신세를 지겠습니다."

멍하니 남성을 바라보고 있었더니 갑자기 내 이름이 튀어나와서 놀랐다. 엉겁결에 인사를 했는데 괜찮을까? 그렇긴 해도 토벌대의 리더였구나. 과연 그럴 만하다.

"토벌대의 리더를 맡고 있는 보롤다. 잘 부탁해."

그렇게 말하더니 가볍게 내 머리를 쓰다듬었다. 분위기 때문일까? 첫 대면일 텐데도 머리를 쓰다듬는 손길에 마음이 놓였다. 역시 신기한 사람이다.

"미라는 토벌 때도 이 광장에 있을 거지?"

"응, 그럴 거야. 솔직히 말해서 슬라임 테이머가 토벌에 참가하는 건 그렇잖아."

"하하하, 분명히 그렇지. 귀중한 테이머를 잃고 싶진 않아. 가능한 한 아이비와 같이 있어 다오. 잘 부탁하지."

"물론이야. 나만 믿어!"

미라 씨가 나를 향해 윙크를 했기에 살짝 웃음이 나왔다. 하지만 귀중한 테이머라는 말은 뭘까. 테이머는 그렇게나 숫자가 많지 않나? 그거에 대해 더 물어보고 싶지만…… 다음에 하는 편이 좋겠네. 생각에 잠겨있자, 뒤에서 라트루아 씨가 껴안고 들었다.

"나도 최대한 함께 있을 거니까! 날 믿어!"

별로 믿음직하지 않은 것도 좀 문제 아닐까 싶다. 하지만.

"네, 잘 부탁드려요."

과도하게 사양하는 것은 상대에게 실례가 된다. 부탁할 때는 부탁하고, 자기가 할 수 있는 일로 도움을 주세요. 점술사가 남들과 사귈 때에 중요한 점이라고 가르쳐준 말을 떠올렸다. 과도한 사양의 범위를 잘 모르겠지만, 여기서는 부탁해보도록 하자. 솔직히 그 불쾌감이 무섭다.

녹색 바람의 미라 씨 일행은 내일 만날 약속을 하고 헤어졌다. 토벌대 리더인 보롤다 씨는 세이제르크 씨와 무슨 할 이야기가 있는 모양인지 둘이서 어디로 가버렸다.

"저기, 라트루아 씨. 식재료 좀 받을 수 있을까요? 저녁식사 준비를 돕고 싶은데요"

"괜찮아? 어제 수프도 고기도 맛있었으니까, 실은 부탁을 하려던 참이었어."

"기쁘네요. 열심히 만들게요."

라트루아 씨의 미소 띤 표정을 따라 나도 자연스럽게 미소가 나왔다. 텐트로 돌아와서 가방 안에 있는 소라에게 작은 목소리로 말을 걸었다.

"미안해, 소라. 당분간은 좀 갑갑하게 생활해야 할 것 같아."

소라는 가방 안에서 두 차례 크게 쭉쭉이 운동을 했지만 나올 기척은 없었다. 평소라면 가방에서 뛰쳐나오는데. 소라는 내가 처한 상황을 이해하는 걸까? 가만히 만져주자, 기쁜 듯이 부르르 몸을 흔들었다.

"다들 좋은 사람이라 다행이야."

내 말에 소라는 몸을 흔들기를 그만두고 나를 가만히 바라보았다. ……뭘까? 평소랑은 반응이 다르다. 소라에게 말을 걸려고 하는데, 텐트 밖에서 조금 큰 소리가 났다. 궁금하긴 하지만, 나중으로 미루자. 소라가 들어 있는 가방에 포션을 넣었다. 토벌은 언제까지 계속될까. 소라의 포션이 불안해지기 시작하네.

"소라, 열심히 식사 만들고 올게."

쭉쭉이 운동을 하며 흔들리는 소라를 쓰다듬어준 뒤에 가방을 닫고 모포 위에 올렸다. 조미료를 가방에서 꺼내어 텐트 밖으로 나갔다. 이미 라트루아 씨가 불을 지피고 냄비나 물 준비를 해주고 있었다.

"죄송합니다. 늦어져서."

"괜찮아. 식재료는 이거면 될까? 그렇지, 내일은 신선한 고기가 들어올 거야. 오늘 토벌한 모우를 해체해서 내일 나눈다고 그랬으니까."

모우의 신선한 고기. 그건 기쁜 일이야.

받은 식재료를 적당한 크기로 자르고 냄비에 넣었다. 오늘 고기는 염장한 콧코라는 고기인 모양이다. 콧코……. 뭔가가 떠오르긴 했지만 모르는 동물이다. 일단 소금에 절인 고기니까 간을 조심해서 하지 않으면 너무 짜진다. 가져온 약초 몇 종류를 고기와 함께 냄비에 넣고 끓였다.

목 근처에서 찌릿 하는 불쾌감을 느껴서 얼른 주위를 보았다. 모험가가 많아서 누구인지 판단할 수 없었다. 게다가 주위를 볼 때에는 이미 불쾌감이 사라져 있었다. 대체 누굴까…….

내 머리를 만지는 손길이 있었다.

"괜찮아. 우리가 있잖아."

라트루아 씨가 웃으면서 내 머리를 툭툭 두드렸다.

"감사합니다. 수프, 금방 완성돼요. 콧코를 구울게요."

소금기를 빼낸 콧코에 약초를 발라서 구웠다. 조금 독특한 향기가 나는 약초인데, 괜찮을까? 누가 씨가 텐트에서 나와서, 구워지는 고기의 옆에 앉았다. 어딘가에 갔던 시파르 씨도 어느 틈에 수프 냄비 옆에 앉아 있었다. 전혀 기척이 느껴지지 않던 시파르 씨도 역시나 상위 모험가? ……왠지 조금 아닌 것도 같은데.

"응? 왜 그래?"

"아뇨, 조금만 더 기다려주세요. 세이제르크 씨도 아직이니까."

"세이제르크는 신경 안 써도 돼."

"예?"

"시파르, 너 말이지."

세이제르크 씨의 목소리가 들려왔기에 그쪽을 돌아보았다. 왠지 지친 얼굴로 시파르 씨를 보고 있었다.

"아, 어서 와."

"악의 없이 진심으로 그런 소리를 한다는 게 시파르의 무시무시한 점이야."

"에이~. 나는 무서운 사람이 아니야."

"말은 잘 한다. 내 몫도 먹으려고 했던 주제에."

"식사 시간에 돌아오지 않은 쪽이 잘못이지. 남기는 건 아까우니까."

"아니, 내 몫을 남겨두자는 생각은 없냐?"

"……식으면 아까우니까."

시파르 씨는 첫 인상과 꽤나 다르네. 왠지 모르게 푸근한 이미지가 있었는데. 뭐라고 할까…… 자기 길을 간다는 느낌? 그게 맞나? 뭐, 조금 특이하다.

"식사를 하죠!"

왜인지 계속 말씨름을 벌이는 세이제르크 씨와 시파르 씨를 막기 위해 말하였다. 고기를 지켜보는 누가 씨가 왠지 점점 퉁명스러워지는 것 같고. ……라트루아 씨만이 아니라 불꽃의 검은 다들 개성적일지도.

65화   소라의 반응

식사를 마치고 뜨거운 물을 가지고 텐트 안으로 돌아왔다. 입구를 잘 잠그고 밖에서 열 수 없도록 잠금쇠를 채웠다.

"좋아, 다 됐다."

매직백을 열고 소라의 상태를 엿보았다. 소라는 나를 보더니 뿅하고 점프해서 가방에서 뛰쳐나왔다. 지금은 괜찮다고 판단한 소라는 역시 내 상황을 이해하는 모양이다. 항상 생각하지만 소라는 든든해.

그러고 보면 아단다라는 괜찮을까? 이 주변 숲과는 거리가 있는 곳으로 갔으면 좋겠는데. 보았다는 정보는 들어오지 않았으니까, 들키지는 않았겠지. 하지만 걱정이다.

소라를 보니, 평소와 같은 상하 운동으로 몸을 움직이고 있다. 왜인지 이 운동을 하루에 한 번은 보지 않으면 마음이 불안하네. ……그것도 이상하네. 계속 지켜보았기 때문일까?

몸을 닦으면서 세이제르크 씨와 이야기한 내용을 떠올려보았다. 솔직히 매우 무섭다. 처음으로 목숨이 노려졌을 때에는 공포보다 분한 마음이 강했다. 텐트 때는 공포도 있었지만 당혹스러움이 강했다. 하지만 지금은 아무튼 무섭다.

"하아~. 소라, 어쩌면 좋을까. 나를…… 노리는 사람이 있나 봐."

소리 내어 말하자, 왠지 공포감이 커졌다. 부르르 몸을 떨자, 소라는 운동을 멈추더니 앉아 있는 내 다리에 몸을 바싹 붙였다. 걱정해주는 모양이다.

"괜찮아. 불꽃의 검 사람들도 있으니까 든든해."

그렇게 마음을 진정시켰다. 소라는 뿅뿅 뛰면서 부르르 몸을 떨었다. 평소와 같은 소라의 모습에 조금 웃음이 나왔다.

"그리고 말이지, 테이머인 미라 씨도 같이 있어주겠대."

슬라임에 대해 물어볼까? 소라에 대해서도 뭔가 알 수 있을지도 모른다. 소라에게 시선을 주자, 소라는 움직임을 멈추고 나를 가만히 바라보고 있었다.

"어?"

그 모습은 저녁때와 같았다. 평소의 소라와는 다른, 뭔가를 호소하는 듯한 시선. 저녁때에는 분명히 '다들 좋은 사람이라 다행이야'라고 말한 뒤였지. ······설마, 다들이라는 말에 반응했나? 불꽃의 검 이야기를 할 때는 평소와 같은 반응이었다. 지금 이 반응은······ 미라 씨? 소라에게 미라 씨는 좋은 사람이 아냐? 거짓말. 미라 씨는 나를 진심으로 걱정해주는 모습이었다. 하지만 소라는 항상 내가 위험을 피할 수 있게 해주었다. 실수로 독초를 만지려던 때에는 몸을 부딪쳐서 알려주었고, 나무 마물 때에도 알려주었다. ······정말로 미라 씨에게?

"소라, 불꽃의 검 멤버들은 괜찮아?"

소라는 뿅뿅 뛰면서 몸을 흔들었다.

"토벌대 리더인 보롤다 씨는 괜찮아?"

뿅뿅 뛰면서 부르르 흔들었다. 불꽃의 검보다도 더 세게 뛴 것 같지만, 문제없겠지.

"……녹색 바람의 미라 씨는?"

모든 움직임을 멈추고 나를 바라보는 소라. ……소라는 미라 씨에게 뭔가를 느꼈나? 그건 대체 무엇? 소라의 평소 행동을 보아 생각하면 내게는 좋은 일이 아니다. 절대로. 두 손을 꼭 움켜쥐었다. 좋은 사람이라고 생각했는데 아니야? 하지만 위화감도 불쾌감도 느껴지지 않았다. 어라? 그랬던가? 뭔가 느꼈던 것도 같은데…….그래, 마르마 씨다. 그의 미소를 볼 때, 아주 약간 위화감을 느꼈다. 그때는 몰랐지만…… 떠올랐다. 그건 물건을 품평하는 눈이다. 라토미 마을의 촌장과 같은 눈이었다. 이용가치 여부를 판단하는 눈. 아주 잠깐이었으니까 착각인가 싶었지만. 그건 착각이 아니었다. 그럼 역시 미라 씨를 포함한 녹색 바람의 그들이 조직의 관계자?

……어쩌지. 세이제르크 씨에게 의논해? 하지만 뭐라고 말하면 좋지? 미라 씨가 조직의 관계자일지도 모른다고? 증거가 없는데 믿어줄 리가 없다. 소라의 감각뿐이니까. 나는 소라를 믿는다. 계속 함께 여행해왔으니까. 소라가 느낀 것을 믿는다. 하지만 소라는 증거가 되지 않고, 보여줄 수도 없다. 누가 믿어줄까? ……모르

겠다. 다리에 묵직한 느낌이 들어서 보니, 앉아있는 내 다리에 소라가 올라와 있었다. 그리고 나를 바라보며 부르르 몸을 떨었다.

"고마워, 소라."

내일 미라 씨 일행과 만날 약속을 하였다. 세이제르크 씨도 미라 씨와 있으니까 괜찮다고 말했다. 소라를 천천히 쓰다듬었다. 지금부터 여기를 떠나? 하지만 오거 토벌이 안 끝났다. 숲속에서 오거와 마주치면 분명히 죽는다. 게다가 이 장소에는 마물이 나타날지 파수를 보는 사람이 항상 있다. 들키지 않게 떠나는 건 무리겠지. 낮에는 숲속에 모험가가 있는데, 그들에게 들키지 않도록 숨어서 이동하는 기술 같은 건 없다. 하아, 이 장소에서 누구에게도 들키지 않게 도망칠 수는 없겠어.

그럼 내가 할 수 있는 일은 무엇일까. 지금 할 수 있는 일은…… 상대에게 불신감을 안겨주지 않는 것일까. 일단 내가 의심한다는 것을 들키지 않게 해야지. 불신감을 품고 있다고 들키면 무슨 짓을 해올지 알 수 없다. 하지만 정말로 미라 씨? 하아, 내일부터는 조심해야지. 안 들키게 넘길 수 있을까? 할 수밖에 없어.

휴우~, 슬프네. 날 배려해주고 잘 대해주었고, 만나서 기뻤는데. 이를 악물어서 흘러내리려는 눈물을 참았다.

"절대 안 울어. 울 수는 없어, 절대로."

아직 미라 씨가 조직의 일원이라고 판명된 것은 아니다. 어쩌면 소라의 착각일지도 모른다. 하지만 마르마 씨가 나를 보았을 때의 그 시선이 대답인 듯한 느낌이 자꾸만 들었다. 그리고 나는 소라를 믿고 있다.

"휴우~."

소라가 다리 위에서 나를 가만히 바라보고 있었다. 그래, 내게 무슨 일이 있으면 소라에게도 영향이 간다. 이겨낼 수밖에 없다. 유괴 조직이라고 그랬지. 그럼 목적은 나를 잡아가는 거겠지? 우선 미라 씨와 있을 때에는 부자연스럽지 않도록 해야지. 소라를 꼭 안아주었다. 무섭지만 할 수밖에 없다. 힘내자, 나와 소라를 위해서. 괜찮아, 분명 괜찮아.

사람의 이야기 소리와 움직이는 기척에 눈이 떠졌다. 아무래도 소라를 껴안은 상태로 잠들었던 모양이다. 소라를 모포 위에 올려놓고 팔을 뻗자 뚜뚝뚝뚝 소리가 났다. 잠을 잤는데도 피곤하네. 크게 심호흡을 하여 마음을 가다듬었다.

"괜찮아. 괜찮아."

소라가 가만히 나를 바라보았다.

"괜찮아."

소라를 쓰다듬고 포션을 소라 앞에 놓았다. 바로 옆의 텐트에서도 소리가 났다. 불꽃의 검 중 누군가가 일어난 것일까. 소라는 식사를 마치자, 쭉쭉이 운동을 개시했다. 그걸 좀 지켜보고서 가방에 넣었다.

"미안, 다녀오겠습니다."

길게 숨을 내뱉어 마음을 가다듬고, 텐트의 잠금쇠를 풀고 밖으로 나갔다. 괜찮아.

66화　라트루아 씨
～～～～～～～～～

　"안녕하세요."

　텐트 밖에서는 누가 씨가 아침식사 준비를 하고 있었다.

　"좋은 아침. 수프 고마워."

　"아뇨."

　어제는 저녁식사용 수프와는 별도로, 다음날 아침에 먹을 수 있도록 수프를 만들어두었다. 누가 씨는 수프 냄비를 데우면서 말린 고기를 썰고 있었다.

　"안녕~."

　아침부터 씩씩한 목소리가 뒤에서 들려오고, 내 머리를 가볍게 두드리는 손길이 있었다. 라트루아 씨는 내가 표적이 되었다는 사실을 안 뒤로 접촉이 좀 늘은 것 같다. 걱정해주는 거겠지만, 그것과는 다소 다른 뭔가가 좀 느껴졌다. 다만 그것은 불쾌감이나 위화감이 아니다. 아주 조금 느껴질 뿐이라서 정확히 뭔지는 알 수 없었다.

"안녕하세요."

세이제르크 씨와 시파르 씨도 곧 텐트에서 나와서, 다 같이 아침식사를 시작하였다. '자, 이거.' 라는 말과 함께 건네주는 흑빵을 받으면서 신기하게 느꼈다. 나는 외부인이라고 생각하는데, 불꽃의 검 멤버들은 아무런 위화감도 없이 받아들여주었다. 당연하다는 듯이 같이 먹고, 당연하다는 듯이 내 몫의 빵이 있다. ……손에 든 흑빵을 바라보았다. 조직 문제를 생각하면 불안하지만, 동료가 있는 것 같아서 다소 마음이 놓였다.

"아, 맞다~, 세이제르크. 나 오늘 쉴래."

"하아……. 그래, 뭐, 어쩔 수 없나."

무슨 소리지? 라트루아 씨는 오늘 휴식? 토벌 중에 그럴 수도 있나? 들어본 적 없지만…… 뭐, 상위 모험가랑은 처음 알고 지내는 거니까, 그런 경우가 있을지도.

"좋았어. 아이비랑 같이 있을 수 있겠다."

이건 혹시 나 때문에? 미라 씨 문제를 생각하면 기쁘지만, 이러는 것도 안 된다 싶었다.

"저기, 저는 괜찮으니까요."

"됐어~, 세이제르크의 허가는 받았고."

세이제르크 씨를 보니, 어깨를 으쓱일 뿐이지 철회하지 않을 모양이었다. 괜찮아? 정말로?

"신경 쓸 것 없다. 라트루아, 이따가 리더에게 허가 받으러 간다."

"알았어!"

누가 씨의 말에 라트루아 씨는 기쁜 기색이었다. 왠지 모르게 세이제르크 씨를 향해 고개를 숙였다. 세이제르크 씨는 쓴웃음과 함께 가볍게 손을 들었다. 솔직히 말하자면 미라 씨가 무서우니까, 라트루아 씨가 같이 있어주는 건 든든하다. 몸에서 가만히 힘이 빠졌다. 앞으로의 일을 생각하며 스스로 생각했던 이상으로 긴장했던 모양이다.

아침식사를 마치고 잠시 뒤에 누가 씨와 라트루아 씨가 토벌대 리더에게 설명하러 갔다. 정말로 괜찮나? 라고 생각하면서 그 뒷모습을 지켜보았다.

"아이비, 미안하구나."

"아뇨, 저야말로 죄송해요. 라트루아 씨가 저 때문에 쉬게 되어서."

"그렇지 않아. 쉬는 건 라트루아 본인을 위해서야."

어? 라트루아 씨를 위해서?

"……그럴 만한 사정이 좀 있거든."

"예?"

왜인지 몰라도, 항상 냉정한 세이제르크 씨의 표정이 씁쓸하게 변했다. 거기에 놀라서 가만히 바라보았다. 내 시선을 알아차렸는지, 그 표정은 사라지고 대신 쓴웃음을 지었다.

"음, 뭐라고 할까. ……아이비가 조직의 표적이 되었다고 알고 좀 불안정해졌거든. 그러니까 미안하지만 오늘은 같이 좀 있어주지 않겠어?"

"그런가요? 저도 같이 있어준다면 든든하니까 고마운 일이에요."

……세이제르크 씨의 표정을 보고 무슨 일이 있었던 걸지도 모른다고 느꼈다. 하지만 알고 지낸 지 얼마 안 되는 아이인 내가 함부로 물어선 안 되는 일이겠지. 불안정해졌는지는 모르지만, 라트루아 씨가 머리를 쓰다듬어주는 횟수는 늘었다. 그건 자기 자신이 마음을 놓기 위한 행동일지도 모르겠어.

"아, 하지만 귀찮아지거든 한 대 때려도 되니까."

"때리라고요?"

"그래, 그래. 괜찮아, 아이비가 때린다고 해서 녀석이 풀 죽진 않을 테니까."

세이제르크 씨의 표정은 진심이었다. 불안정이라고 말해놓고서, 때려도 된다고요?

"아이비, 뭐야, 내 이야기?"

"리더는 뭐라고 하든?"

"엄청 크게 한숨을 내쉬었지만 문제없음!"

그렇게 간단히?

"아이비, 오늘은 같이 있자!"

"예. 기뻐요."

토벌에 임하는 세이제르크 씨 일행을 보낸 뒤에 아침식사의 뒷정리를 하였다. 어제와 마찬가지로 쓰레기를 모아서 처리하는 슬라임에게 가져갔다. 도중에 다른 모험가들의 쓰레기도 모아 갔다. 그러자 목 언저리에 불쾌감이 느껴졌다. 오늘은 주위를 확인하기 전에 어느 방향에서 날아온 시선인지를 캐보았다. ……알아내기 어렵네. 슬쩍 시선을 주위로 돌렸을 때에는 이미 불쾌감이 사라져 있었다.

내 손을 붙잡아주는 이가 있었다. 놀라서 시선을 들자, 라트루아 씨가 나를 보며 웃고 있었다.

"괜찮아."

그 미소와 말에 마음이 놓였다. 웃음을 돌려주자, 라트루아 씨가 시선을 앞으로 되돌렸다.

"어?"

"왜 그래?"

"아뇨, 도와주셔서 고맙습니다."

"문제없어. 한가하고."

"세이제르크 씨가 들으면 화내겠어요."

"하하하."

대체 뭘까. 한순간 라트루아 씨가 울 것 같은 표정을 한 것처럼 보였다. 기분 탓일까? 지금의 그는 평소와 다름없다. 대체 뭘까?
앞쪽으로 시선을 향하자, 웃으며 손을 흔드는 미라 씨가 있었다.
순간 라트루아 씨와 맞잡은 손에 힘이 들어갔다.

"……."

신기하다는 듯이 라트루아 씨가 나를 바라보는 것을 느꼈다. 하
지만 뭐라고 말해야 좋을지 모르겠기에, 붙잡은 손을 잡아당기듯
이 발걸음을 서둘렀다.

"쓰레기 처리를 부탁하지요."

"어어~……. 웅, 그래. 미라의 슬라임은 조금 특수해. 봤어?"

미라 씨의 이름이 귀에 들어온 순간 몸이 움찔 떨렸다. 모르는
척하면서 이야기를 받았다.

"검을 처리하는 슬라임이라면 구경했어요."

"봤구나. 그래, 그거. 대단하지~. 꽤나 레어해."

"그런가요. 대단하네요."

조금 시선을 내리고 심호흡을 거듭했다. 얼굴을 보기만 해도,
이름을 듣기만 해도 동요하였다. 진정해, 이래서는 들켜. 진정해,
괜찮아. 몇 번이나 마음속으로 그렇게 되뇌었다. 길게 숨을 내뱉
고 가만히 시선을 미라 씨에게 향했다.

"괜찮아."

"웅? 왜 그래?"

마음속의 말이 조금 새어나왔던 모양이다. 고개를 내젓고 미라

씨 쪽으로 향했다. 괜찮아.

"아이비, 안녕. 그런데 어째서 라트루아가 여기에 있는 거야?"

"오늘은 쉬는 날~."

"그건 또 뭐야? 그런 허가가 나왔다고?"

"하하하, 정말로 휴식. 리더의 허가도 받았어."

"그래? 뭐, 상관없지만. 그보다 쓰레기는 슬라임들 앞에 놔줘."

"알았어!"

슬라임 앞에 쓰레기를 내려놓았다. 어느 아이든…… 소라처럼 신나게 소화하지 못한다. 혹시나 다들 배가 부른 걸까?

"왜 그래?"

슬라임을 가만히 바라보는 게 이상했을까, 라트루아 씨가 말을 걸어주었다.

"천천히 소화하길래요."

"응? 다들 이러잖아?"

어? ……이게 보통? 이렇게 느릿느릿한 소화 속도가? 포션이 들어 있던 빈병을 소라의 5분의 1 정도 속도로 소화하는 슬라임. 소라는 역시 특별한 것 같다.

67화   긴장
~~~~~~~~~~

"왜 그래?"

미라 씨의 목소리에 몸이 흠칫 떨릴 뻔한 것을 필사적으로 누르며 간신히 평정을 가장했다. 불신감을 안겨주지 않도록 조용히 심호흡을 하고 미라 씨에게 시선을 보냈다. 푸근하게 웃는 미라 씨의 표정. 어제는 마음이 놓이던 그 표정에 공포를 느끼지만, 간신히 미소를 돌려주었다. 아직 미라 씨가 조직의 인간이라고 확실해진 건 아니야. 몇 번이나 머릿속으로 그렇게 되뇌면서.

"슬라임이 신기해서요."

긴장했기 때문일까, 말이 잘 나오지 않는다. 어쩌지.

"슬라임?"

"소화 속도가 느리구나~ 라는 이야기를 했어."

옆에서 라트루아 씨의 목소리가 들렸다. 그래, 나는 혼자가 아니니까. 괜찮아. 라트루아 씨에게 시선을 옮기자 "그렇지?" 라고 하면서 윙크해주었다.

"소화 속도가 느리다? 그러고 보면 내가 테이밍한 슬라임이 제일 느려."

"제일 느리다?"

"그래, 검을 소화하는 레어 슬라임을 데리고 있는데, 하루는 걸리거든."

　라트루아 씨는 검을 소화하는 슬라임이 레어 슬라임이라고 말했다. 레어 슬라임이라도 그 정도 시간이 걸리는 걸까.

　"아이비, 슬라임이 신기하거든 이쪽에 와서 봐도 되는데?"

　슬라임 한 마리를 손에 들고 내게 보여주는 미라 씨. 여기선 구경하지 않으면 의심을 하겠네. 하지만…….

　"미안, 미라. 토벌도 거의 끝나가니까, 나와 아이비에게 광장 전체의 청소가 맡겨졌어"

　"청소?"

　"그래, 리더한테서. 쉴 거면 청소라도 하라고 했어. 사람을 참 거칠게 부린다니까~. 그래서 아이비랑 같이 할 예정."

　어라? 그런 이야기는 못 들었는데. 깜빡 했나?

　"그래. 토벌도 이제 하루 정도면 끝난다는 모양이고. 그러고 보면 오늘 모우 고기를 나눠준다고 했지?"

　"맞아, 맞아. 오거 토벌 중에 딱 좋게 잡혀서. 다 같이 나누기에도 충분한 양이야."

　"저녁은 불꽃의 팀과 우리 팀이 같이 먹지 않을래?"

　"……그건 괜찮지만 오늘 저녁은 리더랑 같이 먹기로 했는데 괜찮겠어? 네 오빠들은 분명히 리더를 거북하게 생각하고 있잖아?"

　"아, 마, 맞아~. 싫어할지도. 아쉽네."

　"하하하, 정말 아쉬워. 그럼 슬슬 청소하러 갈게."

"알았어. 다음에 봐, 아이비."

"네."

뭐지? 나도 모르는 사이에 이런저런 이야기가 결정되었는데. 모우 고기가 들어온다는 건 들었지만, 리더도 같이 저녁식사? 그래, 오늘은 1인분 추가인가. 열심히 만들어야겠네. 그렇긴 해도 라트루아 씨 덕분에 미라 씨와 단둘이 있는 사태는 회피한 모양이다. 다행이다.

"휴우~."

나도 모르게 한숨이 새어나오는 바람에 다급히 옆에 있는 라트루아 씨를 보았다.

"응? 왜 그래?"

……아무래도 모르는 모양이다. 머리를 가볍게 쓰다듬어주는 라트루아 씨에게 다급히 고개를 내저었다.

"아~, 미안해. 청소 같은 걸 멋대로 정해서."

"아뇨. 신세 지고 있는데 도움이 된다면 기뻐요."

"그런가. 그렇게 말해주니 무단으로 승낙한 몸으로서는 고맙네."

서로 웃은 뒤에 광장 전체의 청소를 시작했다. 각자 텐트 사이에 떨어져 있는 쓰레기 등을 모으고 다녔다. 매일 쓰레기를 모으고 있지만, 그래도 놓친 쓰레기가 제법 된다. 광장 전체에서 모아보니 나름 양이 되었다. 하지만 깨끗한 걸 좋아하는 모험가가 많은 건지, 각오했던 것보다 쓰레기는 덜 나왔다. 마을에 준비된 모험가용 광장은 솔직히 지저분한 곳이 많다.

"깨끗하지?"

"그러네요. 모험가 광장을 상상했으니까 놀랐어요."

"리더의 동료 중 한 명이 깨끗한 걸 좋아하거든. 지저분하게 쓰면 무서워. 그걸 조용한 위압이라고 하던가?"

"조용한 위압?"

"그래, 기척을 지우고 갑자기 뒤에서 나타나서 '더럽다'라고 조용히 귓가에서 속삭이는 거야. 그때 한순간이지만 살기를 드러내고…… 그건 무서워."

왠지 라트루아 씨의 표정이 조금 겁먹은 것처럼 보였다.

"……라트루아 씨는 경험이 있나요?"

"아~, 신출내기 모험가이던 시절에. 지금도 갑자기 마주치면 움찔하게 된다고~."

라트루아 씨가 모습만 봐도 움찔하는 존재? 왠지 보고 싶으면서 절대 보고 싶지 않은 느낌. 그리고 보면 리더의 동료라고 했으니…… 혹시 그 사람도 같이 저녁식사를 하는 걸까?

"그분도 같이 저녁을 먹나요?"

"어어~, 아마도?"

왠지 말이 분명하질 않네. 하지만 그런가. 오늘 만나나……. 모두가 돌아오기 전에 텐트 주변을 잘 청소해두자.

"괜찮아!"

내 모습을 보고 당황하는 라트루아 씨.

"그 사람은 그렇게 무서운 사람 아니니까. 다만 바보처럼 더럽히는 녀석한테만 엄할 뿐이야."

그런가. 그럼 괜찮을까? 그렇게 더럽게 쓴 적은 없고. ……아무튼 조금 더 열심히 청소해두자.

"아, 돌아왔다."

라트루아 씨의 시선을 쫓아서, 광장에 돌아온 모험가들을 보았다. 왠지 오늘은 꽤나 시끌시끌하네.

"보아하니 오거를 죄다 토벌했을지도."

그렇구나. 그래서 다들 웃고 있나. 토벌이 끝나면 오토르와로 돌아갈 수 있으니까 웃음도 나오겠지. 나는 어쩌지. 표적이 되었으니까 큰 마을에는 안 가는 편이 나을까?

"고생했어."

"수고하셨습니다."

"그래, 정말로 고생했지. 그렇긴 해도 꽤나 깨끗해졌네?"

시파르 씨가 어깨에서 매직백을 벗어 텐트 옆에 내려놓으면서 주위를 둘러보았다. 텐트 주위는 공들여 청소했다. 그리고 텐트도 마음에 걸려서 좀 닦아두었다. 그래서 깨끗해졌다고 말해주는 건 기쁘다.

"그렇지! 아이비가 힘썼어. 난 잠깐 리더한테 다녀올 테니까, 아이비를 부탁해!"

"알았다. 그렇긴 해도 아이비, 혹시 텐트도 청소했어?"

"네. 라트루아 씨에게 허가를 받기는 했는데……."

"고마워! 항상 대충이었으니까 마음에 걸렸거든. 이렇게 깨끗한 게 얼마 만인지 모르겠네. 정말 기뻐."

다행이다. 마음에 든 모양이다. 그렇긴 해도 아까 라트루아 씨는 꽤나 허둥대는 모습이었는데, 괜찮나? 그리고 보면 토벌대가 돌아온 뒤로 꽤 안절부절 못하던데.

"왜 그래?"

"아뇨. 오늘로 토벌은 끝인가요?"

"그래! 목격된 숫자의 오거 토벌이 끝! 내일은 주변을 더 조사할 필요가 있지만."

"그런가요. 정말로 수고하셨습니다."

"으음~. 왠지 마음이 편해지네."

그렇게 말하자, 내 머리를 쓰다듬어주었다. 시파르 씨는 인상과 달리 꽤나 힘이 있어서 목이 조금 아프다.

"시파르, 힘조절 좀 해라."

누가 씨가 시파르 씨의 손목을 붙잡아 움직임을 멈추었다. 거기에 조금 감사했다.

"누가 씨, 수고하셨습니다."

"음, 그렇지, 이거."

그런 말과 함께 건네받은 것은 거대한 잎으로 싼 무언가. 풀어 보니 거대한 고깃덩이. 아마도 모우 고기겠지.

"조리, 잘 부탁해."

그렇게 말하고 누가 씨는 텐트 안으로 들어갔다. 그렇지, 허브⋯⋯가 아니라 약초로 맛을 낼까? 이만큼 크면 조금 시간이 걸리겠네. 한 입 사이즈로 잘라서 재우자. 수프에 써도 괜찮을까? 좋아, 저녁을 만들자.

"아이비, 이것도 추가."

비슷한 사이즈의 모우 고기가 또 하나 추가되었다. 어? 싶어서 그걸 가져온 라트루아 씨를 보았다.

"리더 일행의 몫. 리더의 멤버는 다해서 네 명이니까."

⋯⋯얼른 시작하자. 9인분이나 되다니 일이 커졌다.

68화   개성적인 모험가들

라트루아 씨와 협력해서 간신히 전원의 저녁식사를 만들 수 있었다. 더 먹을 것도 생각해서 15인분의 수프를 만들었는데, 냄비가 세 개나 되어서 고생이었다. 고기의 밑간을 할 때에 약초가 부족해서 세 종류 맛으로 해서 넘겼다. 괜찮겠지……라고 믿고 싶다.

"오오~, 냄새 좋네. 조금 신기한 향이기는 하지만."

"하지만 맛있겠어."

"맛은 보증해. 아이비는 요리를 잘하니까. 그렇지!"

라트루아 씨가 보증했지만, 글쎄나? 오늘은 정말로 이것저것 아슬아슬했으니까. 특히나 약초가.

"아, 그렇지, 아이비. 내 동료를 소개하지. 릭, 로, 마르다."

어라? 이름이 짧네. 별명인가? 리더의 소개에 세 사람이 어색한 표정으로 한숨을 내쉬었다.

"사람을 소개하는데 약칭으로 소개하면 어떻게 하냐고! 나는 릭벨트다. 잘 부탁해, 아이비."

"그게 그렇게 신경 쓸 일인가?"

"상식적으로 생각해. 실례잖아."

"그런가?"

"이거야원. 그러고 보면 오늘 나랑 로크릭의 이름을 헷갈렸잖아!"

"……어어~, 딱히 문제가 없었으니까 괜찮잖아."

인사를 하고 싶지만, 이야기가 끝이 없다. 그렇긴 해도 리더의 인상이 처음이랑은 좀 다르다. 조금 더…… 뭐라고 할까, 기합이 들어간 듯했는데.

"리더는 어딘가 얼빠진 느낌이지. 오늘은 예비 검을 잊어버렸고."

리더는 얼빠진 느낌인가. 처음에는 든든한 인상이었는데. 동료들과 있으면 마음이 놓여서 본성이 나오는 걸까? 하지만 아무리 그래도 예비 검을 잊어버리는 건 그렇지 않아?

"잘 부탁해, 로크릭이다. 뭐, 로라고 불러도 돼. 줄인 이름으로 불리는 거에는 익숙하니까."

"처음 뵙겠습니다, 아이비입니다."

"나는 마르릭이야."

"……처음 뵙겠습니다."

릭 자 돌림? 형제? 로크릭 씨와 마르릭 씨의 얼굴을 교대로 보았다. 얼굴이 완전히 다른데.

"형제는 아냐. 이름이 헷갈릴 때는 많지만 말이야."

라트루아 씨가 내 시선을 깨닫고 슬며시 가르쳐주었다.

"안 먹냐?"

누가 씨가 고개를 바라보는 채로 짜증난 듯이 말하였다. 아무래도 적당하게 고기가 구워진 모양이다. 다급히 내가 수프를 덜고, 고기는 라트루아 씨가 나누었다. 나무열매가 들어간 빵을 리더가 가져와주었기에 그것도 나누었다.

"잘 먹겠습니다."

수프를 한 모금 입에 넣자, 고기의 감칠맛이 입에 퍼졌다. 약초도 적당히 맛을 끌어내주고 있다. 다행이다, 맛있어.

　……음? 뭐지? 왠지 조용한데……. 혹시 맛없나? 주위를 둘러보니, 다들 수프를 말없이 먹고 있다. ……아니, 무서워!

　"저기…… 맛은 괜찮나요?"

　"음? 아, 아주 맛있어. 너무 맛있어서 놀랐어."

　라트루아 씨가 웃으며 대답해주었다. 다행이다.

　"분명히 꽤 요리를 잘하는가 보군."

　마르릭 씨가 빈 수프 접시를 들고 일어섰다. 빨라! 벌써 다 먹었나. ……수프를 더 만드는 게 좋았을까? 아, 시파르 씨도 추가로 가져갔다. 으음, 너무 적게 만든 걸지도.

　"혹시 모자라려나?"

　"아이비, 괜찮다. 평소보다 양이 많으니까 충분해."

　리더의 말에 안도했다. 하지만 정말로 괜찮을까? 수프가 들어 있던 냄비 앞에서 마르릭 씨와 시파르 씨가 눈싸움을 벌이는 것 같은데. ……아, 수프 안의 고기를 두고 다투고 있어.

　"우와, 이 고기 맛있어! ……혹시 약초?"

　로 씨가 고기를 먹고서 물었다. 양념이 좀 불안했던 만큼 마음이 놓였다.

　"네, 고기 밑준비로 약초를 발랐어요."

　"밑준비? 발라?"

정말로 이 세상에는 밑준비라는 조리법이 없구나. 이런 방법은 평범할 거라 생각했는데 아닌가? 뭐, 지금은 생각하지 않아도 될까.

"네, 그 편이 고기에 맛이 스며드니까요."

"헤에~, 어라? 이쪽은 맛이 다르네. 아~, 이쪽도 맛있어!"

약초가 부족해서 급하게 맛을 바꾸었는데, 마음에 든 모양이다. 다행이다. 그러고 보면 아까부터 누가 씨가 먹는 고기의 양이 걱정이다. 너무 많이 먹는 거 아냐?

"누가, 너 고기 너무 많이 건지는 거 아니냐?"

"……신경 쓰지 마라."

"어떻게 신경을 안 써! 다른 사람도 먹어야 할 거 아냐."

"무리다."

"무슨 소리야!"

아~, 수프에 이어서 누가 씨와 릭벨트 씨가 쟁탈전을 시작하였다. 역시 모자라지 않나? 여러 모로 걱정했는데, 간신히 모두가 만족할 양이 된 모양이다. 그렇긴 해도 상상 이상으로 잘들 먹네.

"아이비, 미안해. 이렇게 많이 만드느라 고생했지?"

세이제르크 씨가 걱정스럽게 물었다.

"아뇨, 요리하는 걸 좋아해서 괜찮아요."

"그런가. 그거 다행이구나. 그런데 아이비는 토벌이 끝나면 오토르와 마을로 가고 싶다 했지?"

"……그건."

"음? 예정 변경인가? 하지만 너를 노리는 자가 있을지도 모르는 상황에서 혼자 행동하는 건 위험해. 조직 놈들이 그 순간이 오는 걸 기다리고 있을 가능성도 있으니까."

그런가, 오토르와 마을에 안 가더라도 표적이 된 이상은 위험한가. 그럼 어떻게 하면 좋을까?

"오토르와 마을에는 우리와 같이 가지 않겠니?"

"불꽃의 검 분들이랑 말인가요?"

"그래, 여기서 오토르와 마을까지는 이틀이면 간다고. 어때?"

"폐가 되지 않을까요?"

"그렇지 않아. 이렇게 맛있는 밥도 먹을 수 있고."

약초는 수프에 쓸 거라면 아직 더 있다. 도움이 된다면 괜찮을까? 솔직히 혼자가 되는 건 너무 무섭고.

"죄송하지만, 신세 지겠습니다."

"정말로 예의도 바르구나~."

세이제르크 씨가 가볍게 머리를 쓰다듬어 주었다.

"뭐야, 뭐야, 무슨 일이야?"

마르릭 씨가 왠지 신이 난 기색으로 끼어들었다. 그리고 떠도는 술냄새.

"아, 술은 아직 이르잖아! 내일도 있는데!"

"무슨 소리야! 맛있는 음식에는 술을 곁들여야지! 술~."

"하아, 리더. 마르릭이 취했어!"

"뭐? 이번 토벌에 술을 챙겨오지 않았는데."

"아아아앗!"

시파르 씨의 목소리가 텐트에서 울렸다. 그리고 무시무시한 얼굴로 텐트에서 뛰쳐나왔다. 그 얼굴이 너무 무서워서 근처에 있던 세이제르크 씨와 라트루아 씨의 팔을 붙잡았다. 시파르 씨는 주위를 둘러보고, 마르릭 씨를 발견하더니 '빙그레'라는 소리가 들리는 듯한, 무시무시한 웃음을 마르릭 씨에게 보였다. 아주 신이 났던 그도 시파르 씨의 모습에 바로 얼굴이 창백해졌다. 웃음이 무표정으로 변하고.

"너냐~."

시파르 씨의 그런 말과 동시에 도망치는 마르릭 씨. 뒤를 쫓는 시파르 씨. 대체 뭐지? 무슨 일이 있었던 거지? 그렇긴 해도 술을 마신 뒤에 뛰어다녀도 괜찮아?

"미안하군, 우리 바보가 아무래도 시파르의 술을 멋대로 마신 모양이야."

리더가 한숨을 내쉬면서 사과했다. 세이제르크 씨는 쓴웃음과 함께 어깨를 으쓱였다.

"아이비한테도 미안해. 무서웠지?"

리더의 시선을 따라가 보니, 세이제르크 씨와 라트루아 씨의 팔을 꼭 붙잡고 있는 내 손.

"아, 죄송합니다."

다급히 붙잡고 있던 손을 놓았다.

"마음 두지 않아도 돼. 시파르, 애가 무서워하잖아."

라트루아 씨의 말에 무심코 고개가 끄덕여졌다. 그때 어디에
선가 비명소리가. 왠지 마르릭 씨의 목소리랑 비슷한 것 같은
데…….

"아, 끝났나 보군."

마르릭 씨였다. 엄청 큰 소리였는데 괜찮나? 잠시 뒤에 즐거운
표정의 시파르 씨가 돌아왔다. 그 미소에 무서운 인상은 없고, 뭔
가 후련한 듯한 느낌이었다. 정말로 마르릭 씨는 괜찮은 걸까?

69화 불꽃의 검과 뇌왕

토벌 종료가 선언되고, 수많던 텐트들이 속속 정리되어 사라졌
다. 그 광경을 보면서 내 텐트를 정리했다. 옆에서는 누가 씨와 시
파르 씨가 텐트를 정리하고 있었다. 오토르와로 돌아갈 수 있다는
기쁨과 다치지 않고 끝났다는 기쁨의 소리가 어디에선가 들려왔
다. 둘러보니 여행 준비가 끝난 그룹부터 차례로 오토르와로 귀환

하는 모양이다.

"느긋하게 이야기도 못 했네. 아쉬워."

미라 씨가 다가왔다. 그녀의 모습에 살짝 긴장하였다.

"신세 많이 졌습니다."

이상하게 보이지 않도록 주의하면서 고개를 숙여 인사했다. 근처에는 시파르 씨와 누가 씨도 있다. 괜찮아.

"오토르와 마을에 도착하거든 동네를 소개해줄게."

"……시간이 있거든 부탁드릴게요."

어쩌지. 오토르와 마을에 도착하면 혼자다. 역시 바로 오토르와를 뜨는 편이 좋을까? 하지만 누가 감시하고 있을 가능성이 있다고 그러기도 했고, 어쩌면 좋지?

"아이비는 한동안 우리랑 같이 행동할 예정이야."

응? 무슨 소릴까. 누가 씨를 보았지만, 아직 바쁘게 여행 준비를 하고 있었다.

"그랬구나……. 뭐, 시간이 비면 연락 줘. 길드에 말하면 전달될 테니까."

"네."

미라 씨를 부르는 소리가 들렸다. 그쪽을 보니 미라 씨의 형제가 좀 떨어진 장소에서 손을 흔들고 있었다.

"또 봐, 아이비."

"네. 또 뵈어요."

웃으며 손을 흔드는 미라 씨에게 나도 손을 흔들어주었다. 멀어
져가는 모습에 자연스럽게 마음이 놓였다. 간신히 오늘까지 단둘
이 되는 것을 피할 수 있었다. 저번 저녁식사 후부터 불꽃의 검 중
누군가가 항상 함께 있어주었다. 그들 외에도 로 씨나 마르릭 씨
도.

"오래 기다렸지~."

토벌대 일에 강제 참가하였던 라트루아 씨가 돌아왔다. 그 뒤에
는 세이제르크 씨의 모습, 그리고 왜인지 토벌대 네 명의 모습도.

"수고하셨습니다."

"리더는 사람을 험하게 부려!"

"아직 기운이 남는가 보군. 일은 아직 많은데?"

"그건 사양!"

"하하하, 아이비, 같이 오토르와까지 돌아가게 되었으니까 잘
부탁해."

"잘 부탁드립니다."

토벌대도 함께라면 든든하다. 혹시 나 때문일까 하는 생각에 고
개를 숙였다. 왜인지 다들 내 머리를 쓰다듬었다. 아침에 일단 빗
질을 했는데 엉망이 되었겠구나 싶었는데, 로 씨가 다듬어주었다.
그 손길이 왠지 익숙한 것처럼 느껴졌다.

"로 씨, 왠지 익숙한 손길이네요?"

"그래? 아, 아들 녀석들 머리를 손봐주니까."

가족이 있나. 몰랐다.

"아드님이 있군요?"

"두 명, 귀엽다고~."

로 씨가 가족 이야기를 할 때, 왜인지 그 목소리에는 온기가 늘어난다. 왠지 그런 건 좋아.

"슬슬 갈까."

리더의 말에 움직이기 시작했다. 다들 어른이니까 뒤처지지 않게 해야지. 소라에게는 미안하지만, 당분간 가방 안에 있어줘야겠어. 가방 밖에서 살며시 쓰다듬듯이 손을 움직였다. 미안, 소라.

오토르와로 이동하는 이틀 동안의 여행은 순조롭게 진행되어서, 이미 코앞까지 왔다.

"아이비, 저기가 우리가 사는 오토르와 마을이야."

라트루아 씨의 시선을 따라서 오토르와 쪽을 보았다. 조금 높은 언덕 위에서 본 그 마을은 상상을 뛰어넘게 컸다.

"우와아⋯⋯. 큰 동네네요."

"그렇지?! 자랑스러운 곳이라고."

라트루아 씨에게 손을 잡힌 채로 다소 빠른 걸음으로 마을로 향했다.

"너무 서두르다간 아이비가 넘어진다."

뒤에서 세이제르크 씨의 목소리가 들렸다.

"아, 미안해. 내 걸음이 너무 빨랐어?"

"조금……. 그래도 괜찮아요."

이틀 동안의 여행으로 조금 더 관계가 가까워진 기분이 든다. 그리고 보면 리더 일행의 그룹은 뇌왕이라는 이름이었다. 토벌대가 이름이라고 생각했다고 말하자, 리더가 아주 뚱한 기색을 보였다. 뇌왕이라는 이름에 애정이 있는 모양이라서, 미안한 짓을 했다 싶었다.

오토르와 마을에도 훌륭한 문이 있고, 문지기가 있었다. 문지기가 라트루아 씨의 모습을 보더니 한손을 들어 인사를 건네 왔다.

"토벌, 수고하셨습니다. ……어디서 잡아왔어요?"

잡아와?

"그런 짓을 하겠냐! 그보다도 수속을 밟아야지. 이쪽이야."

수속? 무슨 소리지? 이끌리는 채로 따라간 곳은 작은 방. 거기서 종이를 하나 받았다. 종이에 적힌 내용을 읽어보니, '이름, 출신지, 목적'을 쓰는 항목이 있었다. 출신지는 어쩌지. 그리고 보면 라토미 마을에서 도망쳐왔다는 소리는 하지 않았지. 쓰는 편이 좋을까?

"아, 미안. 내가 대신 써줄까?"

"아뇨, 괜찮아요. 저기, 출신지를 꼭 적어야 하나요?"

"음? ……그리고 보면 듣지를 못했네. 어디니?"

"……라토미 마을이에요."

"라토미?"

라트루아 씨와는 다른 목소리가 들려서 다급히 그쪽으로 시선을 옮겼다. 거기에는 문지기와 같은 옷을 입은 남자. 자경단 사람일까 생각하면서 시선을 맞추어 고개를 끄덕였다.

"그런가. 네 신원을 보장해줄 사람은 있니?"

보증…… 오그토 대장을 말하면 되나? 하지만 어떻게 그걸 증명하지?

"으음, 라토메 마을의 오그토 대장님이에요."

"그 외에 네 신원을 보장할 수 있는 건 없을까?"

"상업 길드에서 만든 계좌가 있어요."

"보여줄 수 있겠니?"

"네."

허리에 묶어둔 가방에서 지갑으로 쓰는 작은 가방을 꺼내고, 거기서 하얀 플레이트를 꺼냈다.

"이 돌 근처로 가져와 주겠니?"

……괜찮을까? 내용이 표시되는 건가?

"음? 아, 괜찮아. 진위 여부만 확인을 한다."

"알겠습니다."

돌에 다가가자, 돌이 하얗게 빛났다가 꺼졌다.

"문제없어."

"하아아."

무슨 일이 일어난 거지? 잘 모르겠기에 라트루아 씨를 바라보았다. 그랬더니 조금 놀란 얼굴을 하고 있었다.

"?"

"아이비의 보증인이 오그토 대장이었구나. 대단한데?"

"예?"

"몰랐어? 오그토 대장은 옛날에 대단한 모험가였다고."

"모험가였다는 소리는 들었지만, 그 정도였나요?"

"그래서 동경하는 사람도 많아."

"미안하군. 이름과 목적만이라도 좋으니까 써줄 수 있을까?"

"아, 네."

종이에 이름과 여행 목적…… 목적은 뭐지? 쓰레기장? 그런 소리는 쓸 수 없지. 으음, 여행 도중이라고 쓸까? 그렇게 쓴 종이를 돌려주었더니 왠지 웃음을 샀다. 왜지?

"여행 도중이구나. 그런 식으로 적은 것은 처음 보는걸. 자, 여기."

뭔가를 받았다. 살펴보니 나무막대기로 만든 허가증 같은 것이었다.

"오토르와에 출입하려면 그 허가증이 필요하단다. 그리고 나갈 때는 출입구에서 반납하렴."

"네. 감사합니다."

마을이 커지면 드나드는 사람도 많아지니까, 허가증이 필요한 걸까. 대단하다.

"끝났나."

그 목소리에 돌아보자, 리더가 방의 입구에 서 있었다.

"끝났어~. 아이비, 가자."

"네, 감사합니다."

"음."

왜인지 허가증을 준 남자가 놀란 표정으로 리더를 보고 있었다.
아는 사이인가? 잘은 모르겠지만, 라트루아 씨가 서두르기에 고개
를 한 차례 숙이고 방을 나갔다. 밖에는 모두가 있었다. 아무래도
좀 기다리게 한 모양이다.

"죄송합니다. 늦어졌습니다."

"아, 그렇지. 아이비는 이웃마을의 오그토 대장이랑 아는 사이
였어."

"그래?"

"네. 보증인이 되어주셔서."

"보증인?"

"라토미 마을에서 도망쳐온 거라서."

"라토미 마을인가. 이야기는 들었지. 고생이 많았겠구나."

리더가 부드럽게 머리를 쓰다듬어주었다. 라토미 마을의 이름
을 들으면, 다들 조금 쓸쓸한 표정을 한다. 지금 어떤 상황인지는
모르지만, 정말로 상황이 안 좋은 걸지도 모르겠어.

번외편

소라는 대단해? 아 단다라도 대단해?

The Weakest Tamer
Began a Journey to
Pick Up Trash.

"아단다라, 소라. 슬슬 오늘 잠자리를 찾자."

라토메 마을을 떠나고 이틀째. 하늘을 보면 구름 한 점 없이 맑은 하늘. 오늘 밤에도 느긋하게 쉴 수 있겠다. 비가 내리면 고생이니까.

"뿟뿌뿌~. 뿟뿌뿌~."

소라가 주위를 뽕뽕 뛰어다닌다. 그 모습을 보면서 잠자리가 될 만한 장소를 찾았다. 최대한 몸을 눕히고 쉬고 싶다. 하지만 무슨 일이 생겼을 때에 바로 도망칠 수 있는 장소란 것도 중요하다.

그러고 보면 요 이틀 동안 동물도 마물도 만나지 않았지. 이 주변에는 없다……는 소리는 아닐 거야. 흔적이 여기저기에 남아 있다. 신기하네.

"크르르."

"아단다라, 오늘은 이제 휴식할 장소를 찾자. 그러고 보면 며칠 동안 계속 같이 있었는데 배 안 고파? 배고프거든 사냥 다녀와."

그러고 보면 동물이나 마물이 안 보이게 된 것은 아단다라가 함께 행동하게 되면서부터다. 혹시 아단다라가 같이 있으니까 다가오지 않는 걸까? 책의 정보가 정확하다면 아단다라는 꽤나 강한 마물일 테니까.

"크르르."

내게 애교 부리는 모습은 매우 귀여운데, 강한 걸까? 아단다라의 머리를 부드럽게 쓰다듬었다. 하지만 조금 힘을 넣어서. 내 힘으로는 너무 살살하면 부족할 것 같다. 그래서 조금 힘을 넣어서. 눈을 가늘게 뜬 아단다라는 역시 귀엽다. 다른 마물이 접근하지 못할 정도의 마물로는 보이지 않는다.

"뿟뿟~."

나와 아단다라 주위를 빙글빙글 도는 소라.

"소라도 귀여워."

"뿌~."

아, 여기서 이렇게 풀어져 있으면 안 돼. 잠자리를 찾아야지. 나무 주변이나 큰 나무의 가지를 살펴보면서 잠자리를 찾았다.

"뿟뿟~."

소라의 울음소리가 조금 높아졌다. 신기하다 싶어서 소라를 찾아보니, 조금 떨어진 장소에서 뿅뿅 뛰고 있었다. 이런. 잠자리를 찾느라 정신이 나가서 소라가 어디 있는지 확인을 게을리 했어.

"왜 그래, 소라?"

소라에게 다가가자, 어느 나무를 향해 뛰어갔다. 그래서 다급히 뒤쫓아갔다.

"소라? 그렇게 가면 위험해."

대체 왜 저러지? 평소라면 말을 걸면 멈춰주는데. 무슨 일 있나? 소라의 뒤를 쫓아가자, 커다란 나무. 그리고 그 밑동에 커다란 구멍이 있었다.

"뿌~뿌~."

응? 혹시 이 장소를 가르쳐준 거야?

"소라, 여길 가르쳐주려고?"

"뿌뿌뿌~."

하지만 소라는 어떻게 이 장소를 알고 있지? 고개를 갸웃거렸지만, 아무리 생각해도 모르겠다. 아무튼 소라 덕분에 찾을 수 있었고.

"소라, 고마워."

내 말에 더 신이 나서 폴짝폴짝 뛰는 소라. 그 높이에 조금 놀랐다. 꽤나 탄력? 이 있네.

"크르르."

아단다라의 소리에 시선을 돌리자, 머리를 내게 비벼댔다.

"왜 그래?"

대체 뭘까? 잠시 지나자 만족했는지 스윽 떨어져서 숲 속으로 달려갔다.

"어? 어어?"

갑작스러운 일이라 무슨 일이 일어난 건지 알 수 없었다. 어어, 아단다라가 숲 속으로 달려갔다. 혹시 여기까지만 같이 가겠다고? 아니면 배가 고팠나?

"……잠자리 준비를 할까. 소라랑 아단다라가 잘 준비도 해두자."

살던 숲으로 돌아간 걸지도 모르지만, 돌아올지도 모른다. 준비만이라도 해두자. 나무 밑동의 구멍은 꽤나 크고 넓었다. 다른 동물이나 마물이 쓰던 흔적이 있는지 찾았지만, 문제 없는 모양이다. 다음에는 흙을 확인했다. 흙이 젖어 있으면 누울 수가 없으니까, 은근히 중요한 부분이다.

"괜찮네. 다행이다."

자리를 겹쳐 깔아서 잠자리를 만들었다.

"완성."

자, 오늘은 뭘 먹어볼까. 아단다라와 함께 여행을 한 이틀 동안, 나무열매나 과일이 많이 열린 장소를 가르쳐주었기에 잔뜩 수확할 수 있었다. 그러니 음식에는 문제없는 상태다.

"뿌~."

"소라도 배고프지. 잠깐만 기다려."

가방에서 포션을 꺼내다가, 아단다라의 기척이 다가오는 것을 깨달았다. 다행이다. 아직 같이 있어줄 모양이다. 구멍에서 밖으로 나가자, 잠시 뒤에 아단다라가 돌아왔다.

"어라? 뭘 입에 물고 있어?"

보고 있으니, 눈앞에 정신을 잃은 산토끼 네 마리를 내려놓았다. 아단다라의 밥인가? 라고 생각하는데, 앞다리를 써서 내 쪽으로 밀었다.

"혹시 나한테 잡아다 준 거야?"

"크르르."

"고마워. 아단다라, 네 밥은? 먹었어?"

"크르르."

목을 울리며 친근하게 다가오는 아단다라의 머리를 쓸었다. 대단하네. 이렇게 잠깐 사이에 산토끼 네 마리. 정말로 대단한 마물이구나.

"자, 그러면 해체해야지. 으음, 분명히 근처에 작긴 해도 강이 있었는데."

강을 조금 거슬러 올라가서 잠자리와 거리를 벌리면 문제없을까? 나무 구멍에서 해체 도구가 든 가방을 가지고 나와서 강으로 향했다.

"소라, 미안. 밥은 잠깐만 기다려."

"뿟뿌뿌~."

소라의 분위기를 보면 화난 것으로는 보이지 않았다. 오히려 기분 좋은 눈치다.

강변을 따라 조금 걸어서 잠자리로 삼은 장소와 떨어진 곳에서 해체를 시작했다. 산토끼 해체는 익숙하다.

"좋아, 끝. 좋은 고기네."

남은 건 허브랑 버무려두면, 독특한 잡내도 잡혀서 맛있어진다. ……좋아, 끝. 자, 이제 어떻게 할까. 이대로 불을 피워서 구우면 주위에 냄새가 가득하겠지. 마물을 끌어들이게 되려나? 냄새라면 수프가 괜찮을까? 하지만 고기 양이 많으니까 수프만으로는 다 못 먹어.

으음~, 조금 무섭지만 역시나 굽자. 그리고 마물이 오거든 바로 도망치자. 고기는 구워졌으면 가지고 도망치자. 덜 익었으면 포기하자. 왠지 이판사판식의 요리네. 뭐, 숲속이니까 어쩔 수 없어. 고기가 다 구워질 때까지는 마물이 오지 않기를.

그렇게 결정했으면 얼른 나무를 모아야지. 휴우~, 이 정도면 될까. 으음, 부싯돌로 낙엽에 불을 붙이고…… 다음은 가는 가지. 불이 좀 커지면 쌓아올린 나무 사이에 넣고. 이거면 괜찮겠지.

자, 철망 위에 고기를 죄다 늘어놓으려 했지만 다 놓을 수가 없어. 역시 네 마리는 많구나. 냄비를 준비해서 수프도 만들어? 주위 분위기를 살폈다. 냄새가 꽤나 충만하기 시작했다. 괜찮으려나?

"냄새에 끌려서 마물이 오지 않을까 걱정이야."

"크르륵."

어라? 평소랑은 울음소리가 다르네.

"아단다라? 왜 그래?"

"크르르."

평소랑 같은 울음소리다. 아까 그건 뭘까? ……아, 고기가 탄다! 다급히 철망 위의 고기를 뒤집었다.

"다행이다. 모처럼 잡아다준 건데 태우면 아깝지."

"크르르."

다시금 주위 기척을 살폈다. 이만큼 냄새가 가득하니까 무슨 변화가 있을지 모른다. 응? 꽤 떨어진 장소에서 기척이 느껴지는데, 왜인지 다가오는 기색이 없다.

"아단다라, 근처에 마물이나 동물이 오면 가르쳐줄래?"

"크르르르."

전해진 걸까? 아단다라는 뭐라고 대답해주었지만, 내 이해력이 부족해.

"미안."

내가 사과하자, 아단다라가 얼굴을 내게 쓱쓱 비벼댔다. 위로받은 기분이 드네. ……아니, 위로받은 거 맞지?

"뿟뿌뿌~."

"소라?"

소라의 소리에 시선을 돌려보니, 기세 좋게 뛰어오는 모습이 눈에 들어왔다. 다급히 받아주려고 했지만 늦었다. 팔에 부딪쳐서 튕겨났다.

"아, 소라. 미안!"

"뿌~."

왠지 삐진 모양인데, 갑자기 그렇게 오면……. 아니, 변명은 안 돼.

"소라, 받아주지 못해서 미안해. 뛰어들 때는 조금 더 여유롭게 부탁해."

"뿌~."

……소라와의 의사소통도 어렵네. 아, 고기!

"조금 타버렸어."

하지만 맛있게 보이니까 괜찮겠지. 주위를 다시금 둘러보았다. 역시 멀리서 마물이나 동물의 기척이 있다. 하지만 왜인지 다가오지 않는다. 왜일까?

수프도 만들 수 있으려나? ……만들어버리자. 냄비에 물을 받고 작게 자른 야채와 고기와 허브를 넣어 끓였다. 기름진 고기 요리에 담백한 수프는 잘 맞지.

"좋아, 완성. 고기도 구워졌고 수프도 완성."

"크르르."

"뿟뿌뿌~."

이렇게 긴장하고 요리를 한 건 처음이다. 하지만 역시 마물도 동물도 다가오지 않는다. 이 정도 되면 내가 있는 장소에 뭐가 있는 게 아닌지 불안해진다. 얼른 정리하고 잠자리로 삼은 장소로 돌아가자.

"으음, 잠자리로 돌아가서 먹기로 하자. 얼른 여기서 떠나야겠어."

재빨리 정리하였다. 설거지를 하고, 가져온 바구니에 담았다. 구운 고기는 바나 잎으로 싸서, 설거지 바구니와는 다른 바구니에. 물을 끼얹어서 불을 끄고 완전히 꺼졌는지 확인했다.

"다 됐지. 그럼 수프 냄비랑 바구니를 들고 가방도 챙기고."

주변을 보니, 남은 것은 타고 남은 재 정도다. 좋아.

"갈까."

"뿟뿌뿟뿌뿌~"

"크르르르."

주위 기척을 캐면서 잠자리로 돌아왔다. 왜 그렇게 냄새가 가득했는데 안 온 걸까? 정말로 그 장소에 무슨 문제라도 있었나? 아니면 아단다라가 있었으니까? 분명히 아단다라가 같이 있게 된 뒤로는 마물이나 동물과 마주치는 일이 거의 없어졌다. 하지만 책에는 마물이나 동물이 피한다고는 적혀 있지 않았고.

잠자리가 보이는 곳에서 일단 멈춰 서서 주변을 둘러보았다. 내가 없는 동안에 동물이나 마물이 왔는지 확인하기 위해서다. 괜찮은 것 같아.

"휴우~, 배고프네. 소라도 늦어져서 미안해."

조금 어두워졌네. 잠자리는 나무 밑에 생긴 구멍이니까 들어가면 어두컴컴하다. 밖에서 먹자.

바구니를 나무 뿌리 위에 올려놓고, 소라의 포션을 가지러 구멍에 들어갔다. 안도 이상 없음.

포션을 늘어놓자 얼른 먹기 시작하는 소라. 평소보다 좀 늦은 시간이 되었으니, 꽤나 배가 고팠던 모양이다. 자, 나도 먹어야지.

수프를 컵에 따르고, 바나 잎으로 싼 고기를 하나 집었다. 바나 잎을 펼치고 고기를 입에 넣었다. 조금 딱딱하지만, 씹히는 맛이 있는 고기. 잡내도 없고 맛있다.

"맛있어~. 아단다라, 고마워."

수프도 잘 우러나서 맛있다. 게다가 따뜻하다. 요리 중의 긴장 감도 이 맛을 위한 것이었다고 생각하면 고생하길 잘했다는 생각이 들어.

아단다라는 구운 고기를 먹을 수 있나? 허브에 재운 거니까 무리려나?

"아단다라, 안 먹을래? 많이 있어."

아, 아단다라가 먹기엔 너무 적을지도.

"크르르."

응? 먹을 거야? 바니 잎으로 싼 산토끼 고기를 새로 바구니에서 꺼내어 이파리를 벗기고 내놓았다.

스윽 얼굴을 들이밀고 냄새를 맡더니 덥석 먹었다. 오오~, 역시나 한 입이구나.

"맛있지?"

"크르르."

"뿌~."

소라도 포션을 다 먹은 건지 뿡 하고 뛰어서, 쭉 뻗은 내 다리 위로 올라왔다. 넓적다리에는 고기를 올려놓고 있기에 무릎 아래쪽에 올라왔는데, 불안정한 건지 이리저리 흔들렸다.

"소라, 아무래도 거기는 힘들어."

"뿌~."

아, 조금 삐진 느낌이다.

"안 된다고는 안 했어. 올라와도 괜찮긴 한데, 불안정하니까 조심해."

"뿟뿟~."

기쁜 듯이 소리 내며 흔들리다가 다리에서 떨어지는 소라. 그러니까 말한 건데.

"괜찮아? 또 올라올래?"

또 흔들거리며 다리에 올라오는 소라. 이번에는 절묘하게 균형을 잡은 건지 안 떨어졌다.

"후후후, 힘내! 아단다라, 더 먹을래?"

바나 잎으로 싼 고기는 다해서 다섯 개. 내가 하나, 아단다라가 하나 먹었으니 세 개 남았다.

"크르르르."

아단다라는 내 머리에 얼굴을 가져다가 비벼댔다. 아, 이 느낌은 분명 머리가 엉클어지는 그거다.

"먹을래?"

가방에서 고기를 싼 바나 잎을 꺼냈지만 무반응. 더는 필요 없는 모양이다. 식사를 재개해서 하나를 다 먹어치웠다. 수프도 다 마시고……

"너무 먹었어~."

배가 빵빵하다. 하아~, 그렇긴 해도 맛있었어. 냄새도 잘 잡았고.

"아단다라, 정말로 고마워. ……소라는 용케 그렇게 불안정한 곳에서 잘 수 있네."

소라는 내가 식사하는 동안에 불안정한 다리 위에서 잠들었다. 때때로 부르르 몸을 떨면서 균형을 잡는 모양이지만, 그러면서 숙면할 수 있는 걸까?

"소라, 제대로 자야지?"

"뿟뿌~."

힘 빠진 울음소리네. 어쩔 수 없지, 조심해서 옮기자.

"후아아~, 배불리 먹으니 졸려와. 어서 잘 준비를 하고 자야지."

소라를 살짝 안아들고 구멍 안에 만든 소라 전용 잠자리에 눕혔다. 강에서 물을 길어 와서 몸을 닦고, 입을 헹구고 나무를 써서 이를 닦는다. 좋아, 끝. 나무 구멍 안의 잠자리에 가보니, 이미 소라는 숙면 중이다.

"후아아~. 소라, 잘 자. 아단다라, 잘 자~."

작가 후기

    처음 뵙겠습니다, 호노보노루500이라 합니다. 이번에 『최약 테이머는 폐지 줍는 여행을 시작했습니다.』를 손에 들어주셔서 정말로 감사합니다.

    설마 제가 쓴 소설이 책이 될 거라고는 이 소설을 쓰기 시작한 무렵에는 꿈에도 생각하지 못했습니다. 일러스트를 담당해주신 나마 님, 멋진 일러스트 감사합니다. 그리고 Web에서 응원해주신 모든 분들, 메시지 메일로 보내주신 응원, 감상란의 팔로우, 오탈자의 보고 등등, 모든 것이 제게 힘이 되었습니다. 정말로 감사합니다. 앞으로도 부디 잘 부탁드립니다.

    자, 후기를 쓰려고 하다가 막혔습니다. 다른 분들의 첫 후기를 보니, 주인공이나 세계관을 결정한 방법 등을 소개하였더군요. 저도 따라 해볼까 했습니다만, 전혀 떠오르지가 않아요. 주인공을 어떻게 정했더라, 왜 여행을 설정으로 잡았더라. '어라? 왜지?' 싶어서 당시를 떠올리기 위해 설정을 적은 노트를 확인했습니다만, '테이머 별 없음'으로 끝. 설마 이것뿐? 제가 쓴 메모지에 대고 푸념을 늘어놓았습니다. 하루종일 떠올려보려고 분투했습니다만, 안 되는 것은 안 된다고 생각하고 포기했습니다.

그런 가운데 고양이과인 아단다라를 동료로 한 이유는 기억하고 있습니다. 이 『최약 테이머는 폐지 줍는 여행을 시작했습니다.』는 Web에서 발표한 제 두 번째 소설. 첫 소설에서는 고양이과 마물을 동료로 하지 못했기에, 꼭 좀 고양이과 마물을 동료로 하고 싶었습니다. 단순한 이유라 죄송합니다. 스토리는 소녀와 테이밍한 마물들과 동료들 사이의 훈훈한 이야기. 시작부터 훈훈함을 벗어났습니다만, 누가 뭐라고 하든 훈훈한 이야기입니다.

발표 1탄!『최약 테이머는 폐지 줍는 여행을 시작했습니다.』의 코미컬라이즈 결정! 이 이야기를 알았을 때 솔직히 말해서 TO북스 씨 제정신? 이라고 생각했습니다. 아직 서적화도 되지 않은 때였습니다만, 벌써부터 기쁘고 충격적인 나머지 빙그레 웃고 있었습니다. 괜찮으시면 이쪽도 잘 부탁드립니다.

TO북스의 여러분, 정말로 감사합니다. 담당자인 신죠 님, 고생 많으셨으리라 생각합니다만 감사합니다. 여러분 덕분에 무사히 이 책을 출판할 수 있었습니다. 진심으로 감사드립니다. 그리고 앞으로도 잘 부탁드립니다.

마지막으로 이 책을 손에 들고 읽어주신 분에게 진심에서 나온 감사를, 그리고 2권에서 만나뵙기를 기대하고 있습니다.

2019년 9월 호노보노루500

권말부록 코미컬라이즈

제 1 화 서두 체험판

만화 : 후키노 토우
원작 : 호노보노루500
캐릭터 디자인 : 나마

The Weakest Tamer
Began a Journey to
Pick Up Trash.

아이비 (8세) &
소라

초판 1쇄 인쇄 2025년 2월 10일
초판 1쇄 발행 2025년 2월 15일

저자 : 호노보노루500
번역 : 한신남

펴낸이 : 이동섭
편집 : 이민규
디자인 : 조세연
영업 · 마케팅 : 조정훈, 김려홍
기획편집 : 송정환, 박소진
e-BOOK : 홍인표, 최정수, 김은혜, 정희철, 김유빈
라이츠 : 서찬웅, 서유림
관리 : 이윤미

㈜에이케이커뮤니케이션즈
등록 1996년 7월 9일(제302-1996-00026호)
주소 : 08513 서울특별시 금천구 디지털로 178, B동 1805호
TEL : 02-702-7963~5 FAX : 0303-3440-2024
http://www.amusementkorea.co.kr

ISBN 979-11-274-8467-5 04830
ISBN 979-11-274-8466-8 04830 (세트)

SAIJAKU TAMER WA GOMI HIROI NO TABI O HAJIMEMASHITA 1
©2019 Honobonoru500, Nama
First published in Japan in 2019 by TO BOOKS, Inc., Tokyo.
Korean translation rights arranged with TO BOOKS, Inc., Tokyo,
through TOHAN CORPORATION, Tokyo.